KB159487

녹색
목요일

녹색 목요일

1판 1쇄 발행 | 2021년 12월 17일

지은이 | 이순임
펴낸이 | 정홍수
편집 | 김현숙 이명주
펴낸곳 | (주)도서출판 강
출판등록 | 2000년 8월 9일(제2000-185호)

주소 | 서울시 마포구 동교로17안길 21(우 04002)
전화 | 02-325-9566
팩시밀리 | 02-325-8486
전자우편 | gangpub@hanmail.net

값 14,000원
ISBN 978-89-8218-292-1   03810

＊ 이 책의 판권은 지은이와 도서출판 강에 있습니다.
  이 책 내용의 전부 또는 일부를 재사용하려면 반드시 양측의 서면 동의를 받아야 합니다.
＊ 잘못 만들어진 책은 구입처에서 교환해드립니다.

녹색
목요일

이순임
장편소설

강

차 례

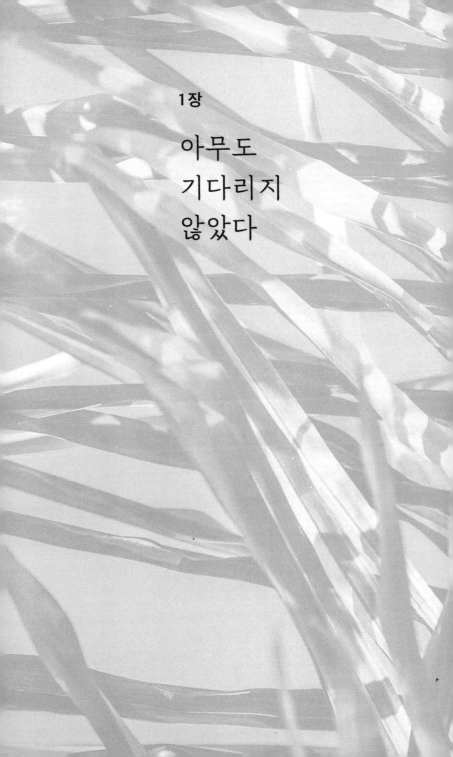

1장

아무도
기다리지
않았다

명원은 수심이 가득한 채로 서울행 비행기에 올랐다. 작업자 사망 소식을 들은 후로는 JFK공항에서부터 마음이 계속 무거웠다. 인천공항에 내리자마자 첫번째로 할 일은 경찰서에 가야 하는 거였다. 어떻게 얕은 사다리에서 사람이 죽을 수 있냐며 추란도 놀라 진정하지 못했었다. 사망이 안타깝긴 하지만 너무 걱정 말라며 옆에서 명원을 다독인 사람은 도우였다. 하지만 명원은 성격상 쉽게 떨쳐내지 못했다. 세무조사를 한 차례 받아본 명원은 경찰서에서 진술해야 한다는 사실 자체가 자존심 상하는 일이었다. 참고인 진술이라 해도 형사 앞에서 죄인 취급당할 게 뻔했기 때문이었다. '이것도 운명인가!' 명원은 집에 온 뒤로 왠지 모를 불안감에 휩싸였다. 불안은 명원의 몸을 의자로 이끌었다. 그리고 벽에 걸린 그림을 응시했다.

히틀러가 사랑했다는 화가 프란츠 폰 슈투크의 「죄」. 이브의 맨살과 눈자위만 흴 뿐 주변은 어둡다. 젖가슴을 훤히 드러낸 유혹적인 눈빛이 언제 봐도 예사롭지 않다고 명원은 느꼈다. '나는 네가 지난여름에 한 일을 알고 있다'는 영화 제목처럼 마치 세상 모든 걸 다 알고 있다는 듯한 눈빛이 섬뜩, 하다. 그림 속 이브의 눈빛이 꼭 추란을 닮은 듯해서였다. 추란은 지금 어디서 뭘 하고 있을지 명원은 불현듯 궁금해졌다. 장거리 비행에다가 엊저녁 늦게 집에 왔기 때문에 짐 가방을 풀 새가 없었다.

명원은 인터넷 바둑이나 두면서 머릿속을 비울 생각이었다. 하지만 뜻대로 되지 않았다. 여느 때와 다르게 명원은 책장에 꽂힌 책들을 눈여겨보았다. 컴퓨터와 부동산 관련 서적, 그 밖의 책들이 꽂혀 있었다. 민법, 형법, 형사소송법 등 예전에 법무사 시험을 치르려고 사두었던 시커먼 표지의 두꺼운 책들이 궤짝처럼 한쪽을 차지했다. 명원은 사법고시가 아닌 법무사 시험을 치르기 위해 학원을 오간 적이 있었다. 공부도 다 때가 있다는 것을 명원은 금방 알아챘고 책을 덮는 데는 시간이 오래 걸리지 않았다.

최근에는 추란이 심리학과 인지과학, 뇌과학, 화학 분야의 책들을 사 날랐다. 독서 취향도 좀 특이하다는 생각을 명원은 쭉 하던 차였다. 아무렇게 널린 책들과 '녹색 목요일'이라 적힌 포스트잇 여러 장이 책상 위에 뒤엉켜 있었다. 메모 용지는 휴지통에 넣고 책은 한 권 한 권 눈으로 읽으며 책꽂이에 꽂아두었다. '우연한 마음'이란 제목에 이끌린 명원이 양장본 책 표지를 넘겼다. 알 수 없는 도형 같은 그림에 영어로 쓰여 있어선지 명원은 갑자기 어지럼증이 일었다. 웬만해선 내용 파악이 쉽지 않을 전문 서적 같았다. 그 아래에는 크기가 작은 책이 하나 있었다. 성서였다. 명원은 독서대에 둘까 하다가 꽂아둔 책갈피가 눈에 띄어 무심코 펼쳐 들었다. '녹색 목요일에 태어난 사랑하는 딸에게, 엄마로부터.' 속지에 적힌 글을 읽고 명원은 아차 싶었다. 휴지통에 버린 노란색 포스트잇을 찾아 들었다. 휘갈겨 쓴 추란의 글씨체는 어딘가 모르게 힘이 느껴졌다. 왜 녹색 목요일이란 말을 반복해서 썼을까, 명원은 고개를 갸웃했다.

스프링 노트에 손이 간 건 어쩌면 약속된 필연일지도 몰랐다. 은색 알루미늄 재질의 '리모와' 캐리어에는 항공화물 띠지가 그대로 붙어 있었다. 노트 모서리는 열린 지퍼 사이에 삐죽 나와 있었다. 명원은 추란의 메모 습관을 잘 알고 있던 터라 뭔가 필요한 걸 적었겠지 하고 단순하게 생각했다. 그런데 시간이 흐를수록 결코 단순하지 않게, 사건은 벌어지고 있었다. 명원은 정말 아무 생각 없이 펼쳤다. 명원의 첫 느낌은 필기감이 좋은 펜으로 썼구나, 였다.

이것은 기록이다.

1971년 4월 13일은 녹색 목요일

아는 사람은 제발트와 나뿐일 것이다.

발뒤꿈치에서 못이 자란다.

녹슨 못의 철가루가 혈액을 타고 명치께까지 왔다.

철가루가 뇌에 이르고 해마에 둥지를 틀면

나는 모든 것을 기억하지 못할 것이다.

결핍이 두렵다.

똑똑한 사람을 바보로 만들기 때문이다.

로버트 로웰의 정신병은

아마 요오드 결핍이었을 것이다.

그가 나를 의심하고 있다. 아닌 척하지만 도우에게 신경 쓰는 것 같다. 도우는 나에게 빚을 져서 그 빚을 갚고 싶다고 했다. 도우가 말하는 '빚'의 본질이 뭔지 솔직히 모르겠다. 난 그때 스무 살이었고 사랑도 세상도 잘 몰랐다. 지금에 와서 도우가 말하는 그 빚이, 갚는다고 갚아지는 것인지 알 수 없다. 빚을 갚고 싶은 건 그의 마음이고 내 입장에선 돈이 필요한 시점에 도우가 그냥 나타났다는 것일 뿐, 그렇다고 내가 달라지지는 않는다. 나에 대한 그의 태도가 달라진 건 도우의 돈 때문이다. 부동산과 금융은 한 몸. 그는 발을 뺄 수가 없다.

나는 아무도 기다린 적이 없다. 내가 잘못 대했다가는 실족할 거 같아서 조심스럽다. 나는 정신을 차리려고 애쓰는 중이다. 그런데 마음처럼 되지 않는 일이 하나 있다. 그의 아들은 내 아들보다 열세 살 많다. 아들은 나를 선생님이라고 부른다. 그냥 선생님 같아서 그렇게 부른다고 했다. 아들은 아버지를 경멸한다. 결혼과 이혼을 하도 많이 해서 아버지가 싫고 여자를 좋아하는 아버지가 쫄딱 망해서, 죽어 없어지는 것을 보고 싶다고 내 앞에서 말한 적이 있다. 내 품에 안겨 펑펑 울기도 했다. 그리고 나와 자고 싶다고 말했다. 아버지는 싫지만 선생님은 좋다고 했다.

아들은 아버지의 돈으로 페라리를 몬 적이 있다. 아들은 돈만 쓸 줄 안다. 그는 자식에게 모든 걸 쏟아붓는 사람이다. 그의 아들은 삐에로 스트라이크에서 맥주를 마시고 볼링을 치고, 클럽에 가고, 춤과 음악을 즐긴다. 리스닝룸에 비싼 오디오 장비를 들여놨고, 슈퍼카 드래그를 하며 제로백을 뽐냈다. 아들은 음악 작업을 하면서 내가 사다준 청동 머그잔에 커피를 타 마신다. 나도 그렇다. 뱀과 무화과나무 찻잔을 버린 지 오래다.

나는 페라리를 타보았고 아들이 타는 오토바이 뒷자리에 앉아 아들 허리춤을 감싸 안아봤다. 한강대교를 지나며 아들이 오토바이 핸들을 지그재그 모양으로 빨리 꺾었다. 내 몸이 도로 쪽으로 기울어서 아스팔트에 나동그라지는 줄 알고 얼마나 놀랐는지 모른다. 그 기분은 아주 짜릿해서 또 태워달라고 말했다.

나는 도우보다 그의 아들에게 마음이 더 간다. 하지만 인간으로 태어나 그건 도저히 있을 수 없는 일인 것 같다. 그러고 싶어도 티 내지 않고 있는데 언제까지 참을지 모르겠다. 그가 로버트 로웰이 쓴 『페드라』라는 희곡이 있다고 해서 어떻게 아느냐 물었더니 시를 좋아하는 술집 여자가 알려줬다고 했다. 여자의 이름을 물어봤더니, 노엘이라고 말해주었다. 그녀는 엄마가 무당이어서 어쩌면 자기가 신내림을 받게 될지도 모른다고 했고 무녀가 될까 봐 몹시 두려워한다고도 했다. 그런데 좀 웃긴다. 두려움을 이겨내기 위해 시를 읊는다니. 처음에는 노엘, 그 여자가 멋있게 보이려고 일부러 그런 말 한 거 아니냐고 물었는데 시간이 좀 지나 생각해보니 아, 그럴 수도 있겠구나 하는 느낌이 들었다. 아무래도 그 여자는 평범한 것 같지 않다. 무당의 피가 흐르기 때문에 언젠가 무당이 되지 않겠냐고 말했더니 그는 내가 아주 무서운 여자라고 했다.

*

명원이 도우를 만나게 된 것은, 그러니까 서울시로부터 마곡지구 입찰 통보를 받고 난 뒤였다. 오백여 평에 이르는 토지 대금이 120억이었다. 추란과 절반씩 지분을 나눠 갖고 출발했지만 자금 사정이 여의치 않았다. 계약금과 일차 중도금을 제하면 통장의 잔고가 바닥 날 지경이었다. 도우의 손이 뻗지 않았으면 지금의 명원은 없었다. 도우를 소개한 사람은 바로 추란, 그녀였다.

토지를 담보로 한 대출이 용이하지 않은 데 문제가 있었다. 서울시에서 대단위로 개발하는 지구이므로 블록별 구역만 나뉘어 있는 상태였다. 쉽게 말해 등기부등본에는 해당 물건지의 지번이 나타나 있지 않았다. 채권보증부담보 대출이란 금융상품은 융자가 여간 까다로운 게 아니었다. 게다가 시공업체를 2군 이상의 건설사로 선정해야 했고, 공사 대금이 PF(Project Financing)로 지불되는 대신 은행에서는 에쿼티(Equity : 자기자본)를 요구했다. 은행에 예치시켜야 할 현금은 상당이 큰 액수였다.

금리 역시 민감한 부분이라 몇 가지의 꺾기 상품을 은행 측에서 제시했다. 금융감독위원회를 들먹이면서 갑 행세를 하는 꼴이라니, 명원은 속이 부글부글 끓었다. 성질 같아서는 멱살 드잡이라도 하고 싶은 심정이었다. 앞에 놓인 종잇장을 낯짝에 내던지고 탁자를 주먹으로 쾅 내리친 다음, 결기 있게 은행 문을 박차고 나서고 싶었다. 그렇지만 마음뿐이었다.

그 무렵 추란과 함께 나타난 이가 바로 나도우. 그때만큼 명원이 자신을 초라하고 비굴하게 느껴본 적이 없었다. 사업을 그르치지 않기 위해 명원은 넙죽 도우의 손목을 붙들어야만 했다. 그렇다고 추란이 자신의 여자로 당당히 나설 만한 위치에 있는 것도 아니었다. 명원은 그런 상황이 싫었지만 현실직으로 실리를 따져야 했다.

"안녕하세요? 처음 뵙겠습니다. 나도우입니다."

"반갑습니다. 말씀 많이 들었습니다."

반갑다 한 건 명원 입장에서는 형식적인 인사말에 불과했다. 그에겐 썩 내키지 않는 자리였다. 지나치게 사업을 확장한 탓에 자금 압박을 받고 있던 터라 명원은 투자금 유입이 어느 때보다도 필요했다.

"강명원입니다."

명원은 실내 한쪽에 있는 골프 퍼팅 연습대에서 공을 치다가 의자에 와 앉으며 악수를 청했다. 탁자를 사이에 두고 마주 앉은 도우는 명원의 의자에 시선을 고정했다.

"의자 디자인이 아주 독특하네요."

"아, 그렇습니까? 이 나무가 흑단이라더군요."

검은색 팔걸이에는 용머리 형상이 조각되어 있었고 흑단 고유의 은은한 광택이 뿜어져 나왔다. 나무 재질을 보나 디자인을 보나 흔히 볼 수 있는 의자는 분명 아니었다. 명원은 남들이 자신의 의자에 관심 두는 것을 즐겼다. 명원은 의자 안쪽에 등을 깊숙이 묻으며 다리를 꼬았고 양팔은 자연스럽게 팔걸이에 올렸다. 다소 위압적이고 거만해 보이는 자세였다.

"요즘 애들 말로 거 뭡니까. 아이돌 연예인 같으세요."

"무슨 말씀을요."

"초면에 이런 질문 실례될지 모르겠지만, 젊은 분이 직접 영화 제작을 하셨다고 들었습니다. 리스크, 투자 손실이 크지 않나요?"

명원은 한번씩 등을 일으켜 세운 다음 양 무릎에 팔을 올려놓고 도우의 말에 귀를 기울였다. 그럴 때마다 도우는 자신의 이야기를 거두고 싶었지만 막상 어쩔 못했다.

"운이 따랐지요. 닷컴 버블이 한창 일었을 때 IT 쪽 사업을 했어요. 대학 졸업할 무렵 컴퓨터 회사를 창업했습니다. 우여곡절이 많았지만 회사를 정리하고 투자 쪽으로 움직이고 있지요."

도우는 거기서 대화를 그만두고 싶었다. 첫 대면에 자신의 이야기를 자랑하듯 늘어놔봤자 좋을 게 없단 생각이 들어서였다. 그렇다고 해서 그가 걸어온 길이 순탄한 건만은 아니었다. 주식으로 적지 않은 돈을 날리기도 했고, 또 주식으로 적지 않은 수익을 내기도 했던 도우였다. 그러다 SK통신으로 합병된 통신주 덕에 모갯돈이 생겼다. 다양한 분야의 사람들을 알고 지내다 보니 부동산 재개발조합과의 은밀한 연결도 쉽게 이루어진 셈이었다. 조합 쪽에 짧은 기간 필요한 현금을 융통해주고 높은 수익을 얻은 것은 어떤 자리에서도 그 내막을 속 시원히 털어놓지 못했다. 왠지 거북했다. 조합에서 필요한 돈은 일이 억이 아니었다. 상당히 큰 자릿수였기 때문에 고심 끝에 내린 결정이었는데 용케도 사고 없이 큰 수익을 도우에게 안겼다. 소위 돈이 돈을 버는 금융자본주의 실태의 반영이 아닐 수 없었다. 아무튼 도우는 다른 건 몰라도 재개발조합과 연루된 투자는 발설하고 싶지 않았다. 생각에 잠긴 도우의 표정이 어두워지자 이번엔 눈치 빠른 추란이 입을 뗐다.

"밀레니엄 시대였지…… 1999년에서 2000년으로 넘어갈 때 밀레니엄버그라고 컴퓨터 연산에 혼란이 올 수 있다며 각 은행 전산 시스템에 비상이 걸렸었지. 언론에서도 다소 호들갑스런 뉴스를 내보내기도 하고. 어제 같은데 벌써 세월이 이렇게 흘렀네."

추란은 명원과 도우의 얼굴을 번갈아 보며 대화의 물꼬를 다른 곳으로 틀고자 했다. 2000년 그해 봄, 명원은 두번째 부인과 이혼하고 어린 딸애와 헤어져 살았다. 애정 없는 결혼생활을 청산하고, 자신이 정말 사랑하고 꿈에 그린 여자와 제대로 살고 싶다는 게 이유였다. 명원은 자신의 결정과 선택을 추호도 의심하지 않았다. 그때는 그랬지만 지금은 상황이 달라져 있었다. 추란과 만나 제대로 살고 있는가? 아니었다. 무엇을 찾겠다고 여기까지 왔는지 명원은 자문했다. 자신에게 손해나는 일은 절대로 용납할 수 없지만, 그렇다고 추란이 싫은 것도 아니었다. 다만 내쫓다시피 한 추란을 이번 기회에 다시 집에 들이고 싶었다. 레지우드 찻잔에 홍차를 타서 향을 음미하며 함께 마시길 원했다. 잔에 그려진 뱀과 무화과

나무 그림을 보는 즐거움도 놓칠 수 없었다. 뱀과 무화과나무는 악어와 악어새 같은 관계라는 데 생각이 이르자 명원은 괜한 실소가 터져 나올 것만 같았다. 그렇다면 누가 악어고 누가 악어새일까. 명원에겐 이거 하나만은 분명했다. 그녀를 품에 안고 그녀 속에 깊이 잠기면 그대로 죽어도 여한이 없다는 것. 추란은 그저 여자일 뿐이었다. 다른 형용사가 필요 없었다. 한 손에 추란을 쥐고 다른 한 손엔 부를 쥐고 싶은 게 명원의 욕심이었다. '추란을 앞세우자.' 도우는 일단 사업이 마무리될 때까지 사무적인 관계를 지속하면 되었다. 그리고 다시는 보고 싶지 않은 인물이 도우였다. 명원은 그의 전폭적인 지원이 필요했다. 자존심이고 뭐고 그런 건 중요하지 않았다. 자신이 무너지지 않기 위해서 어쩔 수 없는 선택이었다.

"제가 알 만한 영화 있나요? 도우 씨가 제작했다는?"

"부끄럽습니다. 요즘 영화는 소자본으로도 만들어요."

"자금 운용 방식이 다양하시군요. 부동산 개발 투자에도 관심이 있으시다 들었습니다."

"아. 네."

"저흰 이번에 처음으로 오피스텔 건설에 뛰어들었어요. SH공사 입찰에서 아슬아슬하게 낙점되었는데 금융권 토지 대출에 문제가 있어요. 채권담보부 대출로 풀어야 하고 그러려면 에쿼티가 주거래 은행에 예치되어야 합니다. 또한 2군 업체이상의 건설사가 시공사여야 하는 게 조건이죠."

"알겠습니다. 자, 그럼 본론으로 들어가죠. 모델하우스가 있다던데 현장을 한번 둘러볼까요?"

"물론이죠. 먼저 출발하겠습니다."

의자에서 일어난 명원은 팔걸이를 넌지시 내려다봤다. 거무스름한 광택감이 역시 어디를 보나 으뜸이었다. 직선과 유려한 곡선이 면을 만나 이루어낸 삼차원 예술이 바로 의자겠구나 싶은 생각이 불현듯 머리를 스쳤다. 의자가 만들어내는 기하학이야말로 자신이 추구하는 궁극의 아름다움이 아닐까. 가끔 머릿속 생각이 엉뚱한 데로 뛰는 게 명원은 꽤나 재밌다. 이번에 지어 올릴 건물 외관을 자신의 의자 형상으로 덧입히자 명원은 아까보다 기분이 훨씬 나아졌다.

*

발산역 근처에 이른 도우는 주위를 두리번거렸다. '카리브'란 이름의 간판이 가장 먼저 눈에 띄었다. 건물 전체가 노란색이었는데 외벽에 덧댄 플라스틱 야자나무는 뭔가 좀 어색해 보였다. 옥상까지 뻗은 초록 잎 야자수 때문인가, 건물이 꼭 레고 같다고 도우는 생각했다. 맨 꼭대기 창문 칸칸에는 모델하우스 이름이 적혀 있었다. 해체와 조립이 언제든지 가능한 모델하우스도 어떤 면에선 레고와 닮았구나 생각하며 도우는 엘리베이터 버튼을 눌렀다. 발아래 깔린 붉은 카펫에 도우가 놀란 것은 무리가 아니었다. 엘리베이터 문이 열리자 빨간색 융단이 기다란 복도 끝까지 이어져 있었다. 게다가 먼저 도착한 명원의 양쪽에 선 두 남자가 도우를 향해 90도 각도로 인사를 꾸벅, 했다. 도우는 순간 몸이 경직됨을 느꼈다.

"우리 회사는 의전을 중시해요."

명원은 걸음을 잠시 멈추더니 은근한 미소를 입가에 흘리며 도우를 바라봤다. 분양팀의 본부장이라 소개한 키 크고 배 나온 남자와 피부 결이 곱고 해사한 실장이란 남자가 한 걸음 정도 뒤로 물러나 명원과 호흡을 맞췄다.

도우는 모델하우스 내부를 휘, 둘러보았다. 가벽을 터 건물 한 층을 통으로 다 사용하고 있는 것 같았다. 출입구에서 정면으로 보이는 건물 조감도에는 앞으로 변모할 마곡지구의 모습이 담겨 있었다. 지하철 5호선과 9호선을 중심으로 LG 사이언스파크, 이화여자대학교 의료원, 신세계몰, 그 밖의 블록으로 나뉘었다. 보태닉파크 정중앙에는 한강 물을 끌어들인 호수가 있었다. 마곡지구 전체 부지 면적의 19퍼센트에 해당되는 69만 9천 제곱미터의 공원이라고 실장이 힘을 주어 강조했다. 넓은 통유리를 통해 바깥이 훤히 내다보였다. 해가 서쪽으로 기울 무렵이라 붉은 흙이 더 붉게 타오르고 있었다. 신이 난 명원은 도우에게 내로라할 건물들이 들어설 위치를 손으로 짚었다. 양팔 벌린 높다란 타워크레인이 공룡처럼 서 있었다. 그 아래로는 흙을 실어 나르는 트럭이 하나둘 보였다. 열한시 방향 서쪽으로는 LH공사에서 지은 장기 임대 아파트가 보였다. 도우는 며칠 전 신문에서 읽은 기사가 떠올랐다. 저렴한 분양가에 높은 청약률을 보인 사실도 알고 있었다. 정부가 '부동산 재벌'이 되려 한다는 지적이 결코 틀린 말이 아니라는 것에 도우는 깊이 공감했다. 국민이 원하는 방향과 반대로 월세 위주의 공공임대주택 건설에만 주력하는 정부의 속내가 훤히 보였다.

명원이 손으로 가리킨 곳은 오른쪽 두시 방향 오피스텔 현장이었다. 땅 밑으로 19미터까지 파 들어가야 하기 때문에 땅속에 암(岩)이 있는지 없는지 테스트하는 장비라고 명원이 설명한다. 도우는 그러냐는 뜻으로 고개를 끄덕끄덕했다. 사무실로 자리를 옮긴 명원은 타입별 오피스텔의 평면도가 있는 카탈로그를 펼쳐놓았다.

"상업지구는 용적률이 600프로예요. 사업성이 뛰어나죠. 이 지역 오피스텔 공급이 많기는 합니다. 그렇지만 다른 오피스텔과 차별화되어 있다는 거죠. 바로 층고입니다. 일반 층고는 260센티미터지만 우리는 320이죠. 60센티가 더 있기 때문에 좁은 공간 활용도가 높다는 게 우리 오피스텔의 장점입니다." 명원은 어느 때보다도 목소리에 힘이 들어가 있었다. "요즘 트렌드이기는 하지만 슬라이딩 도어에, 주거를 분리해주는 포켓 도어, 전동식 빨래건조기까지 디자인이 혁신적이고 스마트해서 분양이 잘될 거야." 명원이 말하다 말고 숨을 고르는 사이 늦게 나타난 추란이 옆에서 거들었다.

"좋습니다. 검토해보고 내일 오후까지 답을 드리겠습니다."

그렇게 해서 도우로부터 투자받은 돈은 사십억이었다. 그후로 도우와 심심찮게 만나 식사도 함께하며 가까워졌다. 큰키에 마른 체형인 도우는 겉보기에는 신경질적이고 깐깐해보이지만 눈이 큰 편이어서 어딘지 모르게 순한 인상을 풍겼다. 사람을 편하게 해주는 매력이 있었다. 만남이 늘어나면서 화끈한 성격의 명원은 그간 자신이 살아온 이야기를 도우에게 털어놓게 되었다. 도우는 명원의 가족 관계, 형제 관계, 심지어 아버지의 묏자리 양옆에는 첫번째 부인과 두번째 부인의 묘가 나란히 있다는 사실도 알게 되었다. 반면 도우는 주로 상대의 말을 듣는 쪽이었기 때문에 말을 아꼈다. 명원이 도우에 관해 알고 있는 것은 저장된 휴대전화 번호가 전부였다.

추란이 기억하는 이십대의 도우는 사려 깊고 매사에 신중한 사람이었다. 타고나길 천성이 무른 도우의 성품을 웬만큼 알고 있던 터라 추란은 뭔가 달라진 도우의 모습에 적잖이 놀라고 있었다. 예를 들어 앞뒤 재지 않고 저돌적으로 달려드는 행동이 한편으로는 뜨악했다. 부동산 디벨로퍼의 면모가 어디에 숨어 있었는지 놀라울 따름이었다. 간단하게 셋이 같이 밥을 먹게 될 경우에도 추란은 가끔 자장면에 탕수육을 찾는 도우의 식습관을 챙겼다. 취미까지 꿰고 있는데다 도우의 무른 성격이 낳은 부정적인 요소들을 낱낱이 밝히기도 했다. 그뿐만 아니라 심지어 본인도 모르게 한 행위가 때로는 타인에게 얼마나 치명적인 상처를 입히는지, 지적을 넘어 질책하는 추란이 명원은 영 마뜩찮았다. 저 여자가 과연 누구의 여자인가 싶어, 명원은 머리를 젓곤 했다.

아무리 대학 동창이라지만 명원은 둘의 관계가 의심스러웠다. 그러나 친구라 하니까 그러려니 할 뿐 명원은 속계산이 빤해 일을 그르치고 싶지 않았다. 솔직히 사업까지 동참하게 된 마당에 명원은 이왕이면 추란의 번듯한 남편 자리로 대접받고 싶었다. 하지만 마음뿐이지 그럴 입장도 못 되고, 어정쩡한 위치에 있는 자신이 싫었다. 그래도 할 수 없었다. 명원은 다시 추란을 아내로 맞아 이번에는 혼인신고도 하고 부부답게 제대로 살고 싶었다. 때란 늘 한발 늦는 법인가, 도우를 배웅하겠다며 사무실을 나서는 추란의 뒷모습을 명원은 싸한 가슴으로 망연하게 바라봐야만 했다. 명원은 자신이 아끼던 뱀과 무화과나무가 그려진 찻잔을 추란과 마주하고 예전처럼 따듯한 차를 마시고 싶었다. 사무실 문이 닫히자, '제발, 돌아와!' 하고 명원은 속울음 울 듯 읊조리며 의자에서 벌떡 일어났다.

*

추란이 건축박람회장에서 도우를 만난 것은 이십 년 만의 일이었다. 다세대 공동주택을 짓는 건설업을 하던 때라 추란은 일 년에 한두 번 킨텍스나 양재동 행사장을 찾았다. '절대 손해 안 보는 집 짓기 노하우 72가지', '전원주택 특별 세미나' 등의 현수막이 주차장 주변에 걸려 있었고 진행자들이 나눠주는 각종 팸플릿과 홍보지 등이 어지럽게 널려 있었다. 통나무로 지은 전원주택 모형물에 추란은 가까이 다가섰다. 면적은 컨테이너 크기만 했다. 내부에는 욕실과 주방, 침실까지 다 갖춰졌다. 그녀는 욕실의 손잡이를 밀어 내부를 휘둘러보았다. 유리 부스는 타일 벽 절반 정도까지만 가림막이 되어 있었다.

건축 내외장재, 단열재, 창호재, 급수 위생재, 냉난방 설비부터 조명, 가구, 홈인테리어, 가구 등 곳곳에 세워진 부스에는 발 디딜 틈 없이 사람들로 붐볐다. 현무암을 비롯해 공동주택 외장재로 쓰이는 다양한 종류의 파벽도 즐비했다. 누군가 거칠게 그녀를 팔로 밀친 건 아트월 부스 앞에서였다. 흘러내린 가방끈을 어깨에 걸며 추란은 목을 길게 뺐다. 몸도 따라 안쪽으로 기울었다. 추란은 벽에다가 등을 맡기고 멍하니 허공을 바라봤다. 무릎 아래로 힘이 달아나는 게 느껴졌다. 등짝이 미끄러져 내렸고 추란은 꾸부정한 자세를 취할 수밖에 없었다. 바닐라 향 같은 게 날아든 건 그때였다. 화분 하나가 그녀 옆에 쓰러져 있었다. 추란이 앉지 않았다면 놓치기 쉬울 만큼 크기가 작았다. 바닥에 흩어진 흙과 화분 바깥으로 걸쳐진 초록 이파리는 이곳에서 매우 낯선 소품이었다. 오가는 사람들 발끝에 밟히거나 채이기 십상이었다. 여리여리한 잎이 어디서 본 것 같기도 했지만 그렇다고 금세 이름이 기억난 건 아니었다. 시간이 얼마간 지나서야 추란은 식물 이름이 무언지 알게 되었다. 화분을 바로 세우려고 추란이 허리를 굽혔을 때 누군가 어깨를 쳤다. 만날 사람은 기어이 만나는 법인가 보다.

"나, 도, 우!"

추란은 낮게 그러나 반가운 마음을 감추지 못하고 음절 하나하나에 쉼표를 넣었다.

"살…… 아…… 있었구나!"

도우 역시 눈만 동그랗게 뜨고 말을 제대로 잇지 못했다. 사람들이 박람회장 안으로 계속해서 밀려 들어왔다. 대화를 나눌 수 없는 상황이었다. 바깥으로 나가자며 도우가 먼저 추란의 팔을 잡아끌었다. 추란이 사람들과 부딪히지 않게 도우는 자신의 몸으로 막아 세웠다. 그제야 추란은 도우와 일정한 거리를 유지할 수 있었다.

도우는 점잖음과 격식이 느껴지는 비즈니스 캐주얼 차림이었다. 원단이 두껍지 않은 청바지에 소프트한 느낌의 셔츠를 입고 있었고 그 위에 걸친 블랙 재킷은 도우의 과감한 패션 센스를 말해주는 듯했다. 한눈에 봐도 성공한 남자의 자연스러운 멋이 느껴졌다. 원래 마른 체형이긴 했으나 훤칠한 키에 나이에서 오는 안정감이 있었다. 과하거나 요란해서 상대방을 불편하게 하지 않으면서도, 결코 궁하거나 허술해 보이지 않는 스타일. 신경을 쓴 듯 안 쓴 듯 편안한 멋과 깔끔한 품새 그리고 높은 격조까지, 추란은 그가 어떻게 살아왔는지 단박에 느낌으로 알 수 있었다.

행사장에서 빠져나온 두 사람은 걷다가 '매드 포 갈릭'이라는 레스토랑을 발견했다. 도우는 테이블 위로 턱을 괴고 싱글벙글 장난스럽게 웃음을 지으며 추란의 얼굴을 빤히 바라봤다.

"살아 있어줘 고맙다." 도우는 그 말을 또 반복했다. 열이 올라 그런지 낯빛이 발그레했다. "난 네가 한국 땅에 없는 줄 알았어. 얼마나 널 찾았는데…… 이게 얼마 만이야? 어디서 어떻게 살았어?" 도우의 목소리는 약간 떨렸다.

"차근차근 말해. 누구 안 쫓아와."

"그래, 그러자."

물컵과 메뉴판을 내려놓은 웨이터에게 고맙다고 말한 도우는 추란에게 뭘 먹겠냐고 물었다. 때를 놓쳐 점심도 거른 추란이지만 배가 고픈 줄도 몰랐다. 별로 생각이 없다고 추란이 말하자 도우는 그래도 뭘 좀 먹으라며 메뉴판을 추란 앞으로 밀었다. 그녀는 메뉴판을 펼쳤다. 이십 년 만에 만난 첫사랑의 남자를 앞에 두고 딱히 음식이 입에 들어갈 것 같지 않았다. 추란은 고민 끝에 모차렐라 치즈가 얹힌 피자와 하이네켄 맥주를 시켰다. 도우 역시 같은 맥주를 주문했다. 둘 사이에 침묵이 흘렀다. 그래도 크게 불편하거나 지루하지 않았다. 오랫동안 한 공간에서 호흡하고 산책하고 차 마시며 대화를 나눴던 사람처럼 친숙하고 편했다. 그런 감정은 추란만 느끼는 게 아니었다.

도우는 의자에 기대 약간 비스듬한 자세로 앉아 빙글빙글 웃다가 다른 데를 쳐다봤다가 추란을 보고 또 웃고 했다. 꽤 긴 시간을 넘어왔는데 둘은 어제 만난 사람처럼 자연스러웠다. 추란은 그간 쌓인 이야기를 하려면 며칠 밤을 지새워도 다 못할 것 같았다. 누가 먼저랄 것도 없이 동시에 입을 떼기를 몇 번, "내가 먼저 말할게" 하고 추란이 환하게 웃으며 손을 들어 제지했다. 맥주를 집어 든 도우가 앞에 놓인 컵에 따라주었다.

"빌라를 지었다고? 힘들었겠네. 어떻게 그 험한 공사장 일을 맡아 했지?"

"힘든 일 많았지. 금융위기는 정말 고비였어."

알알이 차오르는 맥주의 기포처럼 추란의 지난 기억들이 수면 위로 떠오르자 가슴께가 아렸다. 아빠 손에 붙들려 한국 땅을 떠야 했던 아들의 슬픈 표정, 함께 살았던 집에서 옷 몇 가지 챙길 때의 명원 표정, 혼자 살던 반지하 단칸방. 결별한 뒤에도 명원은 추란 주변에서 서성였다. 필요에 따라 아내처럼, 연인처럼 그리고 사업 파트너로 추란을 대하는 이가 명원이었다. 추란은 침을 삼켰다. 도우는 용케도 그녀의 감정선을 놓치지 않고 있었다.

"그래서, 지금은?"

"뭐가?"

힘없이 묻는 추란의 눈동자가 아직도 흔들리고 있었다. 도우가 듣고 싶은 대답은 그게 아니었다. 추란은 도우의 뜻을 헤아리지 못한 모양이었다. 아니, 어쩌면 알고도 모른 척하며 에둘러 말한 것일 수도 있었다. 지금도 일이 순조로운 건 아니지만 추란은 굳이 내색하고 싶지 않았다.

"그때는 우리만 힘든 게 아니었어. 이 계통 사람들 다 죽느냐 사느냐의 문제에 놓여 있었거든. 현장이 많았어. 빌라로 지어 올린 공동 다세대주택들이 여기저기 있었지. 아무리 싸게 내놔도 부동산 시장이 패닉 상태여서 누구 하나 집 보러 오는 사람이 없었으니까. 은행도 문 닫고 돈 맡긴 사람들 울고불고 난리였잖아. 그런데 다행히 죽으라는 법은 없더군. LH공사에서 상도동에 지은 빌라 몇 개 동을 모두 매수해 샀어. 겨우 원금 회수하고 벌여놨던 사업장 지금까지 근근이 끌어온 거지."

"하나 궁금한 게 있는데……"

"뭐?"

"동민과는 결혼을 왜 했지?"

"그걸 지금 질문이라고 하는 거야?"

"대답해봐."

"그만해. 다 옛날 일이야. 너는 나한테 그런 말 할 자격 없어."

"대답해."

"그만하라고, 제발."

"난 들어야겠어."

도우는 맥주 한 잔에 몸이 풀렸는지 단호하게 말했다.

"그건 네 사정이야."

"……"

"맥주 한잔 더 할래?"

"아니."

도우는 추란의 말을 무시한 채 약간 굳은 표정으로 맥주를 주문했다. 그리고 술을 따라 황급히 들이켰다. 술을 삼킬 때마다 도우의 성대가 움직거렸다. 입안에서부터 식도를 타고 흐르는 액체의 움직임을 추란은 상상했다. 조명 탓도 있겠지만 유난히 목이 하얬다. 가늘고 흰 도우의 손을 스무 살 적에 추란은 많이 아꼈다. 맥주를 한 모금 마신 도우가 입을 뗀 건 추란이 도우의 손에 눈을 준 다음이었다. "학교 축제 날 말이야. 치자나무 아래서 네 손 처음 잡았잖아." 추란은 속마음을 들킨 기분이었다. 그제서야 아까 박람회장에서 봤던 식물이 치자나무라는 걸 알았다.

"이십 년 전 일이야."

"그렇지. 시간이 많이 흘렀네. 널 이렇게 다시 만나다니. 꿈만 같애."

"꿈?"

"응, 꿈. 난 네가 내 앞에 이렇게 나타나줘서 정말 고맙다. 이렇게 살아 있다니……"

"이제 와서 뭘 어쩌겠다고. 다 소용없는 일이야."

"아냐. 네게 진 빚을 갚을 수 있게 됐어."

먹은 게 체한 듯 추란은 명치끝이 답답해 코끝을 찡그렸다.

"왜 그래 갑자기?"

도우가 걱정스런 눈빛으로 물었다. 추란은 괜찮다고 대답했다. 마침 웨이터가 접시를 치우러 왔고 그녀는 커피를 주문했다. 추란은 더 이상 오래전 케케묵은 일을 떠올리고 싶지 않았다.

"옛날에…… 그건 오해였어. 군대에 있을 때 말이야…… 너한테서 온 편지만 받았어도 아마 너와 헤어지는 일은 없었을 거야."

도우는 조심스럽게 분위기를 살피며 말을 이어나갔다. 추란은 테이블 위의 물잔을 만지작거리며 가만 듣기만 했다. 둘 사이 한동안 침묵이 흘렀지만 그 누구도 불편해하지 않았다. 다만 레스토랑 안에 있는 사람들의 대화와 음악만이 지금으로선 거슬릴 뿐이었다. 추란은 도우의 말을 곱씹었다. 편지에 뭐라 썼는지 기억나지 않았다. 지금 와서 그게 대체 뭐가 중요하다고 이야기를 꺼내는지 추란은 알 수가 없었다. 헤어지는 일이 없었을 거라니, 추란은 이십 년이 지나 만난 도우가

정말 한심하단 생각이 들었다. 지금의 추란은 스무 살 때의
그녀가 아니었다.

"도우! 그렇게도 할 말이 없니? 이십 년 만에 만났어."

추란은 웃음 띤 표정을 지으며 어린애를 대하듯 도우의 얼
굴을 바라봤다. 뭔가 단단히 오해하고 있는 것 같아 어디서부
터 풀어야 할지 난감했다. 아닌 게 아니라 도우는 순간 군기
가 바짝 든 새내기 이등병 얼굴을 하고 있었다.

*

군 시절 내무반 고참은 추란의 편지를 가로채 읽고 도우가
보는 앞에서 종이에 불을 붙였다고 했다. 화가 머리끝까지 치
솟은 도우는 주먹을 날려 선임의 코뼈를 부러뜨리고 탈영을
했다. 영창에서 보낸 삼 개월 때문에 뒤늦게 군복을 벗은 날
은 하필 추란의 결혼식 날이었다. 신부 대기실의 추란은 아름
다웠지만 잘 웃지 않았다. 청첩장을 손에 든 도우는 결혼식장
에 가야 할지 말아야 할지 한참을 망설였다. 동민과의 우정을
생각하면 안 갈 수도 없는 일이었다.

고등학교 때부터 단짝이었던 둘은 대학까지 나란히 들어가
는 바람에 같은 과인 추란과도 자연스럽게 친해졌다. 동민은
외향적인 데 반해 도우는 내성적인 성격이었다. 추란은 말수
적은 도우에게 점차 마음이 기울어 있었다. 스무번째 생일날,

추란은 학생회관 잔디밭에서 도우를 기다리고 있었다. 의자에 앉아 붉게 물들어가는 서쪽 하늘을 망연히 바라보고 있는데 어디선가 진하고 달콤한 향내가 코끝을 간질였다. 그 향기가 치자꽃이라는 것을 그때는 몰랐다.

도우는 약속 시간보다 늦게 나타났다. "생일 축하해. LP에 담긴 팝송들 중에서 내가 골라 녹음한 거야. 그러다 보니 시간이 좀 늦었네, 미안." 카세트테이프를 추란의 손에 쥐여주며 도우가 말했다. 아까 맡았던 좋은 냄새가 바람결에 실려왔다. 추란이 주변을 살피려 들자 도우가 막아서듯 추란에게 한 발 다가섰다. 그러고는 양팔을 벌려 그녀를 가볍게 포옹했다. 순간 나뭇가지가 서로 부대끼는 소리가 났고, 추란의 몸이 경직되는 걸 느낀 도우는 그녀를 세게 감싸 안았다. 사윈 어둠에 스치듯 사라진 물체는 금세 지워지고 없었다. "혹시 동민이 온 거 아냐?" 추란이 속삭이듯 낮은 음성으로 물었고, 도우는 "아냐. 신경 쓰지 마. 바람 소리야!" 하고 무심하게 말을 받았다. 그때 나무 뒤에 몸을 반쯤 숨긴 채 서 있던 사람은 동민이 틀림없었다. 공강이나 휴강 때면 자주 찾는 장소였기 때문에 그 장소에서 셋은 종종 부딪혔다. 동민 역시 추란의 생일을 기억하고 있었다. 하루 종일 몇 차례 같은 장소를 배회하던 동민.

도우와 추란의 모습을 몰래 바라보기만 했던 동민은 그날 저녁 문득 자신이 독기로 가득 차 있다는 걸 알고는 놀랐다.

추란의 생일 선물로 샀던 작은 상자 꾸러미를 그길로 쓰레기통에 처넣고 욕실로 향했다. 양치를 하며 들여다본 거울 속 자신은 꼭 낯선 타인 같았다. '추란은 내 거야!' 동민은 세면대에 양칫물을 퉤, 하고 내뱉었다. 자신도 모르게 혀를 깨물었던 것이다. 양치 거품에는 핏물이 벌겋게 물들어 있었다. 깨문 혀에서 피가 솟았지만 동민은 통증을 느끼지 못했다. 황급히 욕실 문을 박차고 나온 동민은 쓰레기통을 마구 뒤졌다. 옷소매를 팔꿈치까지 걷어 올린 동민의 손에는 아까 버린 상자 하나가 리본 끈에 매달려 흔들리고 있었다. 손가락에 묻었던 피가 옮겨갔는지 흐릿한 혈흔이 끈 끝자락을 물들이고 있었다. 잠시 생각에 잠겨 있던 동민은 방으로 들어가 상자를 서랍에 넣었다.

추란이 상자를 열어보게 된 것은 그러니까 십이 년 하고도 계절이 두 차례 바뀐 뒤였다. 아들이 하늘길에 오른 시각, 십만 시간 넘게 잠자던 상자 끈을 추란이 풀기 시작했다. 올이 풀린 리본 끝이 거무튀튀한 흑갈색으로 변해 있었다. "너는 결혼 생활 내내 나와 눈을 마주친 적이 없어. 네 맘속에는 내가 있는 게 아니었어. 누구냐구? 대체?" "바깥에서 다른 여자에게 눈 돌리게 한 건 모두 네 탓이야. 미란은 나만 바라본다고! 내 눈만 봐! 알아?" "하지만 네가 언제든 나를 기다리기만 한다면 난 네게로 돌아올 거야!" 울부짖듯 쏟아붓던 동민의 말이 추란의 귓가에서 떠나질 않았다. 고개를 숙인 채 추란은 양손을 귀에 갖다 대었다. 상자에서 꺼낸 빛 잃은 반지는 약지 중간쯤에서 더 이상 들어가지 않았다.

*

"이혼은 왜 한 거야?"

"원한다면 할 수 있는 게 결혼이라고 했잖아. 도우 네가. 이혼도 마찬가지더라고."

그랬다. 도우와의 신경전은 별 볼 일 없는 아주 사소한 것들에서 비롯됐었다. 추란은 그때만 해도 사랑하면 사랑하는 거고, 사랑하면 결혼은 당연히 하는 거지 어렵게 생각할 게 없다는 쪽이었다. "언제든 네가 나를 기다리기만 한다면 우리는 결혼하게 될 거야." 입대하는 날 도우는 그 말을 남기고 연병장으로 총총히 사라졌다. 기다리면 언제든 돌아와 결혼 생활을 유지하겠다, 딴 여자 만나 사랑에 빠진 동민이 추란에게 한 말과 크게 다를 바 없었다.

"미안하다."

도우는 앞에 놓인 물잔을 만지작거리며 힘없이 말했다. 흔해 빠진 삼류 드라마 속 인물들처럼 도우 역시 사랑과 우정 사이에서 오랫동안 갈등했다. 동민을 만나 담판을 짓기로 마음먹은 건 마지막 휴가 귀대 전전날이었다. 잠 한숨 자지 않고 부대에 들어가는 날까지 무려 48시간 넘게 마신 맥주만도 일만 시시는 넘을 터였다. 도우는 추란이 품고 있는 오해를 풀기 위해 동민에게 도움을 청하려던 참이었다. 하지만 먼저 선을 그은 사람은 동민이었다. 추란이 자신의 아이를 가졌다는 말을 아무렇지도 않게 무표정한 얼굴로 하는 동민이 친구가 맞나 의심이 들었다. 부모가 나서서 혼인을 준비하고 있다는 말도 동민은 서슴없이 해대고 있었다. 손이 귀한 집의 외동아들로 태어난 동민의 집안 사정을 모르는 바 아닌 도우는 분을 삭이느라 애먼 술잔만 채우고 비우고를 반복했다. 속 시원하게 주먹 한 방 날리지 못한 자신이 왜소하기만 했다.

"다 지난 일이야. 동민은 결혼 생활 내내 내가 너를 잊지 못하고 있는 거라 여겼지."

"그럼 아이는?"

"호주 퍼스로 유학 갔어."

"그랬구나."

"네 아인 몇 살이니?"

"난 결혼 안 했어. 아니 못했다고 해야 옳을까. 아무튼."

도우가 독신남이란 게 추란은 믿어지지 않았다. 남자로서의 매력도 그렇지만 성공한 사업가이잖은가. 가족들과 함께 공원에 나가 반려견을 산책시키고 깨금발 뛰는 귀여운 아이를 바라보며 행복하게 웃는 부부의 모습이 연상되었지만 돌아오는 답은 예상외였다. 추란이 생각하는 행복이란 아이를 통한 것이었다. 낯선 땅에서 혼자 외롭게 지낼 아들 생각에 눈물이 핑 돌았다. 부모의 이혼으로 가장 상처받는 것은 다름 아닌 자식이었다. 상처는 상처를 부르고, 죄는 죄를 부르고, 슬픔은 또 다른 슬픔을 낳았다. 아이 하나만을 생각해서라도 이혼은 하고 싶지 않았다.

아빠가 누구인지 사진조차 본 적 없는 자신의 비루한 삶을 추란은 자신에게서 끝내고 싶었다. 자식에게까지 대물림하고 싶지는 않았다. 한 번의 '사랑', 한 번의 '결혼' 그리고 한 번의 '이혼'. 추란은 명원과 만나기 전까지만 해도 웬만한 통과 의례는 죄다 겪은 줄로만 알았다. 그러나 시간은 명원이란 사람을 데려다 놓았고 또 사람을 만나, 사람으로 인해 또 사랑하도록 이끌었다. 명원과의 결별 아닌 결별이 있고 나서 추란은 많은 것이 바뀌었다. 흔해 빠진 말이 사랑이었고, 그러고도 사랑이란 말을 수 없이 썼지만 그건 더 이상 추란에게 '사랑'이 아니었다. '내 인생의 결혼은 한 번으로 족해.' 스스로 다독이며 다짐하듯 자신에게 한 말이었다.

"나에게 빚을 갚고 싶다 했지? 날 돕고 싶단 말로 해석해도 돼?" 추란은 갑자기 뭔가 생각난 듯 정색을 하며 도우에게 물었다. "응." 도우의 대답은 간결했다.

"그럼. 만나야 할 사람이 있어."

"누군데?"

"강명원."

"강명원?"

"응."

도우는 컵에 남은 맥주를 마저 들이켰다.

추란은 이십 년 만에 만난 도우를 명원에게 어떻게 소개해야 할지 몰랐다. 하지만 도우의 등장은 자금난에 빠진 시기와 절묘하게 맞아떨어졌다. 명원은 마곡지구 투자자로서 도우를 환영할 사람이었다.

*

"이 장식, 굴 껍데기 모양 말이에요."

컵에 붙은 장식을 손으로 매만지며 생각에 잠긴 듯 추란이 입을 떼었다.

"응, 근데 그게 왜? 그 머그잔보다 레지우드 찻잔이 낫잖아? 취미도 별나."

명원은 무심하게 말했다.

"뱀이랑 무화과나무 문양 이제 싫어요."

"……"

머그잔 장식이 추란은 석화 같다 했지만 명원 눈에는 달리 보였다. 두툴두툴 거친 표면이 몹시 껄끄러웠다. 게다가 제주 식당에서 본 성당 흑백 사진과 어딘지 모르게 비슷한 기운이 감돌았다. 성당 지붕의 거무스름한 천창은 음산하기까지 했다. 몇 날 며칠 밤잠을 설친 이유를 명원은 추란과 다녀온 섬에서 찾았다. 그 후로 유난히 머그잔을 아끼는 추란. 성당과 관련 있나 싶은 생각에 명원이 혹시…… 말이야, 운을 떼었다가 그녀에게 좋은 소리를 못 들을 것 같아 그만뒀다.

"왜요?"

추란은 명원의 머릿속 생각을 읽어낸 듯 무슨 말인가를 이으려다 참는 눈치였다. 명원은 갑자기 목이 탔다. 정수기 물을 내려 마실 생각에 소파에서 일어난 명원은 주방 쪽으로 갔다. 물 한 컵이 찰 동안 명원은 거실의 추란을 바라봤다. 머그잔을 손에 붙들고 추란은 꼼짝하지 않았다. 그녀는 우려낸 발효 구기자차를 한 모금씩 마실 때마다 손가락을 폈다가 잔을 모아 쥐었다. 냉수 한 컵을 다 마신 명원이 뚫어져라 추란에게 시선을 고정했다. 그녀 역시 명원의 눈빛을 느끼고 있었지만 애써 외면했다. 추란이 아일랜드 식탁 위에 머그잔을 내려놓다가 명원의 팔꿈치에 손이 닿았다. 차 한잔할래요? 메마른 목소리로 추란이 명원에게 물었다.

"페퍼민트?"

"……"

"그럼, 시나몬 선셋?"

"아냐, 커피 마시자. 예가체프."

"……"

다소 굵고 짧은 명원의 말을 단박에 알아챈 추란은 무언의 답으로 응수했다. 수납장에서 드립퍼를 꺼내 든 추란의 손놀

림은 쟀다. 요리 솜씨는 늘지 않았지만 커피나 차의 취향만큼은 남달랐다. 독일산 유기농 페퍼민트와 뉴욕에서 공수해 온 시나몬 선셋은 명원과 추란이 둘 다 좋아하고 즐겨 마시는 차였다. 늦은 밤에 카페인이 든 커피를 찾는 일은 드물었다. "신맛이 너무 나는 건 별로야. 근데 이 커피는 적당해." 명원이 예가체프를 두고 한 말이었다. 그런 그가 손수 드립 포트를 찾아 들었다.

"미적지근한 핸드 드립은 딱 질색이야. 뜨거우려면 뜨겁고 차가우려면 차갑든지 해야지. 어떤 카페에 가면 말이야, 이것도 아니고 저것도 아니고 아주 형편없어."

명원은 팔짱을 낀 채 포트를 응시하며 말했다. 그가 불필요한 말을 많이 하는 경우는 속이 허전하다는 뜻이었다. 사람은 겪어봐야 안다고 추란은 명원을 너무나 잘 알았다. 드립 페이퍼 한 장을 꺼낸 추란의 손놀림은 능숙했다. 페이퍼를 드립 서버에 깔고 그라인더에 간 원두를 그 위에 넣었다. 뜨거운 물이 담긴 포트를 옮긴 건 명원이었다. 호흡을 가다듬은 명원이 원을 그리면서 조금씩 따라 붓기 시작했다. 추란은 여느 때와 다른 명원의 모습이 처음 보는 것처럼 낯설었다. 원두 가루와 드립 페이퍼 경계선에 물이 닿지 않도록 포트를 조심히 다루던 명원이 멈칫, 했다. 한쪽으로 기울던 몸의 중심을 세우느라 한 손이 허리로 갔다. 꾸부정하게 말렸던 어깨를 편 다음 등허리를 곧추세웠다. 명원의 뒷모습을 추란은 정말 오랜만에 한참 동안 지켜봤다. 하잘것없는 싸구려 감정일지라도 명원에게로 난 감정은 대체 무엇이고 어디에서 와 어디로 가고 있는지 추란은 머리가 복잡했다. 명원은 자신의 생각이나 욕망이 이끄는 대로 살아온 사람이다. 그리던 꿈의 여자와 제대로 사랑하며 제대로 살고 싶다는 단순한 마음이 추란을 만난 이유였다. 처음 시작은 그랬다. 추란도 믿었고. 하지만 얼마 지나지 않아 모든 게 부질없는 일이 되었다.

두번째 아내와의 칠 년에 걸친 평탄치 않은 결혼 생활을 정리하면서 말기 암에 접어든 모친의 만류에도 추란을 집에 들인 이가 명원이었다. 주위에서 싫은 소리를 하는 사람이 많았어도 그는 개의치 않았다. 무조건 추란 편에 서서 그녀를 감쌌고 오로지 돈을 벌기 위해 노력했다. 그것이 명원이 살아가는 방식이었다. 드립 서버에 원을 그으며 물을 붓자 잠시 뒤 볼록하게 거품이 만들어졌고 그것을 본 명원이 흐뭇하게 웃으며 입을 떼었다.

"원두가 신선한 거 같다. 물이 부풀어 오르는 걸 보니……"

"그런 거 같네요. 향도 좋고……"

"당신 말이야, 나한테 하고 싶은 말 있는 거 아냐?"

"제가요?"

"응."

"아뇨."

"얼굴에 쓰여 있어. 당신은 거짓말 못하잖아."

"하고 싶은 말 없어요. 지금 짓고 있는 오피스텔 공사가 자꾸 지연되어 걱정이 좀 될 뿐이에요."

수납장에서 찻잔을 꺼내 들며 추란은 무심하게 말했다. 머그잔을 싫어하는 명원을 생각해 추란은 웨지우드를 챙겼다. 뱀과 무화과나무, 새 등이 틈을 찾기 어려울 만큼 빼곡하게 얽혀 있는 검은 문양의 잔이었다. 매우 흥미로운 건 언뜻 봐서는 모르고 자세히 들여다봐야 뭔지 알 수 있다는 것이다. 그림들은 각자의 자리에서 노래하며 춤추고 있는 것 같다가도 다시 들여다보면 서로에 대해 외면하고 있었다. 볼수록 빠져들게 만들었다. 추란은 한때 잔에 든 차를 마시는 게 아니라 잔 받침을 눈높이까지 받쳐 들고 그림을 보느라 차가 식는 줄도 몰랐었다. 그렇다고 커피 잔 모양이 화려하거나 독특한 것도 아니었다. 도기는 매우 단순한 원통형이었다. 영국 왕실에서 오랫동안 사랑받아온 유럽 전통의 도기지만 형태감은 그닥 매력적이지 않았다.

"이 문양 참 묘하게 잘 어울리네, 이 커피 잔 디자인한 사람은 어떤 생각을 품고 이런 그림을 그려 넣었을까? 뱀과 무화과나무라……" 잔을 이리저리 돌리며 찬찬히 뜯어본 명원이 깊은 상념에 잠긴 듯 말했다. "꽃이 안 피어서 무화과나무인가?" 추란이 혼잣소리처럼 말하자 명원이 그건 아니라고 했다. 겉으로 드러나지 않을 뿐 꽃은 핀다고 말했다. 그러다 갑자기 명원이 추란 쪽으로 상체를 굽혀 낮은 음성으로 말했다.

"무화과 말야. 갑자기 생각났는데 꼭 추란, 당신 같네."

"네? 뭐라고요?"

추란은 명원의 말에 좀 놀라 입안의 차를 뿜을 뻔했다.

"겉으론 말야 화려하게 드러나지 않지만 꽃은 피잖아."

커피를 한 모금 삼킨 명원이 이번엔 잔에 눈을 두고 말했다.

"꽃이 핀다고요?"

명원의 말을 받은 추란이 확인하듯 물었다.

"꽃 속 좀벌들은 짝짓기하면 무화과 열매 속에서 죽어. 임신한 암컷만 다시 세상 밖으로 나오는 거지. 무화과 없는 좀벌 없고 좀벌 없는 무화과도 없는, 끔찍하게 아름다운 공생관계……"

*

둘 사이에 잠시 침묵이 흘렀다. 그런 침묵쯤은 이제 서로에게 불편하지 않았다. 다소 가라앉은 분위기를 추란은 깨고 싶지 않았다. 무겁고 우울한 고딕 음악이 떠오른 것도 무리가 아니었다.

"음악 들을까요?"

"이 밤중에 무슨 음악?"

"드라코니안."

썩 내키지는 않았지만 명원은 그렇다고 말릴 생각도 없었다. 추란은 이제 명원이 즐겨 듣는 배호 노래를 선곡하지 않는다. 굳이 그 이유를 들추어낼 필요도 없었다. 추란의 짐이 명원의 아파트에 들어오지 않은 이상 눈치를 살피는 쪽은 명원이 분명했다. 그녀가 하고 싶은 대로 놔두는 게 상책이었다.

추란은 블루투스 기능이 있는 무선 스피커를 작동시켰다. 자신의 스마트폰에 저장되어 있는 음악 파일을 열어 드라코니안의 「헤븐 레이드 인 티어즈」를 골랐다.

"이 곡은 너무 어둡고 우울해. 무저갱 속으로 빨려드는 느낌이랄까? 좀 밝은 음악을 듣지그래?"

"난 괜찮은데…… 세월호 사건 일어났을 때 이 드라코니안 곡만……"

"가만, 어디서 들어본 노래 같기도 하다. 혹시 우리 뉴욕 '엔젤스 셰어'에서 들은 곡 아냐? 거기 술집 분위기 심상치 않았잖아."

"그랬죠."

"죽은 후에 잠시 머물다 가는 곳이 있다던데……"

명원이 말끝을 잠시 흐렸다가 계속 말을 이어나갔다. "얼마 전에 티벳 경전을 읽었거든. 죽은 사람들이 사십구 일 동안 머무는 데가 있다는 거야. 유체 이탈한 것처럼 빠져나간 영혼이 붕 떠 있다는군. 그러곤 살아 있는 사람들의 모습을 내려다봐. 살아 있다, 라고 느끼고 생각하는데 정작 본인은 죽어 있는 거지. 그런 자신을 돌아보며 슬퍼한다는 거야. 그게 바르도지." 정신의 반은 나가 있는 것처럼 말하는 명원이 추란은 비현실적으로 느껴졌다. "그걸 믿어요?" 추란은 이기죽대며 대꾸했지만 명원은 진지했다.

"다분히 신비주의적인 면이 있긴 하지만 종교관을 떠나서 왠지 모르게 '엔젤스 셰어'에서 그런 강렬한 느낌을 받았어. 그 작고 좁은 바 분위기가 마치 죽은 후 사십구 일 동안 머무는 공간처럼 다가왔거든. 음악도 그랬고. 잊히지 않네."

"……"

"출입문부터 예사롭지 않았잖아. 북유럽 범선을 해체해서 만든 나무라고 했잖아. 바이킹 시대의 범선…… 그 나무는 아마 천년도 더 지났을 거야. 중세로 돌아간 것 같고, 음악도 고딕!"

끊임없이 말을 쏟아내는 명원을 보며 추란은 당혹스러웠다. 내친김에 제주에서 본 성당에 대해 말할까 하다가 그건 아직 때가 아닌 것 같아 그만뒀다.

"정말 오늘은 당신답지 않게 왜 그런 말을 하죠?"

"나다운 게 뭔데? 나다운 게……"

"감상이란 걸 잘 모르는 사람이죠, 당신은. 냉철한 이성에 의존해서 사는 사람이니까."

"감정이 없는 사람으로 이해한다는 뜻이야?"

"아니. 그건 좀 비약 같고, 이를테면 당신은 종교적 신비주의에 매료되었더라도 금세 머리 흔들고 그 세계에서 빠져나올 수 있는 강력한 의지의 소유자라는 거예요. 당신은 그 누구도 믿지 않고, 오직 믿는 것이란 당신의 주먹뿐이죠. 그런 맥락에서……"

"그 말은 틀리지 않아."

"그리고 돈."

"그래. 맞아. 돈 때문에 추란, 난 당신을 얻었어."

명원이 선반 위의 유리컵을 집어 들었다. 냉장고 가까이 다가선 그가 문에 딸린 레버를 눌러 얼음을 내리고 물을 받아 마셨다. 명원이 감상에 빠져 있나 했는데 의외로 매우 침착했다. 추란은 일부러 바깥 얘기를 끌어들였다.

오피스텔의 준공 시점이 머지않았고 소방법이 워낙 까다롭기 때문에 행정 절차상의 문제가 매우 복잡했다. 게다가 부대 토목과 내장공사가 마무리 단계여서 자금 압박이 컸다. 풀어야 할 일들이 산더미처럼 쌓여 있어 하루하루가 스트레스였다. 가장 큰 문제는 준공 자금이었다. 돈 문제가 불거질 때마다 밤잠을 설치는 건 둘 다 마찬가지였고, 그런 난제를 쉽게 풀어내는 데 추란의 역할이 컸던 것을 명원은 너무나 잘 알고 있었다.

추란 뒤에는 도우가 있었다. 명원은 내색하지 않았지만 요즘 들어 부쩍 귀가 시간이 늦어진 추란에게 마음이 쓰였다. 의심은 꿈에서조차 명원을 괴롭혔다. 꿈속에서 어떤 사내와 정사를 벌이는 그녀를 보고 분노에 차 괴성을 지르며 눈을 뜬

다든가, 욕설을 퍼부으며 잠꼬대를 한다든가, 심지어는 자다 말고 추란의 뺨을 치는 일도 벌어졌다. 너무나 황당하게 잠이 깬 추란은 기가 막혔지만 가위눌린 명원을 다독일 수밖에 없었다. 그의 이마에는 구슬땀이 배어 있었다.

*

물이 담긴 유리컵을 아일랜드 식탁 위에 올려놓으며 명원이 의자에 앉았다. 드라코니안의 「헤븐 레이드 인 티어즈」 마지막 부분이 흐르고 있었다. 가냘프고 애조 띤 보컬 리사 조한슨의 음색이 돋보이는 곡이었다. 짐승이 포효하는 듯한 앤더슨 제이콥슨의 음울한 목소리와 묘하게 조화를 이루었다. 이어 「블러드 플라워」의 전주가 흐른다. 명원도 귀에 익었다.

나는 죽어감으로써 행복한 삶을 만들어냈지.
끝없는 기다림에 지쳐 창백한 위로가 내 마음을 장악하네.
시간이 흐르며 내 몸은 굳어갔고 차디찬 기운으로 차가워졌겠지.
나는 여전히 저 떠오르는 태양 아래 몸을 떨며 나 자신을 찾고 있네.

그대는 저 하늘의 별이자 저 하늘의 달

그대는 그림자가 꽃피는 저 대지
저 죽음의 동굴들이 얼어버리게 될 곳에서
내게 안식을 가져다줄 빛을 던져주시오.

그 꽃은 더 이상 자라나지 않지만
난 여전히 그대를 사랑해.
그대가 저 새처럼 멀리 날아가버렸다 할지라도
난 영원히 그대를 사랑할 거야.

나는 붉은 피. 그대의 영혼 안에 타오르는 불꽃
그리고 너무나 싸늘한 저 들판 위에서 자라나리라.

오! 고통스러운 꿈을 꿀 때마다 그 안에 그대가 숨어 있다면
어찌 내가 그렇게도 세심히 그댈 느낄 수 있으려나.
우리가 살아서 이 대지를 밟고 있는 동안은 그 어떤 희망조
차 찾을 수 없어.
하지만 그댄 어디에서든 내가 울부짖고 있다는 걸 알 수 있나.
난 그대를 위해 울부짖네.
난 그대를 위해 울부짖네.

그 꽃은 더 이상 자라나지 않지만
난 여전히 그대를 사랑해.

그대가 저 새처럼 멀리 날아가버렸다 할지라도
난 영원히 그대를 사랑할 거야.

　음악을 들으며 추란은 머그잔의 차를 한 모금 마셨다. 손안
에 말리는 그립감이 새삼 좋다고 느낀 추란이 이번엔 석화처
럼 우둘투둘한 청동 장식에 시선을 고정했다. 드라코니안의
음악처럼 머그잔이 마치 고딕 같다고 그녀는 생각했다. 군데
군데 구멍이 뚫려 있는데다 꺼끌꺼끌해서 눈으로 봐도 질감
이 두드러졌다. 장식 가장자리 부분은 심지어 예리해서 잘못
다뤘다간 살갗이 베일 수도 있었다. 추란이 컵을 손바닥에 받
쳐 들고, 손끝으로 매만지고, 입술에 대고 마시는 동안 머그
잔은 그녀의 몸이 되어갔다. 아마도 대부분의 사람들은 녹빛
감도는 청동 잔에 뭔가를 담아 마시는 걸 꺼릴 것이다. 그러
나 고유의 향마저 앗아갈 듯한 청동 머그잔을 추란은 아꼈다.
"그 컵 안 샀으면 어쩔 뻔했어? 제주에서 산 거 맞아? 그 머
그잔에 집착하는 이유는 대체 뭐야?" 명원이 뭔가 캐낼 듯한
눈빛으로 물었다. "알다가도 모르겠어, 당신이란 사람은 정
말. 제주 그 섬에서 대체 무슨 일이 있던 거야?" 명원이 다짜
고짜 추란을 몰아붙였다. 하지만 그녀는 지금은 말할 때가 아
니라고 여겼다. '언젠가 모든 게 수면 위로 떠오를 거야, 그때
까지 참자.' 추란은 눈을 지그시 내려 감고 입안에 있던 차를
아주 천천히 식도로 흘려보냈다.

"사내가 성공하려고 드는 건 다 여자 때문이라고 생각해. 성공은 곧 돈이지. 난 이대로 무너지지 않아. 지금은 여러 상황이 좋지 않아 힘든 건 사실이지만 조금만 버티면 괜찮아질 거야. 오피스텔 분양률도 저조하지 않고 마곡지구는 앞으로 개발 가능성이 무궁무진한 곳이야. 이번에 SH공사에서 입찰받은 곳에 짓는 레지던스 말야……"

"성공이 돈으로 이어지는 건 그렇다 쳐요. 근데 여자는 곧 돈이라는 등식은 넘 비약된 거 아녜요?" 추란이 명원의 말허리를 자르며 격앙된 목소리로 말했다. "왜 열을 내고 그래?" 명원이 뜨악한 표정으로 멀뚱하게 그녀를 봤다. "여자를 돈이라는 상관물로 생각하는 이상, 당신 같은 사람은 결국 여자 땜에 망할 거예요!" 감정의 날을 세운 건 추란이었다. "이 커피 잔을 보라고. 뱀, 무화과나무, 새 이런 것들이 조화를 이루고 있잖아. 현실에서는 돈이면 뭐든 할 수 있어." 명원이 차분한 목소리로 잔을 가리키며 말을 이었다. 조커처럼 입꼬리를 늘리던 명원이 손에 쥔 커피 잔을 번쩍 치켜들더니 콧부리에 갖다 댔다.

"웨지우드, 이 잔으로 나란히 커피 타서 마시자. 전처럼."

"……"

"그놈의 머그잔이 뭐가 그렇게 좋아? 장식도 별로잖아."

"……"

"나를 믿어. 이게 대체 뭐야. 한집에 살면서 니 거 내 거 현금이고 부동산이고 간에 다 따로 나누는 거 좀 웃기지 않아? 우리 다시 출발하는 마음으로 새롭게 시작하자. 당신이 나를 믿고 나한테 모든 걸 맡기면 난 당신을 책임질 수 있어. 응? 어때?"

"이제 와서 뭘 어쩌자구요? 뭘 믿으라는 거죠? 달라질 게 뭐가 있나요? 너무 늦었어요."

"자꾸 그렇게 삐딱하게 나가면 서로 좋을 게 없어. 감정만 상하니까 합리적으로 생각해. 당신과 내 마음이 잘 맞아야 이번 마곡지구에 벌이는 사업도 잘 풀린다고. 이번 일 그르치면 어부지리 격으로 나도우만 빛 봐."

명원은 커피를 한 모금 마시고 목을 축였다. 아닌 게 아니라 요즘 바깥일이 정신없이 돌아갔다. 한 현장은 준공일을 앞두고 있고 다른 현장은 지금 막 시작 단계라 둘 다 서로 매우 예민한 때였다. 명원은 성격상 가만 앉아 입으로만 일을 벌이는 스타일이 아니었다.

"사업 벌이면서 우리 얼마나 힘들었어. 잘 알잖아? 돈을 버는 것도 아주 잠깐이라고. 물 들어올 때 노 젓는단 말도 있잖아. 돈도 벌릴 때 바짝 당겨서 벌어야 하는 거야. 나이 더 들면 돈도 안 붙어. 온갖 어려움과 괴로움 다 참고 견디면서 하는 일이야. 그게 다 뭐겠어? 두말 필요 없이 돈 벌자는 거잖아. 자금 달려 허둥지둥하고 월말에 기성해주느라 얼마나 애를 태웠어. 어디 그뿐이야? 일이 어긋날까 봐 조마조마하고,

현장에 인명 사고 터져 그거 해결하느라 경찰서로 산재공단으로 정신없이 뛰어다니고. 담당 부서 건축과장에게 굽실굽실. 특검 나와봐, 현장에서 고개 조아리며 입에 고인 침도 맘대로 못 삼켰어. 고급 룸살롱에서 여자 데려다 놓고 마신 발렌타인 30년산만도 대체…… 골프백에 드라이버에 그거 사다 바친 것만 해도 웬만한 집 전세금 마련할 돈이라고…… 아휴, 그만해야지."

명원은 거기까지 말해놓고 이번엔 얼음물을 벌컥 들이켰다. 그래도 성에 차지 않았는지 계속 말을 이었다.

"그렇게 애끓고 피 말려가며 하는 게 사업이야. 그리고 지금 우린 또 한 번 도약의 기회에 놓여 있어. 도우가 돈을 댄 건 사실이지만 건설 쪽 일은 우리가 갑이라고. 내 말 틀렸어? 당신과 내가 합심해야 해. 도우에게 너무 속 드러내지 말라고. 알았지, 당신?"

"……"

"아니, 왜 대답이 없어? 내 말이 말 같지 않아?"

"꼭 대답을 해야 알아들어요?"

"그런데 말이야, 말 속에 뼈가 있는 거 같애."

"지금 비아냥대는 거예요?"

"너무 예민하게 반응하는 거 같아서…… 이번 사업에 당신 공이 큰 건 알아. 당신 아니었으면 아마 부도났을 거야. 이번에 사당동에 있는 짐들 모두 빼고 아파트 여기로 들어와. 다시 시작하자. 이 집은 당신이 권해서 산 거 아냐. 비록 나와 떨어져 있었지만 난 당신을 내 아내가 아니라고 생각한 적이 단 한 번도 없어. 내가 얼마나 당신을 사랑하고 있는지 잘 알 거 아냐. 민서 말이야. 난 당신과 살기 위해 백일도 안 된 어린애를 엄마 팔에 들려 내보냈잖아. 내 아이한테만큼은 아빠 노릇을 좀 하고 싶어. 그것만 이해해줘." 명원은 어깨로 손을 가져갔다. 가려움증이 도진 것 같았다.

2장

못이
난
자리

「죄」라는 제목의 그림에 명원이 빠져든 건 우연이 아니었다. 아나콘다처럼 굵고 큼지막한 뱀이 송곳니를 드러낸 채 전라의 이브 몸을 감싸고 있는 소름 돋는 작품이었다. 프란츠 폰 슈투크의 그림이 뮌헨 노이에 피나코테크 미술관에 전시되어 있다는 사실을 명원은 지인을 통해 알게 되었다. 그는 젊은 시절부터 황학동 벼룩시장을 돌아다니며 취미로 사 모은 그림이 돈이 되자 그림 수집가로 아예 직업을 바꾼 사람이었다. 누군가가 모사한 작품이었지만 명원은 한 푼도 깎지 않고 그 자리에서 그림값을 쳐주었다. 칙칙하고 어두운 색조에 섬뜩할 정도로 강렬한 이브의 눈빛에 명원은 매료되었다.

명원이 유독 「죄」란 그림에 빠져 지낸 이유를 추란은 아이

에게서 찾았다. 명원은 그림을 집에 들인 뒤로 자주 상념에
잠겼고 멍하게 천장을 보는 일이 잦았다. 명원이 처음부터 그
렇게 겉돈 것은 아니었다. "나 누구야?" 언제부턴가 침대 위
에서 추란에게 확인하고, "당신한테 난 뭐냐고?" 추란 몸 위
에서도 힘없이 묻곤 했다. "난 도대체 누구지?" 명원은 천장
을 보며 숨을 고르며 혼잣말처럼 되뇌곤 했다. 그때마다 추란
은 명원의 오른팔 흉터를 만지작거렸다. 딱딱한 살덩이를 손
톱 끝으로 꾹 눌러보고, 슬쩍슬쩍 긁어가며 그의 반응을 살
폈다. '이 안에서 덧난 상처는 언제나 괜찮아질까, 상처가 다
낫는 날이 과연 있기는 한 걸까.' 명원의 가려움증이 사라지
는 날이 오긴 오는 것인지, 그렇다면 진정 죄책감으로부터 자
유로워질 수 있는 것인지 추란은 의문스러웠다. 이런저런 생
각을 하다 결국 추란은 약상자에서 '잘덴'을 찾아 입에 넣고
잠자리에 누워야만 했다. '더마톱'이 명원의 가려움증을 낫
지 못하게 하듯 '잘덴' 역시 추란에게 잠을 가져다주지는 못
했다. 각자 마음속에 있는 상처의 다른 이름이라는 것을 둘은
잘 알았다. 명원이 가렵다고 말하는 그때만큼은 추란도 그도
서로의 시선을 애써 비껴갔다.

　약상자에서 '더마톱'이라는 연고를 꺼낸 명원이 쭈그러진
연고의 튜브를 밑에서부터 눌러 짰다. 흉터 부위에 허연 연고
를 묻힌 명원은 약이 완전히 스며, 살 주변이 번쩍거릴 때까
지 둥글게 원을 그려가며 공들여 발랐다. 습진이나 가려움증

에 효과 있는 연고를 명원은 너무나 태연자약하게 너무나 당연하다는 듯이 사용했다. 명원이 안고 있는 '가려움증'은 보통의 가려움증과 성질이 다르다는 것을 그는 인정하고 싶지 않았을 것이다. 그 연고를 발라서라도 가려움증으로부터 하루빨리 벗어나고 싶은지도 몰랐다.

명원 팔의 흉터가 도진 것은 두 해 전 일이었다. 가려워서 못 살겠어. 이 살을 도려내고 싶어, 명원은 팔에 손을 가져가며 웅얼거렸었다. 칠 센티미터가량의 불룩 솟은 쭈글쭈글한 흉터. 살짝 잡아도 엄지와 검지 사이에 꽉 들어찰 만큼 두툼한 살가죽을 명원은 핏물이 고일 때까지 긁고 비틀고 꼬집었다. 날씨가 찌뿌둥하다거나 비가 내리는 날에는 예의 신경통 환자가 그러는 것처럼 단 한 번이라도 그냥 지나친 적이 없었다. 추란이 긁지 말라고 아무리 말려도 명원은 가려움증을 도저히 참지 못했다.

흉터는 명원의 자해 흔적. 발단은 아이들 문제였다. 첫번째 부인에게서 난 아들은 이미 성년이 되어 별문제가 없었다. 추란을 잘 따랐고, 작곡 일을 하던 터라 거의 작업실에서 살다시피 했다. 문제는 명원의 두번째 부인에게서 얻은 어린 딸애와 추란이 두고 온 자식이었다. 추란 역시 어린 아들을 두고 왔다는 죄책감에 하루도 편한 날이 없었다. 마음 붙일 곳 없던 추란은 욕실에서 샤워기를 틀고 소리 내어 울다가 붉게 충혈된 눈으로 욕실 문을 나서곤 했다. 명원은 딸애를 만나러

다녔고 추란은 그럴 때마다 샤워기 부스의 물을 틀어놓고 한 시간이고 두 시간이고 욕실에서 나오지 않았다.

"나도 내 아이가 보고 싶어 미치겠어요. 난 아빠가 누군지 모르고 자랐어요. 내 아이에게 나와 같은 슬픔을 대물림하고 싶지 않단 말예요!"

"당신 미쳤어? 제정신으로 하는 말이야? 당신은 출가외인 이야. 당신 애는 그쪽 씨라고?"

추란에게도 아들이 있다는 것을 명원은 모르고 있는 사람 처럼 말했다. 명원의 딸애가 소중하면 추란의 아들도 소중하 게 여겨야 옳다 생각했지만 명원은 그 부분에서 좀 달랐다. 추란은 여자이고 자식은 남자 쪽의 씨라는 게 명원의 논리였 다. 그쪽 피이므로 아버지를 따르는 게 당연하니 신경을 끊으 라는 거였다.

명원이 워낙 가부장적이고 권위적인 사고방식의 소유자라 는 것을 추란은 잘 알고 있었지만 그녀의 처지를 어느 정도 헤아릴 줄 알았다. 그러나 그건 큰 오산이었다. 명원은 딸에 게 경제적인 뒷받침을 아낌없이 했다. 추란이 이해 못하는 건 아니었다. 하지만 틈만 나면 추란 모르게 아이가 있는 집을 드나들었고 그 사실을 알게 된 다음부터는 추란은 화가 치밀 어 참을 수가 없었다. 놀이공원에 가서 목마를 태워주고, 어 떤 날은 솜사탕을 옷깃에 달고 어떤 날은 소맷부리에 케첩을 묻히고 집에 들어섰다.

추란은 눈물을 훔치며 그길로 현관문을 박차고 나섰다. 초겨울의 밤바람은 차고 매서웠다. 아파트 지하 주차장으로 내려왔고 마침 집에 있던 명원과 아들이 추란의 뒤를 쫓아 내려왔다. 추란은 주차장 기둥에 숨어 두 사람의 움직임을 살폈다. 명원의 손에는 추란의 겨울 외투가 들려 있었다. 집에서 입고 있던 얇은 옷차림새로 나온 그녀를 생각한 거였다. 추란은 거리를 걷다가 공원 벤치에 앉아 허공을 멍하게 바라보았다. 귀는 얼고 춥고 배가 고팠다. 수중에는 지폐 한 장 없었다. 결국 발길이 닿은 곳은 다시 명원의 집이었다. 도어락 소리에 벌써 명원은 문 앞에 나와 굳은 표정을 짓고 있었다. 명원은 아무 말 없이 추란의 손목을 잡고 방으로 들어갔다. 그러더니 냉장고에서 맥주 캔 하나를 가져와 마개를 땄다. 명원은 예리한 알루미늄 마개를 손에 들고 아무렇지도 않게 팔에 가져갔다. 선홍색 핏물이 살갗을 비집고 배어 나왔다. 추란은 명원을 부둥켜안고 하염없이 눈물을 쏟아내며 다시는 그러지 않겠다고 빌었다. 흉터는 그렇게 생긴 거였다.

*

여간해선 늦는 적이 없는 명원이 한번은 술에 취해 들어왔다. 술도 입에 대지 못하고, 그렇다고 가깝게 지내는 친구가 있는 것도 아니고 뭐 특별히 취미랄 게 없는 사람이었다. 창밖이 푸르스름해질 새벽녘, 명원은 조용히 옷을 벗고 침대로 올라와 이불을 들추고 추란을 뒤에서 안았다. 명원은 금세 잠이 들었다. 그날 밤, 추란은 한숨도 자지 못했다. 창문으로 햇빛이 환하게 넘어 들어올 때까지 모로 누운 채 일어나지 않았다.

다음날 명원이 출근한 뒤 추란은 하루 종일 그의 전화를 기다렸다. 이러저러해서 어제 늦게 들어왔노라고, 미안하다고, 혹은 오늘은 일찍 들어가겠노라고, 그의 부드러운 목소리를 듣고 싶었지만 유선전화에도, 휴대전화에도 명원의 번호는 찍히지 않았다. 평소처럼 전화를 걸고 싶었지만 이번만큼은 명원의 전화를 기다리고 싶었다.

명원은 밤늦게, 혹은 새벽에 들어오는 횟수가 잦아졌고 밤 열두시가 넘도록 전화 한 번 없었다. 밖에서 무얼 했는지 굳은 표정 하나만으로는 아무것도 읽어낼 수 없던 추란이 도리어 걱정이 앞섰다. 무슨 일이 있느냐는 물음에 명원은 아무것도 아니라고만 답했다.

겉옷을 받아 든 추란의 어깨 위에 두 손을 얹은 것도 근래에 없던 일이었다. 포개 쥔 명원의 손바닥은 땀이 차 있었다. 가뜩이나 몸에 열이 많은 사람이 어째서 손에 땀이 밸 정도로 말을 아끼고, 그것도 모자라 입맛 다셔가며 마른침까지 삼키는지 추란은 초조했다.

급기야 입술을 열고 새어 나온 말은 간혹 듣던 이야기였다. 내가 누구지? 응…… 이제, 당신 하구 싶은 거 해. 무슨 뜻으로 하는 말인지 너무도 잘 알고 있었지만 추란은 그의 손을 풀어내며, 또 왜 그래요? 하고 자신 없는 투로 물었다. "당신은 그 말밖에 할 줄 모르나?" 아까보다 명원의 목소리가 한층 높아졌다. 그가 얼마간 자신의 감정을 실은 까닭이었다. 문득, 짚이는 데가 있어 명원에게 다그쳐 물었다. 종종 그가 속내를 들키는 경우는 그 한 가지 외에는 없었다.

"애한테 또 다녀온 거죠? 그죠?"

"……"

명원은 끝내 아무 말도 하지 않았다. 옷을 갈아입지도 않은 채 그는 베란다에서 창문을 활짝 열고 연거푸 담배를 피워 물었다. 수시로 한숨을 내쉬는가 하면, 운동 중에 무슨 생각을 하는지 러닝머신에서 발이 얽히기도 했다. 텔레비전을 함께 보면서도 명원은 거실 벽면에 걸린 「죄」를 멍하니 응시했다. 추란은 그때마다 욕실에서 한참 있다가 나오곤 했다. 샤워기가 뿜는 물에 하염없이 몸을 맡기면 기분이 한결 나아지기 때문이었다. 욕실 안에는 금세 수증기로 가득했다. 추란의 알몸이 수증기에 지워지고 배수구로 흐른 물은 배관을 타고 흘러내려간다. 영혼마저 물에 젖은 듯 추란은 기운을 차릴 수가 없었다. 몸은 무겁고 정신은 메말라갔다. 그녀는 타일 벽에 팔을 뻗었다. 정수리에 더운물이 닿았다. 수천 수만의 땀구멍에 물 알갱이가 스며들도록 추란은 오랜 시간 기다렸다. 하지만 소용없는 일이었다.

욕실 문이 열리자 밀도 높던 수증기가 일시에 바깥으로 번져나갔다. 높은 천장을 향해 제멋대로 흩어지는 물 알갱이들이 그제야 추란의 눈에 들어온다. 일정한 분자구조를 지닌 수증기 속 알갱이들은 밀폐된 공간에서 질서를 이루었겠지만 이제는 아니었다. 존재는 또 다른 질서를 낳을 것이다. 그것이 보이든 보이지 않든 간에.

"그만 이쯤에서 끝내자."

명원의 입에서 마침내 그 말이 나왔다. 투명인간 대하듯 추란 앞을 지나친 명원이 냉장고에서 캔 맥주를 집어 들고 문을 쾅 닫았다. 추란의 맨몸에서 물이 뚝뚝 떨어졌다. 전 같았으면 물기를 닦아주고 캔 맥주를 가져다 추란 손에 쥐어줬을 사람이었다. 명원이 맥주를 벌컥 들이켰다. 눈은 그림에 두고 있었다. 추란과 한집에서 산 지 삼 년여 만의 일이었다.

*

짐 빼던 날 명원의 태도를 추란은 잊을 수가 없다. 이삿짐센터에서 온 사람들이 노란색 대바구니를 거실 바닥에 내려놓았다. 방 문틀에 망연자실 기대고 있는 추란 대신 명원이 나서서 그녀의 물건을 바구니에 담았다. 마음의 준비를 다 해서 이젠 정말 괜찮다고 스스로 여긴 추란이었으나 막상 눈앞에 펼쳐진 광경을 목도하자 머리가 돌아버릴 것 같았다. 엄마의 유품인 페이즐리 실크 원피스가 명원의 손에 구겨졌다. 철제로 된 둥근 지붕 모양의 저금통을 명원이 집어 든 순간, "만지지 마!" 하고 추란이 악을 썼다.

팅겨지듯 자리를 박찬 추란이 달려들어 명원 손의 물건을 빼앗았다. 명원은 어리둥절한 표정을 지으며 두 손을 힘없이 떨어뜨렸다. 그리고 한마디 내뱉었다. "당신은 내 손안에 있어. 아무것도 할 수 없을 거야. 자존심 내세우고 고집 부려봤자 쓰잘데없는 허세라고. 내 말 잘 들어야 해." 명원의 말이 무엇을 뜻하는지 추란은 나중에 알았다. 저금통을 당차게 빼앗은 추란은 그때부터 자신의 손으로 직접 짐을 싸기 시작했다.

둥그스름한 녹색 지붕의 저금통은 요즘 흔한 플라스틱 제품과는 많이 달랐다. 물에 약해 산화되기 쉬운 금속 재질의 저금통인데 형태는 집 모양이었다. 추란이 예닐곱 살 때 엄마한테 받은 처음이자 마지막 생일 선물. 성서도 받긴 했지만 추란은 크게 기뻐하시 않았다. 녹색 목요일이 엄마에겐 중요했을지 몰랐다. 추란은 그것이 무엇을 의미하는지 전혀 관심 두지 않았다.

엄마가 무슨 일을 해서 돈을 버는지 추란은 그때 어려서 몰랐다. 사람은 일을 해야 돈이 생긴다고 엄마는 수시로 말했고 돈이 모여야 이쁜 딸 유치원도 보내고 미술학원도 보낼 수 있다고 했다. 엄마는 주일이면 추란의 손을 붙들고 성당에 갔다. 주일 미사를 꼭 드려야 했기 때문이었다. 그간 지은 죄를 모두 사함 받기 위해 미사는 반드시 드려야 한다며 엄마는 생떼 부리는 추란을 타일렀다.

추란은 그 말을 머릿속에 넣고 이리 굴리고 저리 굴렸다. 아무리 생각해도 이상하고 이상해서 너무나 웃긴, 말도 안 되는 거짓말 같았다. 그래서 추란은 미사 시간에 자주 딴청을 피우거나 주일에는 친구들을 불러내 놀기 바빴다. 한번은 담장 길을 따라 걷고 또 걸었다. 향기에 이끌린 추란이 걸음을 멈춘 곳은 탱자나무 앞이었다. 무시무시하게 생긴 가시가 겁을 주었지만 추란 눈에 보이는 건 오직 열매뿐이었다. 나뭇가지에 손을 뻗자 가시가 살갗을 건드렸다. 살점이 일어난 자리에 핏물이 맺혔다. 그래도 추란은 기어이 열매 하나를 따냈다. 노르스름한 탱자는 손에 알맞게 들어찼다.

집에서 벗어나면 세상에는 볼 것이 많다는 것을 추란은 탱자나무를 통해 깨달았다. 가시에 찔려 피가 나도 탱자를 손에 쥐었으므로 아픔은 이미 아픔이 아니었다. 호기심으로 가득한 신비로운 세계가 바로 바깥, 세상이었다. 탱자 향이 모든 것을 잊게 해주었고 추란은 계속해서 앞으로 걸어 나갔다. 길이 끊어지면 되돌아오면 될 것 같았다.

추란이 발을 멈춘 곳은 솜사탕을 파는 리어카 앞이었다. 솜사탕 아저씨가 페달을 밟자 분홍색 실 같은 것이 공중에서 바람을 타고 휘돌았다. 어린 추란의 눈에는 솜사탕 아저씨가 요술쟁이처럼 보였다. 어디선가 바람을 일으키더니 부풀린 솜

구름을 막대 하나에 매달았고 하얀 솜사탕과 분홍 솜사탕을 마음대로 만들어냈다. 그런데 솜사탕을 보느라 넋 놓고 있던 추란을 정말 혹하게 만든 건 따로 있었다. 근처 공사장 앞 철근 더미였다. 불그죽죽한 황토색의 철 가루를 본 순간 추란은 왠지 모르게 가슴이 철렁 내려앉는 걸 느꼈다. 추란은 한 발짝 한 발짝 공사 중인 건물 안으로 들어섰다. 바닥에는 어제 내린 비로 인해 여기저기 물이 흥건하게 고여 있었다. 날씨가 궂은 탓인지 일하는 사람들은 없었다. 어딘가에서 물이 한 방울씩 떨어지는지 아득하게 울려 퍼지는 공명에 추란의 심장은 뜀박질했다. 똑, 똑 물방울 듣는 소리에 맞춰 추란은 계단을 밟고 올라갔다.

어둡고 침침한 콘크리트 벽 사이로 빛이 쏟아져 내린 건 순식간이었다. 추란은 팔로 눈을 가렸다. 바늘 같은 빛이 눈을 뚫었기 때문에 추란은 앞이 안 보이는 게 아닐까, 하고 두려움에 떨었다. 겁이 난 추란은 얼른 건물 밖으로 나가야겠다고 마음먹었다. 그제서야 추란은 발뒤꿈치에서 통증을 느꼈다. 운동화 밑창을 뚫은 굵은 대못이 양말에 구멍을 낸 것이었다. 추란은 아픔을 참으며 운동화에서 뽑아낸 붉은 대못을 가만히 집어 들었다. 녹슨 못은 계단참에도 한 무더기 있었다. 못을 하나씩 주운 추란이 뭔가에 홀린 듯 옷 앞자락을 둘둘 감아올렸다. 계단을 오르고 멈추고, 걷고 허리를 굽히고 펴고 못을 줍는 동작까지 추란 몸의 관절들은 일정한 간격으로 움직였다.

*

못을 찾고 줍는 일이 싫증 났을 때는 이미 해는 기울어 있
었다. 집까지 어떻게 돌아가야 할지 추란은 막막했다. 너무
멀리 집에서 벗어났다는 것을 깨달았고, 깨닫게 된 순간 울음
이 터져 나왔다. 울어도 소용없다는 사실을 알면서도 추란이
할 수 있는 건 고작 소리 내 우는 것뿐이었다. 캄캄한 어둠 속
에서 두려움에 떨며 추란은 울고 또 울었다. 울음소리의 틈을
비집고 들어온 건 엉뚱하게도 지상으로 낙하한 물방울의 공
명이었다. 소리를 제압하는 건 또 다른 소리였다. 어둠으로
가득 찬 공간에서의 적막은 인간이 느낄 수 있는 최대의 공포
라는 사실을 추란은 그때 알았다.

까무룩 깊은 잠에서 깨어난 곳은 경찰서 휴게실이었다. 중
학생 또래의 학생들이 울며 걷던 추란을 발견하고 경찰서로
데리고 간 것이다. 주황색 '옥도징키'가 발라진 왼발에는 붕
대가 감겨 있었다. 엄마가 경찰서 출입문을 열고 들어선 것은
경찰 아저씨가 준 빵과 우유를 거의 다 먹었을 때였다. 추란
은 엄마를 본 순간, 안도감에 또 한 번 크게 울음을 터트렸다.

엄마로부터 저금통을 선물 받은 건 다음 날이었다. "여기다
돈을 모아 우리 부활절에 헌금하자. 오늘이 네 생일이기도 하

지만 녹색 목요일이기도 하구나!" 엄마 얼굴에는 어두운 그늘이 짙게 드리워져 있었다. 목소리도 평소와 달랐다. 엄마가 냉장고를 청소하기 위해 그 안의 찬통을 꺼내 든다든지 해서 집안일을 벌이는 건 스트레스가 있다는 것이었다. 마른빨래를 개고 있는 엄마 이마에는 잔주름이 지어졌다. 추란은 마른 수건처럼 엄마의 이맛살이 펴지고 낯빛이 밝았으면 좋겠다고 생각했지만 무슨 일인지 엄마의 눈동자에는 물기마저 고여 있었다. 그게 다 아빠 때문일 거라는 데 생각이 미치자 추란도 기분이 싱숭생숭했다. 생일 선물을 아빠한테 받으면 얼마나 기쁠지도 상상해보았다. 추란은 한 번도 보지 못한 아빠에 대해 묻고 싶었다. 사진이라도 봤으면 하는 마음을 항상 가지고 있었지만 엄마 눈치를 봐야 했다. 아빠는 어떤 외모에 어떤 취미를 갖고 있는지, 아빠는 어느 쪽 손을 더 잘 쓰는지, 나처럼 왼손으로 연필을 깎는지, 추란이란 이름을 아빠가 지었는지, 면도하고 애프터 셰이브 로션을 바르는지, 외출할 때 향수를 뿌리는지, 구두를 신을 때 구둣주걱을 쓰는지 추란은 하나부터 열까지 모두 묻고 싶었지만 그러지 못했다.

빨래를 개키는 엄마의 손이 바쁘게 움직였다. 추란아! 하고 부르는 엄마의 음성이 약간 떨리는 듯했다. 분위기가 심상치 않음을 추란은 금방 알아챘다. 추란은 저금통을 만지작거렸다. 차가운 금속제품이 솔직히 썩 마음에 드는 건 아니었다. 노랑과 초록이 잘 어울려 괜찮다고 느꼈을 뿐이다.

부활절 전인 녹색 목요일이 딸 생일과 겹친 것에 대해 엄마는 대단한 의미를 부여하고 있었다. '녹색 목요일'이 뭔지 추란은 설명을 들어도 잘 몰랐고 엄마가 그렇다 하니까 그런가 보다 했을 뿐 별로 중요하게 생각하지 않았다. 그때는 그럴 수밖에 없었다. 엄마는 추란을 데리고 사순절 내내 성당을 찾았다. '십자가의 길'이란 제목의 묵주 기도를 드렸다. 엄마가 기도를 바치는 동안 추란은 벽에 걸린 열두 개의 목판화를 유심히 살폈다. 거기에는 가시관을 쓴 예수님의 고통 받는 모습이 고스란히 담겨 있었다. 추란은 가시관을 볼 때마다 머리가 아팠다. 가시관의 가시가 살갗을 뚫는 것만 같았다. 추란은 그럴 때마다 못에 찔렸던 왼발 뒤꿈치가 아려왔다.

 머릿속에 그린 상상만으로도 고통이 전해진다는 사실에 추란은 놀라움을 금치 못했다. 엄마의 묵주 기도 시간이 길게 느껴졌던 것은 어쩌면 가시관 때문이었는지도 몰랐다. 엄마와 집에 돌아오는 길도 내내 발걸음이 무거웠다. 성당 안에서 보낸 긴 고통의 시간이 발뒤꿈치에서 떨어지지 않고 계속 달라붙고 있었다.

 고개를 조아리고 걷는 추란에게 엄마가 말했다. "앞으로는 집 바깥세상에 호기심을 갖지 말아야 한다. 너는 아직 어려. 너무 멀리 나가면 길 잃기 십상이야. 세상은 원래 그렇단다. 돌아가야지 할 때는 이미 늦는 거지. 추란아! 엄마 말 잘 들어야 한다. 길 잃고 얼마나 무서웠니? 네가 느낀 공포는 아마

평생 네 안에 있게 될지도 몰라. 앞으로는 절대 멀리 나가지 마." 엄마는 추란의 손을 꼭 쥐고 신부님의 강론처럼 또박또박한 말씨로 말했다. 추란은 엄마의 말을 절반은 알아듣고 절반은 알아듣지 못했다.

엄마 손은 절대 놓지 말아야겠다는 생각이 들면서도 추란의 생각은 꼬리에 꼬리를 물었다. 어둡고 적막했던 건물 공사장의 광경이 머릿속에 그려졌다. 어딘가에서 떨어진 한 방울의 물은 텅 빈 허공에 소리의 파장을 낳았다. 과학을 공부하면서 알게 된 거지만 바닥에 떨어진 물은 운동에너지를 품고 있었을 것이다. 콘크리트 벽면에 떨어진 빛과 그늘의 조화는 초현실적인 충격을 안겨주었다. 그 광경을 목도한 추란은 콩닥거리는 심장을 주체할 수 없었다. 두 손을 포개 왼 가슴에 대고는 허파가 뛰는 것을 오래도록 느끼며 서 있던 게 떠올랐다.

처음에는 녹슨 못에 정신이 팔려 철근을 밟고 시멘트를 넘어 한 걸음 한 걸음 들어간 곳이었다. 하지만 공포와 맞붙을 만큼의 경외를 품은 곳이 아이러니하게도 바로 콘크리트 구조물이었던 것이다. '엄마! 저 빨리 어른이 되고 싶어요. 어른이 되어 초록 지붕 같은 집 지으면 아주 재밌을 거 같아요.' 추란의 마음 저쪽에서 속삭이는 듯 결기 어린 목소리가 귓전에서 맴돌았다.

엄마는 추란의 마음을 꿰뚫어본 것일지도 몰랐다. "추란아, 엄마와 함께 가볼 곳이 있다. 네게 보여주고 싶은 성당이 있단다. 부활절 미사는 우리 그곳에 가서 드리자. 집에서 가장 먼 곳. 우리나라 가장 끝에 있는 섬이란다." 엄마는 엷은 미소를 입가에 머금고 웃으며 말했다. 어디든 엄마와 같이 가는 여행은 다 좋았지만 굳이 부활절 미사를 단둘이 드리자는 말에 추란은 의구심이 들었다. 엄마는 비밀을 많이 간직한 사람이었다.

*

골프장 클럽하우스에 있는 의자는 지나치게 화려했다. 금박 입은 용의 머리에 명원은 아까부터 눈을 주고 있었다. 용의 눈에서 불이 뿜어져 나올 기세였다. 짙은 고동색 마호가니 나뭇결이 그대로 살아 있는데다 값비싼 가죽에서만 느낄 수 있는 탄성이 있었다. 은은한 광택과 부드러운 촉감의 소가죽은 한눈에 봐도 고급스러웠다. 그 자리에 허 과장이 떡하니 상체를 묻고 있는 게 명원은 못마땅했다. 마치 자신의 반려동물을 매만지며 즐거워하는 모습 같았다. 허 과장을 3인용 긴 소파에 앉게 하고 명원이 그 자리에 앉고 싶었다. 명원은 그런 자신이 좀스럽다 생각하면서도 어쩌지 못했다. 명원은 궁리 끝에 헛기침을 하며 입을 떼었다.

"허 과장! 마곡지구 허가는 대체 언제 떨어지는 거야?"

"심의위원회가 한 달에 한 번 열리는 거라서 어쩔 수 없어요. 좀 기다리는 수밖에."

이번엔 허 과장이 용머리를 매만지며 답을 했다.

"무슨 심의가 그따위야? 위원회랍시고 자리만 차지하고 앉아서는 백날 선만 그리는 놈들이 바깥 상황을 알기나 해. 교통 영향 평가니 환경 영향 평가니 들이대면서 뭐 하나 제대로 바로잡은 게 있냐구? 미군 부대에서 흘러나간 독극물도 단속 못하고 언론 입막음에 쉬쉬하면서 말이야. 그게, 가린다 해서 가려지고 감춘다 해서 감춰지는 게 아니란 말이지. 국민 세금으로 나라의 녹을 먹고 있으면 일이라도 잘해야지. 안 그런가, 허 과장?"

명원은 비위가 틀어지면 한달음에 몰아쳐 말을 쏟아내곤 했다. 가는 몸의 허 과장은 의자 등받이에 몸을 깊숙이 묻고 꼬았던 다리를 풀더니, 이번엔 반대 방향으로 틀고 앉았다. 명원은 허 과장의 행동이 영 눈에 거슬려 가만 볼 수 없었다. 니이가 명원보다 얼 살이나 아래인 허 과장은 기고만장했다. 어떤 식으로든 명원은 그의 거만함을 비꼬아 자신의 속을 시원하게 비워내고 싶었다.

"아이고, 우리 강 사장님 심기가 불편한 일이라도 있으신가요? 불똥이 엉뚱한 데로 튀네요. 비행기 타고 여기까지 와서 골프나 치면 됐지, 왜 그렇게 열을 올리세요. 우리 비즈니스는 쉬어가면서 하나하나 풀어봅시다. 그늘집 있잖아요. 수정방 어때요, 네?"

먼저 고개를 든 사람은 허 과장이었다. 대화 중 상대방을 스캔하는 데 둘째가라면 서러운 사람이다. 몇 초간, 몇 분간의 침묵이 둘 사이를 가로막았다. 명원의 심기가 불편하다는 걸 의미했다. 재빠르게 분위기를 탐색한 허 과장에겐 늑장 대처라는 게 없다. 허를 찔린 듯 움찔하면서 특유의 눈꼬리 웃음을 지으며 살살댔다. 소파 깊숙이 등을 묻고 편한 자세로 있던 허 과장이 냉큼 상체를 일으켜 세웠다. 그 짧은 시간에도 허 과장은 주도면밀하게 굴었다. 눈동자를 좌우로 굴리는 허 과장의 태도를 명원이 놓칠 리 없었다. 허 과장은 명원의 등 뒤로 발걸음을 뗀 다음, 용상 의자 쪽으로 떠다밀며 명원의 귀에다가 입을 갖다 대었다.

"비즈니스와 정치는 골프장에서?" 허 과장이 속삭였다. 명원은 허 과장의 입에서 비즈니스라는 말이 나오자 또 한 번 속이 메스꺼워졌다. "이봐요, 허 과장! 비즈니스의 본래 뜻을 알기나 하는 거요?" 명원은 일부러 딱딱한 말투로 툭 던졌다. "본래 뜻이라고요?" 허 과장은 잠시 생각하는 듯 아랫입술을 가볍게 물더니 "글쎄요" 하고 고개를 수그렸다.

"개념부터 명확히 해두라고요, 허 과장!"

비즈니스를 한낱 기술 정도로 치부하는 허 과장의 말에 명원은 발끈했다. 요령은 습득하면 그만이었다. 하지만 항상 일에 대한 불안이 복병처럼 도사리고 있는 게 비즈니스라 여겼고, 얼마나 치열하게 살아야 불안이 극복되는지는 겪어본 사람만 알 수 있다고 명원은 생각했다. 매 순간 닥치는 다양한 상황과 시행착오들은 예측과 호기심과 상상력으로 결합되어 나타났다. 삶의 목적에 관한 통찰이 곧 철학이라는 게 명원의 신조였다. 사람마다 살아가는 방식이 다르다고 인정하면 될 것을 명원은 목적의식이 없다고 간주하고 그런 부류의 사람을 경멸하는 쪽이었다. 허 과장이 딱 그런 유의 인간이라고 명원은 생각했다. 책임지는 게 무서워 벌벌 떨고, 시키는 일이나 하는 허 과장의 언행이 명원 입장에서 곱지 않은 건 당연한 일이었다. 일개 구청의 건축과 담당자가 비즈니스를 운운할 계제는 더욱 아니었다.

허 과장은 행동 하나하나가 계산이 깔리는 경우가 많았다. 무슨 백을 믿고 그러는지 명원은 너무나 잘 알고 있었고, 명원 또한 허 과장의 비위를 건드려 좋을 건 하나도 없었다. 허 과장은 자신의 업무에 관한 한 크게 실수하는 법이 없는 사람이었다. 표 나지 않게 실속 챙기는 데 이골이 난 인물이었으므로 오히려 앞뒤 잴 거 없이 서로 윈윈하면 그만이었다. 명원은 고개를 수그려 소리 없는 웃음을 목으로 삼켰다. 입가의 근육이 미세하게 떨렸다.

"이 의자 말이에요. 우리 강 사장님께서 앉으시면 잘 어울릴 것 같습니다. 용상 같죠? 황제가 앉는 의자. 좌우가 똑같아요. 절반으로 포개면 딱 일치하는…… 가장 아름다운 미의 기준은 바로 완벽한 대칭이 아닐까 싶은데, 이것 보세요. 앱

설롯! 여기 앉아보시죠."

허 과장은 지나칠 정도로 과장된 몸짓에 제법 무게 있는 말투로 목소리를 내리깔았다. 그러고 나서 분위기를 사뭇 띄워 보려는 듯 허허실실 웃어 보였다. "아, 이거 왜 이러시나? 내 허 과장의 큰형님뻘 나이이긴 하나 어째 부담스럽네." 명원은 싫지 않다는 뜻을 매번 그런 식으로 표현했다. 허 과장의 속내를 훤하게 뚫고 있는 명원 역시 적당한 밀당이 일을 푸는 데 도움이 된다 여겼다.

명원은 티업을 하기도 전에 초장부터 기분을 잡치게 할 생각은 없었다. 말꼬리를 잡고 늘어지다 보면 사소한 일로 기분이 상해 18홀이 끝날 때까지 공이 안 맞는 일이 허다했다. 허 과장은 가볍게 스트레칭을 하며 필드로 나갈 채비를 했다. 옷매무새도 다듬고 골프백의 지퍼를 열어 티도 찾아 챙겨 들었다. 하긴 벤츠 엠블럼이 박힌 허 과장의 블랙 골프백도 실은 명원으로부터 받은 거였다.

두 사람은 주로 내기 골프를 쳤다. 제주도로 중국으로, 비행시간이 여섯 시간이 넘는 동남아 지역도 같이 돌아다녔다. 허 과장은 술도 좋아할 뿐만 아니라 흥이 있는 사람이라 어디든 마다하지 않았다. 선술집부터 고급 요정까지 함께 드나들었다. 그러나 술잔을 기울이며 허물없이 지내는 듯 보이지만 속은 좀체 내보이지 않는 편이었다.

건축 대수선 용도 변경안을 결정해야 할 때마다 아쉬운 쪽은 늘 명원이었다. 물론 설계 사무실의 장 대표가 해당 부서인 건축과와 직간접적으로 긴밀한 유대를 이어오고 있지만 빌라를 지을 때와는 사뭇 다르게 오피스텔의 인허가 과정은 여간 복잡한 게 아니었다. 오피스텔을 짓는 과정에서 균열과 소음 등의 이유로 민원이 자주 발생했다. 민원인과 직접 건축과를 찾는 일이 잦았고 이러저러한 이유로 허 과장과는 구청 안팎에서 자주 부딪혔다.

허 과장은 출장 갔다 오는 길에 들렀다며 명원의 사무실에 얼굴을 곧잘 내밀곤 했다. 건축 설계 사무실은 구청과 길 하나를 사이에 두고 있기 때문에 수시로 들락거리며 커피를 축냈다. 믹스커피가 아까워서가 아니라 명원은 허 과장의 태도가 마음에 들지 않았다. 공무원 직분을 얼마나 잘 수행하고 있는지 의심이 갈 정도였다. 자리에 궁둥이 붙이고 앉아 있는 시간이 대체 얼마나 되는지 궁금했다. 그즈음 건축 사무실 장 대표의 권유로 골프채를 잡은 허 과장은 골프에 빠져 지냈다.

무슨 핑계를 대고 나오는지 허 과장은 허구한 날 건축 사무실에 와서 빈 스윙질이나 해대고 스트로크 연습을 했다. 홀컵에 떨어지는 골프공 소리에 좋아라 하는 허 과장의 등 뒤에다 대고 한심하다는 듯 명원은 혀를 차곤 했다. "허 과장! 알고 있소? 어디서 들은 건데 말이요. 영국에서 흉악범들이 탈옥을 하도 일삼아서 골프를 치게 했더니 말이요. 세상에! 그 다음부터는 골프에 미쳐 탈옥을 시도하지 않았다고 합디다."

명원이 시금털털하게 웃으며 말했다. "그렇죠. 시대가 요청하는 트렌드는 이제 골프예요. 맑은 공기에 새소리 들으며 폭폭 안기는 잔디밭 흙 밟는 재미, 쏠쏠하지요? 얼마나 좋아요. 돈이 최고인 세상입니다. 그렇죠, 강 사장님?" 신나서 떠벌리는 허 과장을 지켜보며 명원은 습관적으로 입꼬리를 늘렸다.

*

명원은 지난번 태국의 골프장에서 있었던 일이 떠올랐다. 아무 잘못도 없이 벌벌 떨던 캐디의 얼굴이 눈앞에서 어른대었다. 값비싼 골프채인 드라이버의 헤드 두어 개를 명원은 성질에 못 이겨 박살 냈다. 장타력의 소유자인 명원은 스윙에서도 본인의 성격이 배어 나왔다. 십여 년 넘게 헬스장에서 몸을 만든 그였다. 키가 작은 게 남 보기에는 콤플렉스로 작용할 것 같았지만 오히려 작은 키를 장점으로 내세울 만큼 명원은 자존심이 셌다. 남의 말을 잘 듣지 않는 모난 성격이라 티칭 프로의 가르침을 잘 따르지도 않았다. 지기 싫어하고 승부욕이 강한 명원은 요령을 터득하기보다는 잘 발달된 상체 근육을 이용해 힘으로 공을 쳤다. 잘 맞으면 프로 골퍼 못지않은 엄청난 비거리의 소유자였지만 오비가 많이 났다. 황제처럼 군림하기 좋아하는 명원은 대신 골프채로 허세를 부렸다. 이를테면, 골프백을 열면서 이렇게 말하곤 했다. "이 골프채가 미국 『포브스』지 선정 명품 마루망 마제스티야. 아이언 커버 이거 하나만 잃어버려도 십만 원은 줘야 돼." 어쩌면 명원은 골프보다는 골프채를 더 좋아하는 사람 같았다.

명원은 친 공이 마음대로 안 맞자 나무 밑동에다 대고 골프채를 힘껏 내리쳤다. 찌그러진 헤드가 단두대에서 잘린 사람 모가지처럼 시프트에서 댕강 떨어져 나갔다. 곁에서 보고 있던, 말도 통하지 않는 캐디가 새파랗게 질려 벌벌 떨었다. 눈이 휘둥그레진 캐디가 밑창이 다 떨어진 낡은 신발에 손을 가져갔다. 그러고는 운동화를 아예 벗고 맨발로 해저드를 향해 걸어가더니 떨어져 나간 헤드를 주워다가 명원 앞에 디밀었다. 그는 캐디의 손에 있던 것을 빼앗듯 낚아채어 해저드에 도로 던져버렸다.

골프는 그만큼 사람을 미치게 만드는 운동이라고 명원은 생각했다. '일단 맛 들이면 골프 중독에서 헤어날 인간은 없다. 오죽하면 딸도 마누라도 팔아먹는 노름 중독에 비유했을까!' 혼자 생각에 빠진 명원은, 문득 마약이나 노름은 범죄시하는데 골프 중독은 그러지 않는지 의문이 들었다. 접대 골프는 대개 내기 골프로 이어졌다. 공짜 골프 재미에, 보통 월급쟁이들 한 달 월급인 삼백만 원씩 따가는 공무원들도 숱했다. 자존심이 허락하지 않았지만 명원은 일부러 내기 골프에서 돈을 잃어주기도 했다. 만 원권 지폐를 손에 쥐고 그린 위에서 떠나갈 듯 웃어젖히는 공무원들의 낯짝이 보기 싫었지만 명원은 그들보다 더 장쾌하게 웃어주며 박수를 쳐주곤 했다.

"강 사장님! 무슨 생각을 그렇게 골똘히 하십니까?"

히 과장이 묻자 내친김에 명원이 반문했다.

"허 과장! 자네 말이야, 이천 년 전에 나온 중국 고전 사마 천의 『사기』 그거 읽어봤나?"

"아니요."

"그 책을 보면 이런 말이 나와요."

"어떤……"

"자기보다 열 배 부자면 그를 헐뜯고, 자기보다 백 배 부자면 그를 두려워하고, 자기보다 천 배 부자면 그에게 고용당하고, 자기보다 만 배 부자면 그의 노예가 된다."

"예, 맞아요. 점치고 관상 보고 사주팔자 풀이할 때도 말입니다. 재물운을 첫번째로 치잖아요. 건강, 출세는 나중이고요. 안 그래요?"

"목구멍이 포도청이라고 그날그날 먹고산다는 게 그만큼 중요하고 먹을 것은 돈이 있어야만 구할 수 있기 때문 아니겠어요. 이제 좀 먹고살 만하니까, 이것 좀 보시라고요, 공항 가봐요. 걸핏하면 골프 치러 외국 나가는 사람들 쎄고 쎘어요. 너도 나도 골프백 천지죠. 동남아 쪽은 넓은 평지 많아 공사비 얼마 안 들겠다, 잔디 잘 자라 관리비도 적게 들겠다, 아주 저렴하게 골프를 칠 수 있죠. 어디 그뿐인가요. 술값, 여자 값까지 싸서 여행자 입장에서도 삼박자가 착착 맞는 겁니다. 우리나라도 곧 일본 짝 날 거예요. 일본은 골프장만 사천 개가 넘는다던데. 산 좋고 물 맑은 웬만한 곳은 전부 다 골프장 공사가 한창이라고요."

허 과장이 허리를 펴며 소파에 앉은 명원과 추란, 마지막으로 장 대표에게 눈을 주며 동의를 구했다.

*

"골프 좋지. 요새 공무원들치고 골프 못 치는 사람들 없지. 돈 내밀면 좌우 눈치 살피며 머뭇거려도 골프 치자 하면 얼씨구나 따라나서지 않느냔 말이야."

이번에는 장 대표가 나섰다. 둘이 고교 동창이기도 했고 관할 구청장이 장 대표의 작은아버지여서 음으로 양으로 케어를 받는 편에 속했다. 장 대표는 건축 설계 사무실에 건축기사만 다섯 둔 사업가 기질이 다분한 인물이었다. 게다가 농사꾼 아버지를 잘 둔 덕에 외아들인 그는 김포에 풀린 나랏돈으로 제법 묵직한 돈주머니를 꿰찬, 뭐 하나 아쉬운 게 없는 사람이었다.

싱글 수준의 골프 실력에다 둘둘치킨이나 먹으러 가자 따위의 분위기 깨는 말을 터뜨려 때때로 좌중을 웃기는 유머 감각까지 갖춰 적이 없었다. 장 대표의 세련된 사업 수완은 이른바 특검 때 절묘하게 나타난다. 감리자와 건축사 자격이 있는 특별 검사원이 현장에 직접 와서 애초에 제출한 설계서대로 지어졌는지 체크하는 날이기 때문에 준공 검사 받는 날 아침은 밥맛을 잃기 십상이었다.

친절하고 예의 바르며 자존심이 강한 편이지만 장 대표는 특검 날만큼은 좀 다르다. 건물의 사용 승인을 내어주기 위해 나온 담당자들에게 정중하고 공손한 태도를 취한다. 식사비 명목의 돈 봉투가 안주머니에 두둑하게 채워져 있기는 했으나 현장에서의 장 대표는 사뭇 다른 모습이었다. 특검으로 나온 검사원 옆에 선 장 대표는 한마디 말도 하지 않고, 목뼈를 구십 도로 꺾은 채 어깨를 축 늘어뜨리고 구두코를 끌듯이 걸었다. 뭔가 모자란 사람 같은 인상을 풍겼다. 그래서인지 걸음걸이도 매우 이상했다.

그 모습은 처량 맞고 불쌍한 인상을 풍기는 데 터럭만큼도 부족함이 없어 보였다. 명원은 장 대표의 그런 행동이 처음에는 이해가 되지 않았다. 누가 봐도 다분히 연기하는 것처럼 보였기 때문이었는데 네번째인가 다섯번째인 현장 특검 날 엘리베이터에서 목도한 뒤로 그 연유를 짐작하게 되었다.

장 대표의 휴대폰이 울린 것은 명원이 엘리베이터 출입문 가깝게 발걸음을 뗐을 때였다. 진동음이 울린 장 대표의 휴대폰을 보고 명원은 무의식에 가까운 반사신경이 발동했다. 액정 화면에는 '나의 희망'이라고 쓰인 발신자 이름이 떴다. "어, 아들!" 장 대표는 아까와는 백팔십도 다르게 목뼈를 치켜세웠고, 엘리베이터의 LED 숫자표를 바라보며 강하고도 또렷한 발음으로 목소리까지 높였다. 방금 전 검사원 옆에 서 있던 때와 너무 다른 모습에 명원은 저절로 입이 벌어질 정도였다. 어찌 되었건 지적사항 없이 단번에 준공을 떨어뜨려주는 건 장 대표의 탁월한 능력임을 부인할 수 없었다. 식대비 명목의 돈 봉투야 건축주 지갑에서 나가긴 하지만 골머리를 앓지 않아 속이 편한 건 사실이었다.

"그런데 말이야. 어째서 그놈의 골프는 뜻대로 안 되는지 모르겠어. 될 듯 될 듯하면서 안 되니 환장할 노릇이지. 그거 홀인원, 단번에 그 구멍으로 쏙 들어가는 맛을 딱 한 번만 보고 싶은데 거참 그게 안 돼요. 파 스리에서 내가 몇 번을 실패했는지, 그게 아슬아슬 사리살짝 사람을 미치게 만든단 말이야." 명원은 금세 홀인원의 기회를 놓친 사람처럼 소리 나게 허벅지를 탁 치며 소파에서 벌떡 일어섰다.

*

일행은 티업을 하기 위해 각자 몸을 풀고 클럽 헤드가 잔디를 스치는 정도로 빈 스윙질을 했다. 다른 사람들은 오른손으로 그립을 잡고 스윙하고 있었다. 그러나 명원은 왼손으로 반원을 그렸다. 촘촘하게 박힌 잔디 위로 클럽 헤드가 쉬이익 쉬이익 훑고 지나갔다. 소리만 듣고도 힘이 느껴졌다. 허 과장이 명원을 치켜세우며 말했다.

"샤프트가 강해서 프로들이나 친다는 드라이버죠? 타이틀 리스트."

"팔뚝 근육 좀 봐요. 이거 사장님이니까 가능한 거예요. 9.5도…… 이건 치기 어려운데, 대부분 10.5도 잡잖아요? 이런 드라이버 아무나 잡는 거 아니라고요."

구력이 십 년이 넘는 싱글 수준의 장 대표가 이번에는 명원을 더 띄웠다. 샷감이 좋을 때는 비거리가 240야드에 런까지 따라붙어 파 포에서 투 온이 가능한 명원이었지만 그렇지 않은 경우가 허다했다. 공을 먼저 친 사람은 명원이었다. 뽀오오올. 캐디가 큰 소리로 외쳤다. 오비였다. 명원의 티샷은 이번에도 엉망이었다. 볼이 어디로 튀었는지 알 수 없었다. 페어웨이에 떨어지는 줄 알고 굿 샷 하고 외친 사람은 허 과장뿐이었다. 슬라이스가 심해서 홀 바로 옆인 비치 코스로 넘어간 게 틀림없었다. 명원은 안절부절못했다. "아, 이런…… 한 번만 더……" 난감해하던 명원의 얼굴이 금세 일그러졌다. 그런 지경에 이르자 티샷을 기다리던 사람들의 눈이 동시에 캐디에게로 갔다. 시간을 너무 지체하면 뒤 팀에게 쫓기고, 그러다 보면 캐디가 윗사람에게 혼쭐이 나기 때문이었다. 캐디 입장에서는 성가신 일이 아닐 수 없었다. 캐디가 들고 있던 공을 명원에게 디밀었다.

"굿 샷."

명원의 드라이버샷을 지켜보던 사람들이 일제히 외쳤다. 뒷바람이 도움을 줘서 그런지 낮은 탄도로 쭉 뻗어나간 공은 정확하게 페어웨이 중앙에 내리꽂혔다.

"나이스 샷."

뒤에서 추란이 짧게 말했다. 명원은 백스윙이 너무 커서 크게 돌아갔다는 생각을 했다. 아닌 게 아니라 클럽 페이스가 많이 열렸는지 스핀까지 먹으며 오른쪽으로 휘어 돌아나갔다. 공이 러프 쪽으로 떨어지는가 싶었는데 사방공사를 해 놓은 도로 쪽으로 날아갔다. 나뭇가지가 뚝뚝 부러지는 소리가 들려왔다. 명원은 이번 라운딩에서도 타수를 줄이기에는 턱없이 부족할 거라는 생각이 들었다. "첫 홀인 만큼 멀리건 한 개씩!" 장 대표가 눈치 빠르게 소리쳤다. 즉석 룰이 정해진 것이다. "네, 좋습니다. 한 번씩 티샷 다시 하세요." 캐디역시 싫지 않은 표정으로 오케이 사인을 보낸 것으로 분위기가 한층 부드러웠다. 추란은 가만 소리 없는 웃음을 지어 보였다. 장 대표의 샷은 정교했다. 물론 드라이버샷의 파워는 떨어지지만 그야말로 정확한 아이언샷은 그의 자랑이기도 했다. 첫 홀 탐색전이 끝나자 장 대표는 슬슬 본색을 드러냈다. "내기할까요?" 일인당 오만 원씩 내고 매홀 승자가 만 원씩 가져가는 방식이었다. 재미로 하는 내기인 만큼 반대하는 이는 아무도 없었다. 분위기가 사뭇 달라졌다. 내기란 그런 것이었다.

"골프 참 이상해." "그렇죠? 치고 나면 뭔가 아쉽고 다시 치면 잘될 거 같은데 안 되고 말이야." 페어웨이를 걸어가며 마치 끝말 이어가듯 말을 이어나갔다. 허 과장이 명원에게 바짝 다가선 것은 앞서 나란히 걷는 장 대표와 추란의 거리가 다소 멀어지면서였다.

명원의 왼팔 가까이 허 과장이 밀치듯 어깨를 바투 갖다 대며 속닥였다. "풍년, 노엘 말예요. 그 아가씨 참 매력 있어요. 그 애가 만든 소맥 한잔 시원하게 들이켜고 싶네요. 파 파이브는 공 치기 좀 지루해요." 명원은 속마음을 들킨 것 같아 걸음을 멈췄다. 아닌 게 아니라 아까부터 노엘이 한 말이 떠나지 않고 명원의 머릿속에 둥둥 떠다니고 있었다.

*

허 과장과 만나 노엘을 찾은 것은 도우가 마곡지구에 다녀간 날 저녁이었다. 추란과 도우를 배웅하고 나니 명원은 기분이 왠지 착잡했다. 허 과장과 스크린 골프라도 치자 할까 싶었는데 마침 전화가 온 거였다.

허 과장은 몸이 근질근질하다 싶으면 명원에게 카톡을 넣곤 했다. 꾸물꾸물한 날씨 탓을 하며 서오릉 주막집의 코다리찜에 동동주가 어떠냐는 둥 낙지 탕탕이에 소주 한잔 어떠냐는 둥 메시지를 보냈다. 이번에는 어디다 건물을 올리려고 하느냐, 명원이 건축주로 되어 있는 설계 도면이 자신의 책상 맨 위에 올려져 있다며 전화를 걸어오기도 했다. 그럴 때마다 눈치 빠른 명원은 허 과장의 말을 잘 되받았다. 그런데 이번에는 대놓고 역삼동 풍년에 노엘을 보러 가자고 말해왔다. 명원은 그러잖아도 역삼동의 흑임자죽을 생각하고 있었다며 맞장구를 쳤다. 바뀐 건축법 시행령 지침이 내려왔는데 잡무가 많아졌다며 허 과장은 한참 푸념을 늘어놓았다.

명원은 내친김에 예약을 했다. 여자를 옆에 끼고 둘이 마시면 한 상에 이백만 원 넘는 돈이 우습게 부스러지는 곳이었다. 허 과장은 풍년에 가면 꼭 옆자리에 앉혀두려는 여자가 있었다. 분위기 파악을 워낙 잘해 그때그때 사람들을 즐겁게 해주는 재주가 있는 여성이었다. 술상에서 가끔 언성이 높아질 경우가 있었다. 하지만 그녀는 노래를 부른다거나 검지와 중지 양 손가락에 골무를 끼고 인형극을 펼친다거나 해서 명원은 웃느라 깔깔 뒤로 넘어갔다. 그녀의 끼에 껌뻑 넘어간 건 허 과장도 마찬가지였다. 특히 그녀의 매력은 시 낭송에 있었다. 시립도서관의 시 창작 교실에 다니면서 틈틈이 시를 썼다고 했다. 받아 마신 술에 취기가 올랐는지 로버트 로웰의 시를 읊으며 눈물을 훔치기도 했다. 노엘이라는 예명은 그래서 지어졌다. 그녀가 흘린 눈물의 의미를 명원이 알게 된 것은 시간이 좀 지나서였다.

술상 앞에서는 웃고 즐기며 놀자는 게 명원의 철칙이었다.

그런데 어떻게 된 일인지 그녀는 마신 술마저도 깨게 만드는 힘이 있었다. 게다가 부동산 개발이나 재테크 투자와 관련해서도 눈이 밝았다. 명원은 효창공원 6호선 역 주변의 도시형 생활주택 허가와 관련해 허 과장과 대화의 물꼬를 텄다.

"건축법과 주차장법이 수시로 달라지니까 허가를 그 시기에 맞추는 게 나을 겁니다. 주차 대수에 따라 주택 수가 달라지니 말이죠. 도시형 생활주택도 금융위기 오기 전 근린생활시설 지분 쪼개기와 다른 게 하나 없어요. 이름만 바뀐 거죠? 안 그런가요, 강 사장님?"

위스키 잔을 입에 털어 넣은 허 과장이 '카아' 소리를 내며 잔을 상에 내려놓자 옆에 앉은 노엘이 굴전을 입에 넣어주었다.

"미군기지가 평택으로 옮겨지면 주변 땅값이 많이 오르게 될 겁니다. 부동산이 다시 오름세를 탈 거예요."

허 과장의 말을 받은 사람은 다름 아닌 노엘이었다. 단순히 술 시중에 그치지 않고 노엘은 당차게 자기가 하고 싶은 말을 다 했다. 눈치를 보는 게 전혀 없었다. 명원이나 허 과장이나 풍년을 주기적으로 찾는 이유는 어쩌면 노엘의 이야기를 듣기 위해서인지도 몰랐다. "계속해보게나." 명원은 빈 술잔을 노엘 앞으로 디밀며 말을 건넸다.

"부동산에 투자만 잘하면 부자가 된다는 생각들을 갖고 있죠. 오죽하면 『부자 아빠 가난한 아빠』라는 책이 선풍적으로 인기를 끌었을까요? 가상 부동산이죠. 욕망 덩어리에 불을 붙이기 정말 좋은……" 노엘은 차분하게 말문을 열었다.

"가상 부동산?"

궁금증이 발동한 명원은 눈을 크게 뜨고 말끝을 높였다.

"네, 가상요. 80년대 초 가상 부동산으로 떼돈을 번 사람이 미국에 있었죠. 대디 포크너라는 부동산 개발업자죠. 지금 우리나라 부동산 시장에서 벌어지고 있는 모습이 그때와 비슷합니다. 다른 점이 있다면 부동산이 증권 형태로 바뀐 거죠."

"부동산…… 증권이라…… 흥미롭군."

"내 집 마련의 꿈은 미국에서 먼저 나왔던 주택 정책이었어요. 인종 차별 문제로 흑인들이 동요하자 사회를 안정시키기 위한 수단으로 썼죠. 든든한 집이 생기면 잠잠해지리라 생각했던 겁니다."

"그래서 그 정책이 먹혔나?"

"겉보기에는 그런 것 같았죠. 정부에서는 대출금리를 낮춘 금융정책을 썼어요. 한 달에 내는 렌트비보다 금리가 싸서 은행에서 빚 내 집 사는 편이 나았죠. 신용등급도 좋지 않고 일정한 소득이 없어도 은행에서는 집 담보로 대출해줘서 집을 사게 만들었어요. 금융규제가 완화되었고 예금자의 돈은 정부가 보장해주니까 은행으로 돈이 몰린 겁니다."

노엘이 거침없이 말을 쏟아내자 명원이 말허리를 자르고 끼어들었다.

"얘기가 딱딱 맞아떨어지는군. 이 대목에서 머리 회전이 빠른 부동산 개발업자 포크너인지 젓가락인지 하는 그 인물이 등장했구먼. 윌리엄 포크너라는 작가는 훌륭한 소설을 썼다는데 거참! 이 인간 포크너는 가상 부동산을 만들어 사람들에게 꿈을 팔았군. 가상 부동산이라! 그러고 보면 잘은 모르지만 포크너도 '부'가 주는 꿈의 욕망을 건드린 소설가가 아닐까?"

"진짜 말씀 재밌게 하시네요."

"그런가……"

명원은 젓가락을 신선로에 가져가며 "그래, 포크너는 어떻게 됐나?" 하고 물었다. "아무튼 포크너는 남의 돈 끌어다 쓰는 재주가 있었네." 허 과장은 안주를 씹어 삼키며 성의 없이 대꾸했다.

"그렇겠죠. 머리가 좋았을 테니까요. 포크너는 중학교밖에 나오지 않았답니다. 투자자들에게 어수룩하게 보였겠죠. 배움이 짧아 무식하다고 했겠죠. 그러나 뭔가 진실해 보였을 겁니다. 투자자들 눈에는 말이죠. 그렇지만 모르는 게 하나 있었죠. 포크너는 셈이 빨랐어요. 고금리를 주겠다고 꼬드겨서 그 돈으로 집을 지은 거예요. 텍사스에는 포크너 이름을 딴 주택단지가 지어졌고, 내 집 마련의 꿈을 가진 사람들은 낮은 금리의 대출을 받아 너도나도 집을 사기 시작한 거죠. 포크너는 개발이 된다는 말로 투자자를 유인해서 땅값, 집값을 부풀렸던 거죠. 투자자들은 헬기를 타고 현장을 공중에서 둘러보고 했다는군요."

"포크너는 그래서 어떻게 됐냐구?"

허 과장은 몸이 단 듯 거듭 물었다.

"감옥에 갇히는 신세가 됐죠."

노엘이 무심하게 답했다.

"다른 나라 말할 때가 아니에요. 우리 용산만 해도 포크너 같은 사람들 숱하지 않았습니까?"

허 과장이 호들갑스럽게 운을 띄웠다. 2008년 금융위기 전인, 이른바 강남불패라 하여 부동산 광풍이 일었던 때를 두고 한 말이었다. 허 과장이 모를 리 없었고 명원 역시 너무나 잘 알고 있었다. 허 과장이 노래방 기기를 틀고 노래를 고르는 동안 명원은 몇 년 전 용산에서 벌어졌던 일을 떠올리고 있었다.

*

강남의 재건축 단지인 잠실 주공 5단지 아파트값이 일주일에 오천만 원씩 뛰었다. 국제업무단지로 지정된 용산도 예외는 아니었다. 용산동 5가 일대와 4호선 이촌역에는 지금도 철도 건널목이 있어서 열차가 지나갈 때마다 철도원이 나와 차량 통행을 막는다. 철도를 중심으로 한강 쪽은 동부이촌동이고 그 뒤편으로 허름한 적산가옥들이 많았다. 땅딸이집이라고들 불렀다. 길도 좁고 난방은 연탄보일러를 썼으며 낡은 슬레이트 지붕에 잡풀이 우거져 있었다. 재개발 사업이 착착 진행되고 있었으나 거기에는 제집 갖고 사는 조합원이 몇 안 되었다. 보상받은 몇 푼 안 되는 돈을 손에 쥐고 주민들은 빈털터리가 되어 삶의 터전을 떠나야 했다.

삼성에서 초고층 주상복합아파트를 지어 올렸다. 주상복합은 높이 올라갈수록 전망이 좋은 건 당연한 일이었다. 한강도 보이고 미군 부대 안의 골프장도 보였다. 조합원 수가 적은데다 비례율이 좋아 투자한 사람들은 아닌 게 아니라 대박 행진이 이어졌다. 노엘의 말대로 가상 부동산의 대가 포크너 같은 사람들이 용산에도 수두룩했다. 반포대교 근처 이태원과 맞붙은 한남동은 재정비 촉진지구로 지정되어 지분 값이 하늘 높은 줄 모르고 치솟았다. 한강로의 땅값은 시세라는 게 없었다. 일단 값을 부르면 그게 곧 시세가 되었다.

건축 설계 사무실에서는 자주 바뀌는 조례와 시행령에 발 빠르게 대처했다. 허 과장과 장 대표는 그런 면에서 정보통이었다. 모인 자리에서는 늘 부동산과 건축 이야기뿐이었다. "이런 때에 원효로와 청파동에 사둔 단독주택지들 모두 근생으로 건축 허가를 내두시는 게 낫지 않을까 싶은데요." "저도 그런 생각을 하던 차였어요. 원효로와 청파동은 개발 이슈만 있지 아직 땅값이 높지 않거든요. 그래서 투자자들의 바람이 그쪽으로 불 거라는 생각도 들고⋯⋯" "맞습니다. 바로 그거예요." "그렇죠. 타이밍이 중요하죠. 치고 빠지는 것?" "타이밍 잘 타서 큰돈 거머쥔 사람들 숱하게 봤죠. 금융감독위원회의 감사에 걸리는 사람들 대부분이 부동산 개발업자였어요."
"타이밍의 대가라면 강명원, 추란 두 분이죠. 아, 거 또 뭡니
까? 공인중개사 자격증도 있으신 강 사장님, 건설업에 뛰어
들어 큰돈 만지신 두 분 이 바닥에서 빼놓을 수 없지 말입니
다. 아 참, 빌라 짓는 주택 신축 사업은 사모님이 먼저 벌이
셨죠? 여자분이 그 험한 일을 시작하시다니 정말 대차십니
다. 솔직히 궁금한 게 하나 있어요. 이건 매우 사적인 질문인
데 두 분 사이는 대체 뭔가요? 외양은 부부인 것 같은 데 아
닌 것 같기도 하고…… 사업장을 각각 달리하잖아요." 허 과
장은 원래 한차례씩 속엣말을 바깥으로 꺼내놔야 직성이 풀
리는 사람이었다. 굳이 꺼내지 않아도 될 말을 해서 상대방을
기분 상하게 하는 경우가 종종 있었다.

명원은 그런 말을 들을 때마다 허 과장의 뒤통수를 한 대
쥐어박고 싶었다. "국가 정책이 부동산을 부추기고 있다고
요. 강남불패라는 말이 왜 나왔겠어요. 투기 과열 지구에
LTV, DTI 같은 규제를 퍼붓는다고 부동산을 잡을 수는 없
는 일입니다. 다 소용없는 일이에요. 지금 떠도는 유동성 자
금만 천 조가 넘어요. 사람들이 집 사는 데 혈안이 되어 있다
고요. 오죽하면 '영끌'이니 '패닉바잉'이니 하는 말이 나돌겠
냐고요." 숨을 고른 허 과장이 잠시 뜸을 들였다가 입을 뗐
다. "있는 사람들은 있는 사람대로 없는 사람들은 없는 사람
대로 돈이 되겠다 싶으면 달러 빚을 내서라도 바로 돈을 쏘는

게 요즘 부동산 시장이라고요. 집 사기를 무슨 편의점에서 껌 사듯 해요. 서울 근교의 오피스텔을 사려고 카드론을 받는 경우도 있더란 말입니다. 그래서 너무 과열되고 있다는 거죠. 저 같은 월급쟁이들은 부동산에 투자할 돈도 없고 쥐꼬리만 한 월급으로 버티기는 합니다만 속은 편합니다."

속사포로 쏟아놓는 허 과장의 말에 명원은 눈을 지그시 감았다.

*

허 과장이 마이크를 놓지 않고 연거푸 노래를 불렀고 노엘은 그 옆에 서서 손뼉을 치며 장단을 맞췄다. 허 과장이 노래를 부르는 동안 명원은 사무실에서 나란히 나간 도우와 추란을 생각했다. 지금 어디에서 무엇을 하고 있을지 엉뚱한 데로 흐르는 정신을 잡아끌어다 앉히기를 반복했다.

허 과장이 노래를 마치고 노엘과 함께 자리에 앉았다. 명원은 부동산 얘기는 그만두자 말하며 자세를 고쳐 앉았다. 머릿속을 비우고 싶었던 것이다. 정신병원에 드나든 로버트 로웰이 왜 좋으냐고 명원이 로엘에게 물었다. 그녀는 맥주 한 모금을 입에 넣고 목을 축이더니 말을 이었다.

"로버트 로웰은 영혼을 보는 눈이 있었어요."

"그렇군."

"자신이 미칠까 봐 두려워했다는 겁니다. 엄마를 비롯해 가족 대부분이 정신질환을 앓았어요."

"……"

"그 불안과 공포감이 무언지 저도 알 거 같아요. 그것 때문에 끌리는 게 아닌가 싶기도 하고요. 실은 외가 쪽으로 무속인이 있어요. 제가 신내림을 받게 될까 봐 두려워요."

노엘의 좁은 어깨가 가늘게 떨렸다. 방 안에 있는 사람들은 모두 그녀가 느끼는 공포가 얼마나 심각한 것인지 직감적으로 알 수 있었다.

"사람들은 아직 닥치지 않은 미래에 대해 알고 싶어 하죠. 불안하니까. 돈이야말로 가장 큰 버팀목이 될 거라 여기는 겁니다. 가지고 있는 것을 잃을까 봐 조마조마하겠죠. 그래서 부동산 컨설팅, 투자설명회에 사람이 붐비는 겁니다. 주식이든 부동산이든 다 마찬가지예요. 앞으로의 일을 어떻게 알겠어요. 저도 정말 겁나요. 로버트 로웰처럼 돌아버릴까 봐요."

그녀가 진담인지 농담인지 웃으며 말했다. 명원은 노엘의 말을 듣다 보니 어깨에도 힘이 빠지고 나른해지는 느낌이 들었다. 술도 오르지 않고 기분이 이상했다. 노엘을 바라보면 바라볼수록 추란의 모습이 겹쳐졌다. 노엘의 눈동자에 웅숭그린 명원의 모습이 비쳤다.

"네가 꼭 추란 같구나."

"추란요?"

"응."

"사람 이름인가요?"

"그렇지. 진추란."

"추…… 란…… 뭔가 있어 보여요."

"뭐가 있어 보인단 말이지?"

"글쎄요……"

노엘은 자신이 던져놓은 말을 수습하지 못하고 얼버무렸다. 명원은 노엘의 기분을 살피며 금융을 비롯해 부동산과 관련된 폭넓은 지식을 갖게 된 계기를 묻고 싶었다. 노엘은 그러나 한동안 입을 꾹 다물고 있다가 컵에 따라둔 물을 한 잔 마신 뒤 조심스럽게 입을 열었다.

"용산참사 알고 계시죠? 전 가족들과 용산동 5가에 살았어요."

"응…… 알지."

명원이 뜸을 들이다가 답을 하자 허 과장은 용산은 강 사장님의 주 무대가 아니었느냐며 눈을 맞췄다. 부동산 개발로 큰돈을 거머쥔 몇몇 사람들이 명원의 머릿속에 스쳐 지나갔다. 돈을 따는 사람이 있으면 누군가는 돈을 잃는 사람이 있는 게 세상 이치였다.

"제 아버지는 막노동으로 하루 벌어 하루 사는 분이었어요. 건설 현장에서 밀린 임금을 못 받아 울화병이 도졌지요. 그즈음 용산에서 시위하다가 사람들 틈에 끼어 쓰러지셨어요. 그 후로 아버진 다신 일어나지 못했고, 저희 가족은 빚만 떠안고 이사 비용 삼백만 원을 손에 쥔 채 정든 집을 떠나야만 했지요."

노엘의 눈은 촉촉하게 젖어갔다. 허 과장은 가끔 음식 씹는 소리를 내고 혼자 술을 따라 마셨다. 명원은 꼼짝 않고 노엘의 이야기를 귀담아듣고 있었다.

"우리나라에서 가장 남쪽에 있는 작은 섬, 마라도가 아버지 고향이에요. 살아생전 가고 싶어 한 곳이었는데 유골이 되어 갔지요. 엄마와 저는 희망이 없었어요. 죽고 싶은 생각뿐이었지요. 그런데 사람은 살기 마련인가 봐요. 삶을 포기하는 심정으로 따듯한 곳을 찾아갔는데 거기서 살아야 할 이유를 찾게 된 거죠. 왜 아버지가 밀린 임금을 못 받고, 왜 우리가 정든 집을 놔두고 떠나야만 했는지, 왜 아무 죄 없는 사람들이 불에 타 죽는지 알고 싶었어요. 어떤 힘, 어떤 시스템 때문인지……"

노엘이 풀 죽은 목소리로 말을 맺었지만, 명원은 그녀에게서 결기를 느꼈다. 어떻게 해서 포크너라는 인물까지 알게 된 것인지 대략 짐작이 갔다. 명원은 앞에 놓인 술을 입에 털어넣고 노엘이 다음 말을 잇기를 기다렸다.

"솜사탕이 어떻게 만들어지는지 아세요?"

노엘이 눈빛을 반짝이며 명원과 허 과장을 향해 물었다.

"아니, 생뚱맞게 무슨 솜사탕이야?"

허 과장이 비아냥대듯 말꼬리를 올렸다.

"물리학적 원리는 간단해요. 고체인 설탕을 액체로 녹인 다음, 바람을 이용하여 실처럼 냉각시켜 만든 게 솜사탕이죠. 그럼 동력은 어디서 나오는 걸까요?"

노엘이 잠시 말을 끊고 숨을 돌렸다.

"통 아래에는 온도를 높이는 가열장치가 있죠? 페달을 밟아야 통이 돌아가고 원심력이 생깁니다. 밟는 이가 있겠지요. 애당초 시작은 그렇습니다. 다디단 솜사탕이 되기까지는요. 막대 솜사탕 크기도 마음대로 조절할 수 있고 색도 마음대로 넣을 수 있어요. 에너지, 열을 가하는 힘은 엄연히 페달 위를 밟는 자의 몫이죠. 그게 누굴까요?"

노엘이 큰 숨을 내쉬는지 가슴께가 움직거렸다. 잠시 뜸을 들인 그녀가 입을 떼었다.

"금융과 부동산은 동전의 양면 같아요. 금융위기 오기 전 상황을 짚어보면 알 수 있죠. 더없이 좋을 거라는 근거 없는 낙관이 퍼졌고, 정책 담당자들은 상황을 오판한 겁니다. 사람들은 그런데 위기를 겪었다는 사실을 망각해요. 1929년 대공황의 원인은 아직까지도 명확히 밝혀지지 않았다는데……왜 모르는지, 정말 몰라서 모른다고 하는 건지, 전 그게 궁금해요. 대체 무슨, 어떤 시스템이 작동하길래……" 노엘이 한숨을 크게 몰아쉬며 말끝을 흐렸다. 그녀의 말이 끝나기를 기다리던 명원이 노엘에게 대단하다면서 잔을 들었다. 무겁게 가라앉는 술상 분위기를 바꿀 참이었다.

"노엘, 그랬군. 아까 아버지 고향이 어디라고 했지?"

"마라도 섬이요."

"아, 제주. 몸국 먹어봤나?"

"아니요. 전 엄마랑 보말 칼국수를 맛있게 먹었죠."

"난 몸국 별맛을 모르겠더라고."

명원이 코끝을 찡그리며 심드렁하게 말했다. 몸국은 언제 먹어봤느냐는 허 과장의 물음에 명원은 추란과 리조트 개발 문제로 현지답사차 제주에 갔다고 했다. 도우의 투자 관련 해서 간 거였지만 명원은 일부러 그 이야기는 뺐다. "흥미로운 이야기 하나 해드릴까요?" 노엘이 둘의 대화에 끼어들었다.

"무슨 이야기?"

허 과장과 명원이 이구동성으로 물었다.

"네 저도 섬에 갔다가 들은 이야기인데요. 실화예요. 섬엔 아주 작은 성당이 있어요. 거기에 얽힌 신부 베드로와 수녀의 애달픈 사랑 얘기랍니다."

*

베드로는 신부가 되기 위해 성직자의 길을 밟던 사람이었 다. 서품식을 얼마 남겨두지 않고 수녀와 사랑에 빠졌다. 고 뇌하던 둘은 결국 성직자의 길을 포기하고 섬마을로 숨어들었다. 두 사람은 호미로 땅을 파고 쟁기질을 해서 돌을 골라 냈다. 기름진 토양을 만들기 위해 팔을 걷어붙였다. 감자, 콩, 옥수수 그 밖의 채소류 등을 흙에서 얻었다. 낮에는 호되게 일을 했고, 밤이 되면 고통의 시간이 찾아왔다. 베드로와 수녀는 잠을 이룰 수가 없었다. 보름달이 차는 날에는 바다에서 잡은 물고기마저 성하지 않았다. 생선살이 물렁물렁해졌다.

어디 그뿐인가. 조갯살도 빠져서 먹을 만한 게 없었다. 달이 차오르는 밤이면 수녀와 베드로는 밖으로 나왔다. 훤한 달빛 아래 돌을 주워 날랐다. 성당은 그렇게 해서 만들어지기 시작했다. 성당의 지붕을 올릴 때 베드로는 직접 등짐을 지어 돌을 날랐다. 걸을 때마다 쓸리는 돌에 살갗이 까져서 피가 맺혔다. 등짝에 얹힌 돌은 어쩌면 주님을 배신한 죄의 상징인지도 몰랐다.

육지 사람이었던 베드로와 수녀는 바람 많은 섬에서 살기가 어려웠다. 그 무렵 돈 많은 노부부가 섬으로 들어왔다. 노부부가 넓은 집터에 지은 붉은 벽돌집은 눈이 부실 정도로 아름다웠다. 부부는 베드로와 수녀를 보고 무척 반가워했다. 부부는 그들에게 말벗이 되어주고, 산책도 같이하자고 권했다. 초로의 남자는 수녀에게 한 가지 제안을 했다. 자신의 아내가 건강이 좋지 않아 섬에 요양하러 왔으니 하루 몇 시간씩 아픈 아내의 시중을 들고 이야기를 나누며 집안일을 해주면 섭섭지 않게 돈을 쳐주겠노라고. 수녀는 그 말을 베드로에게 전했고, 생활이 궁핍한 베드로는 별수 없이 고개를 끄덕였다.

거기까지는 좋았는데, 아픈 아내를 둔 초로의 사내는 수녀를 보고 점차 마음이 변해갔다. 잔디밭을 손질하는 수녀를 거실 창으로 뚫어지게 쳐다봤고 그녀가 보이지 않으면 아예 마당으로 나와 두리번거리기 시작했다. 그러다 텃밭에서 잡초를 뽑고 있는 그녀를 발견하면 그제야 안심하곤 했다. 머리에 수건을 둘러쓰고 웅크리고 앉아 밭일을 하는 그녀의 뒤태를 사내는 야릇한 눈길로 바라보았다. 사내는 수녀에게 흑심을 품고 있었던 것이다. 사내는 욕정을 참을 수 없었고 기회를 보던 끝에 수녀를 창고로 데려가 거칠게 그녀의 아랫도리를 벗겨 내렸다. 아픈 아내는 그 현장을 목격하고 충격을 받아 쓰러졌다. 아내는 자리에서 일어나지 못했다. 순식간에 소문이 돌았다.

시름시름 앓다 숨이 끊긴 아내를 사내는 등에 업었다. 섬의 밤은 캄캄했다. 풀숲에서 나는 귀뚜라미 소리와 휘휘 불어대는 바람과 무엇이든 물어뜯을 기세로 달려드는 파도의 허연 포말은 흡사 악귀 같았다. 사내는 파도 소리가 가장 크게 들리는 바위 쪽으로 향했다. 그곳은 얼마 전, 바다낚시를 하던 낚시꾼이 너울에 휩쓸려 목숨을 잃은 곳이었다.

이지러진 달빛을 이고 사내는 갯바위를 조심스럽게 내디뎠다. 바위에 닿은 발바닥이 몸서리치게 아팠다. 날카로운 데에 찔리고 상처가 났다. 따개비, 굴, 전복 같았다. 사내는 두려움이 없었다. 이왕 작정하고 나선 길이었고, 죄책감도 마음먹기에 따라서 한순간 털어내면 그만이었다. 사내는 걷다가 중심을 잃고 몇 번 미끄러질 뻔했다. 바다의 어둠이 사내를 시웠나.

죽은 아내의 몸은 무거웠다. 검은 바다의 하얀 포말은 묘하게 대비되어 더 야만적으로 보였다. 날을 세우고 달려든 파도는 바위에 부딪혔다가 흩어졌다. 사내의 고무신이 바닷물에 젖었다. 죽은 아내의 몸을 바위 밑으로 밀어 넣자 때마침 당도한 파도가 시신을 데려갔다. 사내는 오래도록 그 자리를 뜨지 않았다. 포말이 일어난 시작점에서 찰방대며 닿은 지점에 이르기까지의 시간이 얼마인지 사내는 속으로 헤아리고 있었다.

검은 구름이 달을 비껴 지나갔다. 밤바다에 비친 달빛을 보며 사내는 웃는 듯 울음소리를 냈고 우는 듯 웃음소리를 냈다. 며칠 지나지 않아 섬사람들은 병든 아내가 죽었다는 사실을 알게 되었다. 그러고는 시신이 어떻게 되었는지 궁금해하지도 않았다. 드디어 때가 되어 떠났을 뿐이라는 거였다. 그것이 섬사람들이었다. 게다가 사내는 엔젤호의 주인이었다. 뭍으로 오가는 그 배가 없으면 섬사람들은 물과 고기를 얻을 수 없었다.

*

베드로와 수녀의 이야기는 여기서 끝을 맺었다. 허 과장은 노엘에게 실제 일어났던 일이 아닌 것 같은데 어쩌면 그렇게 이야기를 진짜처럼 잘 꾸며내느냐고 했다. 너무 리얼해서 술맛도 떨어지고 살짝 오른 취기도 싹 달아났다며 술을 연거푸 들이켰다. 그런 반면 명원의 표정은 침통했다. 지갑에서 오만 원짜리 지폐를 서너 장 꺼내 든 명원이 노엘의 손에 쥐여주었다.

"근데 이 돈은 뭐죠?"

"응. 그냥 주고 싶어서……"

명원의 말이 끝나자 그 말을 받은 허 과장이 한마디 던졌다.

"노엘! 수지맞았네. 그럼 이차는 나와 함께."

가늘게 뜬 눈으로 허 과장은 느끼한 웃음을 흘려보냈다. 허 과장은 몇 번이나 취한 척하며 노엘을 호텔로 데려가려 한 적이 있었다. 그런데 노엘로부터 매번 거절당했다. 해서, 뒤틀린 심사로 기분 내키는 대로 내뱉은 것이다. 풍년은 여자 몸값을 치렀다고 해서 이차로 데리고 나갈 수 있는 술집이 아니었다. 어떤 손님이 노엘, 너를 마음에 들어한다, 같이 밤을 보내겠느냐, 하고 술집 매니저를 통해 말을 전해도 노엘이 싫다고 거절하면 남자는 속된 말로 펜치를 당하는 거였다.

허 과장이 딱 그런 경우였다. 노엘은 술자리에서 손님 시중들며 분위기를 띄우고 함께 즐겁게 놀기는 했지만 남자가 자자고 해서 쪼르르 달려가는 그런 여자는 아니었다. 아무튼 이날도 그녀는 로버트 로웰의 시를 읊었다. 명원과 허 과장은 그녀가 읊은 시의 제목을 기억하지 못했다. 몇 차례 묻고 들었어도 그때뿐이었고 곧 잊어버렸다. 술 탓일 수도 있었다.

그러나 명원은 언젠가 여유가 생기면 그의 시집을 사서 읽어 봐야겠다고 생각했다.

노엘의 배웅을 받으며 대리기사를 부르는 동안에도 허 과 장은 다음 날 떠날 골프 여행에 벌써부터 마음이 들떠 있었 다. 명원과 추란, 장 대표와의 주기적인 골프를 허 과장은 손 꼽아 기다려왔다.

3장

춤추는
땅

노엘의 얼굴이 명원 주위를 빙글빙글 돌며 앞을 가로막았다. 명원은 날벌레 쫓듯 팔을 들어 휘휘 저었다. 눈동자가 흔들리고 어깨가 움츠러들던 그녀의 표정을 명원은 잊을 수가 없었다. 노엘에 지나치게 몰입한 탓인지 명원은 순식간에 몸이 더워지는 것을 느꼈다. 명원은 왜 자신의 몸에 없던 변화가 일고 있는지 의아했다. '술 때문이군. 술이 문제야.' 명원은 그늘집에서 허 과장, 장 대표와 마신 두어 잔의 고량주에 혐의를 두었다. 아주 더운 날씨는 아니었지만 알코올 도수가 40도에 이르는 술을 마셨으니 그럴 만도 해, 라고 생각했다. 그래도 여전히 개운치 않은 감정이 명원의 몸을 에워쌌다. 노엘이 두려워하던 신내림이 있다면 아마도 이런 느낌이 들지 않을까 싶을 만큼 불편한 감정은 매우 구체적이었다. '기분이 더럽군.' 명원은 어깨에 손을 가져갔다. 어깨에 붙은 흉한 벌레를 털어내기라도 하듯 손바닥으로 틱틱 어깨를 쳤다.

지금까지 명원은 두려움이란 단어가 무언지 모른 채 정신없이 앞만 보고 달려온 사람이었다. 그런데 어처구니없게도 자신과는 전혀 어울리지 않는 '두려움'이란 단어가 뇌리에서 떠나지 않았다. 좋지 않은 징후로 여겨졌다. '이건 내가 아니야.' 처음으로 명원은 자신을 부정했다. 며칠 전, 지난 골프 잡지를 뒤적이다가 타이거 우즈에 대한 기사를 읽은 게 떠올랐다. 어니 엘스는 타이거 우즈와 라운딩 할 때 마취제를 맞지 않고 수술대 위에 올라간 것처럼 공포와 두려움이 있었다고 고백했다. 명원은 쓸쓸하게 웃었고 그 웃음에서 허탈감이 배어 나왔다. 어쨌든 그런 천하의 우즈도 바닥으로 곤두박질쳤다. 슬럼프에 빠진 우즈는 단 한 번의 우승도 하지 못한 채 페덱스 플레이오프전에서 낮은 성적에 머물렀다. 가정도 잃고 돈도 잃고, 그리고 골프 황제란 수식어도 사라진 왕년의 우즈였다. 삼십 센티 퍼팅에 수억 원이 걸린 경기를 휘어잡았던 우즈였는데 말이다.

골프는 그 어떤 스포츠보다 삶과 유사하다는 생각이 명원은 그제야 들었다. 내 마음대로 되지 않을 때가 더 많고 평상심을 잃으면 금방 빗나가는 게 골프의 속성이기도 했다. 속이 부글부글 끓어도 결국은 혼자 싸워야 하고 홀컵을 향해 일단 나아가지 않으면 안 되는 경기가 바로 골프였다. 마지막 홀 아웃 하기 전까지는 계속 가야 하는 경기, 그게 인생살이가 아니고 뭔가 싶었다.

"라운딩 거의 막바지인데 이제서야 몸이 풀린 거 아녜요?"

추란이 명원에게 작은 페트병에 든 물을 권하면서 말했다.

"그러게 말야."

물을 벌컥벌컥 들이마시고 한 말이었지만 명원의 목소리는 맥이 풀려 있었다.

"이번 홀 완전 환상이었어요."

"해저드를 넘기는 이백삼십 야드의 우드샷은 대체 어떻게 된 겁니까?" 허 과장과 장 대표가 한마디씩 하며 이번 홀에서 명원의 활약을 부러워했다. 그린을 다듬고 골프채를 챙긴 캐디들이 카트 있는 곳을 향해 앞서 잰걸음으로 갔다.

다음 홀로 이동하기 위해 카트를 타고 내리막길에 접어들었다. 속도가 붙자 카트에 탄 일행들 입에서 "아, 시원하다"라는 말이 일제히 터져 나왔다. 그런데 명원만은 입을 꾹 다문 채 굳은 표정을 지었다. "왜 어디 안 좋아요?" 추란의 물음에도 명원은 말이 없었다. 바람이 또 한 번 세게 불었다. 명원은 머리에 썼던 모자를 벗었다.

"이번에 융자 신청한 거 감정가가 잘 안 나와서 아무래도 걱정이야." 명원의 말에 "그럼 그렇지. 우리 이 사장님이 어떤 분이신데. 장소가 어디든 간에 한시도 일을 떼놓는 분이 아니시죠." 장 대표는 약간 장난스런 말투로 오른손으로 권총 모양을 해 쏘는 시늉까지 해 보였다.

"송추에 있는 모텔 리모델링 하신 비용이 얼마죠?"

이번에는 자못 진지해진 목소리로 장 대표가 물었다.

"십억 정도. 조경에 사천, 객실 비품이 이억칠천 그리고 창호에 설비까지 암튼 대략 그 정도는 돼요." "의외로 리모델링 비가 만만치 않군요." "그렇더라고요. 현금 순환이 잘될 거 같아서 인수했더니 배보다 배꼽이 더 커." "내가 반대했잖아요." 장 대표와의 대화를 가만히 듣고 있던 추란이 이때다 싶었는지 끼어들었다. "그래서 하는 말이잖아, 모텔 사업은 처음 손대본 건데 괜히 했다 싶어. 아무래도 적당한 시기 봐서 팔아야겠어." 명원은 후회하는 낯빛이 역력했다.

"녹번동 주상복합은 분양이 다 됐습니까?"

장 대표의 말에 명원은 지친 듯 대꾸하지 않고 한참 뜸을 들였다. "아니에요. 지금 칠십 퍼센트만 분양됐어요." 대답 않고 있는 명원을 곁에서 본 추란이 대신 말했다.

"원효로와 청파동 말입니다. 건축 허가 신청 들어오는 건수가 몇 배로 늘어나고 있어요. 빌라를 짓던 건축업자들이 지금 모두 도시형생활주택에 오피, 근생으로 돌아서고 있다고요. 해방촌이고 용산동이고 간에 땅만 나왔다 하면 건축업자들이 계약금을 질러버리더라고요. 우리 사장님 때를 잘 타신 것 같아요. 땅 계약하고 설계 도면만 나오면 바로 다 팔아버리시니······"

"······"

"이게 언제 끝날지가 문제입니다. 버블 같아서요."

"거품요? 집값에 거품이라. 저도 동감입니다. 어떻게 일 년 만에 집값이 십억 오른 아파트가 있죠? 재개발, 재건축 규제 완화되면 강남 압구정은 난리도 그런 난리가 없을 거예요. 개포동 주공아파트 값 좀 보세요. 미쳤어요, 다들. 올라도 웬만해야죠. 그리고 그 오른 집을 사는 사람이 있다는 게 믿어지지 않아요. 그거 못 사면 부자 그룹에서 낙오될세라 나오기 무섭게 싹싹 사들이죠. 사려는 사람은 있는데 시장에 물건이 없는 거예요. 불안 불안한 겁니다. 사기만 하면 돈이 되는 줄 알고 말이죠. 돈 버는 데 눈이 벌건 우리네 인간들의 자화상 같기도 합니다."

무슨 생각에 잠겨 있는 것처럼 명원이 말을 하지 않자 추란이 대화를 이어나갔다.

"그런데 실제로 그게 요즘 상황이에요. 부동산 사무실 노트 열어보면 물건 살 테니 연락만 주십시오 하고 메모된 게 한두 개가 아니라고요. 한 치 앞을 못 보는 게 우리 사람인데 뭘 믿고 그렇게 달려드는지. 하긴 뭐 우리 입장에서 나쁠 건 없어요. 사람들 욕구를 충족할 만한 부동산을 소개하면 그뿐이니까요. 그런데 따지고 보면 장 대표님도 특혜자 중의 한 분이시죠. 남 말할 때가 아닙니다." 명원이 약간 멍한 눈빛으로 힘없이 말했다.

"저는 그저 흰 종이에 삼 밀리 제도용 펜으로 선 긋기 해서 그걸로 밥벌이한 사람입니다. 저까지 싸잡아서 도매금으로 넘기지 마세요. 제 부친께서는 대대로 내려온 농사꾼 집의 아들이셨고, 김포 개발 붐 타고 소위 말하는 졸부 대열에 끼신 분입니다." 가만 듣고 있던 장 대표는 짐짓 진지한 표정을 지으며 추란을 쳐다봤다. "생각해보세요. 엄밀하게 따지면 국가도 투기꾼이에요. LH, SH 하는 짓거리 가관이 아닙니다. 주택공급이라는 명분으로 공공개발입네 하면서 수만 평 논밭에 보상금으로 풀린 돈만도 대체 얼맙니까? 평당 기십만 원대 값 쳐서 사들이고 나중에는 수백만 원씩에 팔아먹은 게 국토부와 서울시라고요. 정보 빼낸 고위 공직자들이나 직원들도 투기에 나서고, 지금 검색 순위 일위가 LH입니다." 추란이 흥분해 목소리가 커질 즈음이었다. 약간 굽은 내리막길에서 카트가 한쪽으로 쏠리자 사람들이 어, 어 하는 소리와 함께 대화가 중단됐다. 나뭇가지에 앉아 있던 한 무더기의 새들이 하늘로 높이 차 올랐다. 카트의 속도가 늦춰졌고 추란이 다시 말을 이었다.

*

"입찰받은 시행사와 시공사들이 끼고, 금융사들이 손발 맞쳐 집만 사면 저금리로 대출해줄 테니 집 사라는 격으로 '내 집 마련의 꿈'을 가진 서민들에게 달달한 광고를 해댔죠. 오죽하면 '꿈에 그린' 아파트라는 이름까지 붙었겠느냐고요. 안 그렇습니까? 월가 금융공학자들의 머리에서 블랙박스가 만들어지고 그 블랙박스의 수학적 공식대로 세계는 움직이고 있는데 말이죠."

"블랙박스?"

"블랙박스?"

추란의 말을 듣고 있던 명원과 허 과장이 몇 초간의 간격을 두며 물었다.

"네, 블랙박스요."

단호한 말투로 추란이 또박또박 발음하자 잠자코 있던 명원이 정신이 돌아온 듯 추란에게 물었다.

"아니, 당신. 대체 블랙박스가 뭐야? 비행기나 차에 있는 거 아냐?"

"월가에서는 옵션가 산출 공식을 그렇게 말한다더군요."

"응? 뭐냐구?"

몸이 단 명원이 거듭 물었다. 귓등으로 흘려들어도 될 말에 명원은 예민하게 반응했다.

"노벨경제학상을 받은 학자들이 만든 금융 공식이 있다고요." 추란은 이쯤에서 그만 얘기해야겠다 싶어 짧게 말했다. 명원의 목에 핏대가 섰다. 생수 뚜껑을 급하게 돌려 열고 절반 정도 남은 물을 단번에 비웠다. 파 5홀은 걷기에 다소 멀리 있기는 했다. 캐디가 일행들을 카트에 타게 한 데는 이유가 있었던 것이다. 좁은 카트 도로를 따라 한참을 올라갔다가 다시 내리막으로 이어졌다. 소나무에 앉아 있던 지빠귀가 포르르 날아갔다.

"아닌 게 아니라 아까 걸으면서 얘기 나눴는데 미국의 경제와 주택 변천사를 쭉 꿰고 계시던걸요. 해박하십니다. 저도 깜짝 놀랐어요. 미모에다 지성까지 두루 갖추신데다 사업 수완도 얼마나 좋으신가요. 퍼펙트, 그 자체라고요." 혀까지 굴려가며 강한 악센트를 준 허 과장의 말을 듣고 우쭐해지는 쪽은 명원이었다.

"그런가?"

"자, 이제 마지막 홀 남았어요. 이번 홀에서는 누가 얼마나 따 가는지 봅시다. 18홀은 감이 좋으신 우리 여사님께서 휩쓸어보는 건 어떨지요. 그린에서 컨시드 오케이 팍팍 드리죠. 어프로치 굿이죠, 7번 아이언 샷감 좋죠, 삑사리 안 나고 따박따박 정확한 샷 구사하시니까 이번 홀에서 뭔가 보여주시죠."

딴청 부리면서도 어지러운 대화를 다 듣고 있던 장 대표가 이번에는 나서서 분위기를 수습했다.

"블랙박스는 이미 1993년부터 미국 그리니치에서 연구되고 있었어요. 마이런 숄스와 로버튼 머턴이란 수학 천재들이 중심이었죠. 스탠퍼드와 하버드 출신이었으니까 머리가 좋았어요. 현실에 바탕을 두고 현실과 다른 세상을 가정해놓은 다음, 연구를 시작한 겁니다."

추란은 잠시 말을 멈추었다. 정적이 흘렀고 그녀의 말에 집중해 있던 이들은 하나같이 눈동자를 움직일 줄 모르고 있었다. "계속해봐." 명원이 낮게 말했다. 추란은 허공을 날아가는 이름 모를 새에게 주었던 시선을 다시 데려왔다.

"갈등도 없고 이성적이며 수익의 극대화를 이룰 수 있는 게 과연 무엇인지, 수년 동안 궁리한 끝에 마침내 성과를 이뤄냅니다."

"성과요?"

허 과장이 턱을 치켜들며 재촉하듯 물었다.

"퀀츠라는 수리 모델을 기초로 미래의 예측 가능한 수익 구조를 수학적인 공식으로 풀어낸 거죠. 수는 달라지지 않잖아요. 과학이잖습니까."

추란의 말은 빨랐지만 요점은 정확했다. 명원을 비롯해 모두 추란의 말에 귀를 기울이고 있었다. 그녀의 논리적인 설명에 반론을 제시할 수 있는 사람은 아무도 없었다.

"음, 듣고 보니 그러네. 부동산도 금융과 마찬가지야. 적용을 어떻게 하느냐에 달렸다는 생각이 탁 드네. 뭔가 있어. 그 퀀츠니 뭐니 하는 것 말이야. 그 원리를 쉽게 깨우치기만 한다면야. 그걸 그대로 부동산에 접목시키는 거야. 부동산 개발에……"

명원은 고개를 약간 쳐들고 오른 손등으로 자신의 턱을 훑었다. 바람에 명원의 귀밑머리가 날렸다. 눈을 지그시 감고 있는 명원의 옆모습은 흡사 뭔가 깨달은 도인 같기도 했다.

"퀀츠는 금융혁명을 일으킨 동력이었어요."

추란은 금융혁명이란 말에 힘을 실었다. 그러고는 주식시장의 옵션 가격을 결정하는 방식이 바로 키워드다, 금융 자본주의의 본질은 수익의 극대화에 있다, 체계적이고 효율적인 방법으로 얻는 것이다, 라고 강조했다. 추란의 말은 곱씹을수록 어디 하나 틀린 구석이 없었다. 소름이 돋을 만큼 정확한 설명이었다. 명원은 추란의 말을 중간에서 자르고 싶었지만 입안에서만 뱅뱅 돌 뿐이었다. 금융은 예측 가능한 가상현실이 전제되어 있었다.

"주식이 폭락해도 손실이 나지 않는, 상상이 불가능한 수의 세계."

추란은 텀블러의 커피를 몇 모금 마신 뒤에 말을 이어나갔다.

"그게 말이 됩니까?"

허 과장이 자리에서 일어나며 끼어들자 추란이 말을 끝까지 들어보라며 다시 주저앉혔다.

"가령 옵션 가격을 1,000이라 정해놓고 일 년 뒤의 옵션 가격이 2,000일 때 수익은 얼마예요? 1,000이 발생되잖아요. 만약에 2,000이 되지 않더라도 처음 정한 옵션 가격이 변동이 없기 때문에 손해를 보지 않는다, 이런 공식인 겁니다."

예를 들어 설명하니까 이해가 쉽지 않냐면서 추란은 뒷자리에 앉아 있는 사람들을 향해 말을 했다.

"그런 옵션 가격이라는 게 어떻게 나오는 건지 당최 알 수가 없네."

어처구니없다는 듯 허 과장이 웃더니 목뼈에서 뚝 소리 나게 크게 원을 그렸다.

"조금 더 구체적으로 옵션가를 설명해줄 수 있어요?"

자못 궁금해진 장 대표가 관심 어린 목소리로 물었다.

"일정한 시기에 주식을 매도하고 일정한 기간의 가격 변동을 감안해서 옵션 가격을 산출하는 겁니다. 공식이 복잡해요. 미적분에 로그, 시그마까지 알 수 없는 기호들의 조합으로 이뤄진 공식이에요. 우리 같은 평범한 사람들은 아무리 설명을 해줘도 모른다고요."

"가격을 직감으로 알 수 있는 게 아니고, 한 치의 오차도 없어야 했겠지. 투자자 입장에서는 옵션 가격 설정을 모르는 게 유리했겠고. 으음……"

명원은 등받이 뒤로 목을 크게 떨구며 이제는 이해할 수 있다는 듯 목소리를 가라앉혔다.

추란은 캐디에게 스코어표와 펜을 달라는 뜻의 몸짓을 해 보였다. 그랬더니 어디서 무언가를 뒤적뒤적거리는 소리가 들렸고 잠시 뒤에 종이와 볼펜이 추란의 손에 넘어왔다.

$$C = SN(d1) - X$$

추란은 옵션 가격을 결정하는 공식을 여기까지 쓰다 말고 멈췄다. 그 이상의 숫자와 알파벳, 기호는 써도 의미를 알 수 없기 때문에 소용없는 일이었다.

"그런 거 다 아는 거요? 아까도 궁금했지만 묻지 못했네요."

허 과장은 콧잔등을 매만지면서 시큰둥하게 물었다.

"이런 분야는 경제학에서 다뤄지는 거죠. 아까도 말했지만 퀸츠라는 수리 모델을 기초로 한 학문적 성과인 거죠. 미래의 가상현실을 설정해놓고 수익의 극대화를 한 치의 오차도 없이 공식화한다? 이거 말이 쉽지 보통 머리로는 불가능하겠죠. 단순하게 사칙연산과 미적분, 방정식만으로 풀 수 있는 일반 수학이 아니라고요. 그래서 금융공학이 생겨난 거죠. 이해 가시나요?"

"헷지?"

뇌리에 스치는 뭔가가 있었는지 장 대표는 놀란 눈으로 말끝을 높였다.

명원은 추란의 말을 가만히 듣고 음, 으음, 하는 소리를 내거나 고개를 끄덕거리거나 했다. 머릿속을 가득 채운 생각을 죄다 알 수는 없다. 그러나 명원은 수학적인 공식을 이해하지는 못할망정 감으로 꿰뚫고 있을 뿐만 아니라 이런 이론은 월가의 머리 좋은 금융공학도들이 만들어낸 공식에 입각한 것이므로 틀리지 않으리란 확신이 섰다. 명원으로서는 그 확신을 어떤 방법으로 써먹을지가 관건이었다. 펀드에 자금을 맡긴 장 대표는 사실 단기간에 맡긴 돈의 삼십 퍼센트 수익이 발생해서 쏠쏠한 재미를 본 사람이었다. 운용사의 투자상품 이름은 다양하게 불려 다 기억할 수는 없지만 일 년 전부터 장 대표는 그렇게 자금을 운용하고 있었다.

*

뜨거웠던 토론의 장이 식은 건 골프장에 대한 소개가 카트의 스피커를 타고 흘러나올 즈음이었다. 아놀드 파머가 설계한 골프장이고 어떤 특징이 있고 이번 홀은 파 스리다, 파 파이브다, 해저드가 있다, 는 설명과 함께 주변의 풍광과 홀 그리고 그린의 아름다움에 대해서 앵무새처럼 뇌까리고 있었다. 명원은 트럼프가 자신 소유의 스코틀랜드 골프장을 영국 기자들 앞에서 으스대며 소개한 것이 생각났다. 골프장에 스프링클러를 갖췄고 홀을 더 길게 하고, 새로운 그린까지 깜짝 놀랄 만한 수준으로 만들었다고 트럼프는 자랑했다. 대통령까지 해먹은 부동산의 황제 트럼프는 골프라면 사족을 못 썼던 인물이었다. "그나저나 이번 미국 대선 말이야. 아주 재밌어요. 트럼프를 지지하는 시위대가 국회의사당에 난입하는 초유의 사태가 발생했으니 말예요." 추란이 말끝에 도우 씨가 제안한 뉴욕 출장 건은 결정했느냐고 명원에게 물었다. 추란은 이미 결정한 상태였고 명원에게는 통보나 다름없었다. 추란은 말린다고 해서 말려지는 여자가 아니었다. 본인이 하고자 하는 일은 기어이 벌이고 마는 성격이라 명원은 토를 달지 않았다. 먹고 자는 것은 그쪽으로부터 협조받기 때문에 비행기표만 끊어 가면 되었다. 퀸츠다 뭐다 해서 세계 경제를 쥐락펴락하는 미국이란 나라가 대체 어떤 곳인지 불현듯 명원은 직접 월가를 밟고 싶은 충동이 일었다. 부동산이야말로 꿈의 궁전이라 했던 포크너와 대통령 트럼프가 있는 나라. 굳이 갖다 붙일 것도 없지만 트럼프 이름을 딴 아파트에 추란과 아직은 함께 살고 있다. 왜 아직은, 이라고 표현했는지 명원은 마음 한편이 찝찝했다. '참 지랄 맞네.' 명원은 실소를 머금었다. 허탈한 이 기분의 실체는 무엇인지 명원은 답답했다. 아까 허 과장에게서 들은 귀엣말이 떠나지 않았다. '사모님 말예요. 노엘 같지 않나요?' 명원은 허 과장에게 대놓고 실없는 사람이라 퉁박을 줬지만 어쩐지 허 과장의 말이 무시되지 않았다. 명원은 얼른 집으로 돌아가 어지러운 마음을 의자에서 달래고 싶었다.

"다음 홀만 치면 이제 끝이야. 얼마 안 남았어."

명원이 딴청을 피우며 말했다. 몸 좀 풉시다, 라고 장 대표가 말하자 허 과장이 어깨를 움직거렸다. 하나둘 카트에서 내린 사람들이 양팔을 위로 올리고 가슴을 펴며 심호흡했다. 흐찌빗 흐찌빗, 박새가 지저귀고 물까치는 나뭇가지를 차고 공중으로 날아올랐다. 어디서 나타났는지 청설모 한 마리가 도로를 가로질러 바위틈으로 숨어 들어갔다. 추란은 시선을 풀고 무연히 숲을 바라봤다. 캡모자를 벗고 머리카락을 정돈하는 그녀의 옆모습이 노엘과 닮긴 한 것 같았다.

*

명원은 모든 잡념을 떨쳐내고 싶었다. 공이 안 맞는 게 노엘 때문이란 생각이 들자 명원은 혼란스러웠다. 그녀로부터 남쪽 섬에 대해 들었을 때만 해도 제주의 수많은 부속 섬들 중 하나겠지, 하고 허투로 흘렸다. 다음 날인가, 정오 무렵 명원은 속도 풀 겸 삼각지에 있는 생태탕 전문 식당에서 도우와 이른 점심을 했다. 도우가 컵에 물을 따르며 지인 한 사람이 제주 성산에 타운하우스를 지으려는데 건축비가 대략 얼마나 드는지 알고 싶어 한다고 말했다.

도우는 요 근래 새로운 투자처로 제주를 꼽고 있었다. 세계문화유산으로 지정된 제주에는 투자 바람이 거셌다. 중국 사람들의 투자와 새로 생길 공항 등이 호재로 작용해 부동산 가격이 오름세를 탔다. 리조트 개발 현장을 둘러보러 나섰다가 내친김에 섬까지 가게 된 것이었다. 얼마 전 추란과 모슬포에서 배를 탔던 일이 명원의 머리를 훅 치고 지나갔다. 그제서야 노엘이 말한 섬이 추란과 다녀온 섬이란 걸 알았다.

명원과 추란이 배에 오르고 얼마 지나지 않자 맑았던 날씨가 갑자기 비바람을 일으켰었다. 변덕스런 날씨에 예민해진 명원은 걱정이 앞섰다. 갈매기에게 던져주던 새우깡을 들고 명원이 선실 안으로 발걸음을 옮겼다. 먼저 들어와 자리에 앉은 추란은 좀체 움직임이 없었다. 괴기스런 소리를 내며 무리지어 날아다니는 갈매기 떼를 무심히 바라보는 게 다였다. 명원은 어쩐지 그녀가 외계에서 온 듯한 차가운 느낌이 들었다. 추란은 정말 많은 것이 변해 있었다. 그렇게 바뀐 이유를 명원은 자신에게서 찾았다. 추란 옆의 빈 의자에 앉으며 명원이 물었다.

"당신도 이 섬은 처음이지?"

"아뇨. 이번이 두번째."

추란의 목소리는 배의 엔진 소리와 파도 소리에 묻혀 들릴락 말락 했다. 엔진 소리는 거의 소음에 가까울 정도였다. 언제 처음 와봤냐고 명원이 추란의 귀에 대고 물었으나 그녀는 말을 아꼈다. 그때 안내방송이 스피커를 타고 흘러나왔다. 비바람이 너무 거세서 선착장에 닿을 수 없다는 것이었다.

앵커 체인이 요란한 소리를 내며 풀어지는가 싶었는데 쇠기둥에 걸리지 않는 모양이었다. 급기야 배는 선착장 주변에서 맴돌아야 했다. 파도는 순식간에 갑판 위까지 침범했다. 비바람이 잠잠해지길 기다렸으나 소용없는 일이었다. 어쩔 수 없이 어부들의 고깃배가 배 가까이 접근해서 물건을 받아 옮겨야 하는 상황으로 바뀐 것이다. 배에는 섬사람들이 마실 생수와 먹거리와 술과 고기와 커피가 가득 실려 있었다.

얼마간의 시간이 지나자 바람이 아까보다 한결 잦아들었다. 선착장에 배가 묶이기 무섭게 마을 주민들이 무리를 지어 몰려들었다. 마치 전쟁 중에 보급품을 받으러 온 사람들 같았다. 물건을 싣기 위해 줄지어 기다리던 카트들이 부산하게 움직였다. 배 안에 있던 사람들이나 배에 오르려고 기다리는 사람들이나 대부분 등산화에 등산복 차림이었는데, 모두 외지인들이었다. 울긋불긋 아웃도어를 입은 여자들이 수런대며 갑판 쪽으로 쏠렸다. 깎아지른 절벽 아래에서 파도가 하얗게 부서져 내렸다. 섬이란 멀리서 바라봤을 때나 평화로워 보일 뿐 가까이서 보았을 때에는 사정이 달랐다.

"이 섬은 사람이 살 곳이 못 돼."

한동안 말이 없던 명원이 젖은 머리카락을 손으로 빗질하며 불쑥 말했다.

"그래도 여기 사람들은 잘 살고 있어요."

추란은 들릴락 말락 한 목소리로 대답했다. 배에서 내린 사람들이 선착장을 따라 오르막길을 올라갔다. 이백 미터쯤 걸었을까, 꿀과 건강식품을 내다 놓고 팔거나 호떡이나 자장면을 먹고 가라며 사람들의 소맷자락을 붙드는 호객꾼도 있었다. 배에서 내린 사람들은 무덤덤하게 그 앞을 지나쳤다. 조금 건자 오른쪽으로 작은 분교의 운동장이 나타났다. 학교 주변에는 게스트하우스를 짓느라 토목공사가 한창 진행 중인 곳도 있었다. 완공되면 전망이 좋을 것 같다는 생각을 하며 추란은 그 앞에 잠시 머물렀다. 그녀는 공사 현장을 보면 그냥 지나치는 법이 없었다. 하긴 레미콘 타설하는 날에는 어김없이 현장을 찾곤 하는 추란이었다. 추란은 레미콘 돌아가는 소리 듣는 것을 유난히 좋아했다.

명원은 이런 섬까지 건축자재를 실어 나르는 것은 보통 어려운 일이 아니라며 부동산 개발이 녹록지 않겠다고 말했다. 먹구름이 한번씩 휘휘 지나갈 즈음에는 빗방울이 투둑 떨어졌다. 구름을 비집고 빛이 한번씩 내리비쳤다. 바람은 가라앉을 줄 몰랐다. 명원은 화장실에도 다녀올 겸 학교를 둘러보고 뒤따르겠다며 추란에게 먼저 앞서가라고 손짓했다.

두 갈래로 나뉘는 곳에서 그녀는 걸음을 멈췄다. 언젠가 한번 왔던 곳 같아 추란은 고개를 갸웃했다. 흐릿한 기억이지만 어릴 적 엄마와 왔던 곳 같았다. 좁다란 길섶에는 말뚝이 하나 박혀 있었다. 그 위에 얄따란 양철판이 못에 박혀 바람에 날리고 있었다. 표지판에는 뭐라 써진 것 같았지만 지워져 읽을 수가 없었다.

허연 건물 하나가 모습을 드러낸 건 물푸레 나뭇가지가 바람에 흐느적거릴 때였다. 추란 키 높이까지 자란 잡목들을 헤치고 언덕길에 이를 즈음 추란은 엄마랑 왔던 성당이란 생각이 들었다. 추란은 갑자기 숨이 턱 막혔다. 그 주변 웅덩이에 고인 물은 썩어 악취를 풍겼고 바퀴 빠진 카트가 옆으로 기울어져 있었다. 그뿐만이 아니었다. 캔 음료, 페트병, 담뱃갑들이 뒤엉켜 잡초 더미에 처박혀 있었다. '민박'이라는 팻말이 붙은 폐가도 보였다.

조금만 더 가면 성당이 나타나야 하는데 성당이 나타나지 않자 추란은 짐짓 초조해졌다. 게다가 추란을 찾느라 이름을 부르는 명원의 목소리가 아득하게 들려왔다. 하지만 그곳이 어느 방향인지 추란은 알지 못했다.

"이쪽으로 와요!"

추란은 억새를 한 손으로 헤집고 한 손은 머리 높이 치켜들고 소리쳤다. 명원은 대답이 없었다. 알아듣지 못한 모양이었다. 그런데 이상한 것은 길이라 여겨질 만한 곳이 금방 나타나지 않았다는 점이었다. 좁은 샛길로 들어가야 했다. 추란은 의아했다. 왜 사람이 다닐 수 없게 방치해두었을까. 추란은 자신의 키를 넘는 잡목과 억새를 걷어내며 스스로 길을 만들었다. 추란은 한참을 걸어갔다. 눈앞에 잘 닦인 도로가 나타난 것은 추란이 좀 지쳐간다 싶을 때였다. 추란은 꼭 유령에 홀린 기분이었다.

이윽고 성당의 지붕이 보였다. 전복 껍데기를 엎어놓은 형상에다 몇 개의 천창이 있어서 두툴두툴한 질감이 느껴졌다. 어릴 적 엄마랑 함께 봤을 때보다 작게 보인다는 것뿐, 성당은 분명 추란의 눈에 익었다. 크기도 작고 천장도 낮았다. 서너 평 남짓한 성당을 추란은 다른 곳에서는 본 적이 없었다. 관목과 풀들이 성당 주변을 에워쌌다. 엄마는 어린 추란을 데리고 이곳을 서성이기도 했었다.

*

이 섬에 처음 온 것은 추란이 일곱 살 되던 해였다. 4월 13일, 녹색 목요일. '녹색 목요일, 녹색 저금통……' 엄마를 기억해내는 추란만의 독특한 방식이었다. 서울에서 비행기를 타고 제주공항에 도착한 엄마는 요금이 비싼 택시를 고집했었다. 섬에 가는 배를 놓치지 않으려면 모슬포항까지 서둘러 가야 한다는 게 이유였다. 엄마는 평소보다 말이 빨랐다. 얼마나 흥분하고 있는지 얼굴만 보고도 알 수 있을 정도였다. 엄마의 마음은 벌써 섬에 가 있고도 남았다. 엄마가 왜 그렇게 들떴는지 추란은 그 당시 알 수 없었다. "네 아빠는 말이다, 로만칼라가 참 잘 어울리는 분이셨어." 택시 안에서 엄마는 창밖을 내다보며 혼잣소리로 말했다. 방금 전까지의 달떠 있던 엄마가 아니었다.

"로만칼라가 뭔데?"

"응? 아냐."

엄마는 속내를 들킨 사람처럼 얼버무렸다. 한동안 택시 안에는 침묵이 흘렀다. 택시 기사는 룸미러를 통해 흘끔흘끔 모녀를 쳐다보았다. 잡풀이 무성한 야트막한 능선 위로 오름이 보였다. 엄마와 추란은 각각 다른 방향으로 얼굴을 돌린 채 시간을 흘려보냈다.

도착했을 때는 이미 섬으로 가는 마지막 배가 뜨고 없었다. 닫힌 매표소 창구 앞에서 엄마는 배 출발 시간이 적힌 시간표를 멀거니 쳐다보았고, 추란은 천장에 달린 작은 만국기를 올려다보다가 매표소 밖으로 걸어 나왔다. 무슨 말을 해도 엄마의 기분이 풀릴 것 같지 않았다. 배고픈 걸 참지 못하는 추란은 엄마 손을 잡아끌고 근처 식당에 들어갔다. 엄마는 밥을 뜨는 둥 마는 둥 하다 숟가락을 내려놓았다.

엄마는 그날 밤, 잠을 설쳤다. 악몽을 꾸었는지 악, 하는 비명이 잠결에 크게 들렸다. 놀라 깬 추란은 방의 불을 켰다. 식은땀으로 홍건해진 엄마의 폴리에스터 속옷이 등짝에 들러붙어 있었다. "엄마 괜찮아?" 부스스한 눈으로 추란은 엄마에게 다가가 이마를 짚어보았다. 엄마는 손이 축축해질 정도로 땀에 젖어 있었다. 잠이 달아난 추란은 놀란 표정으로 말했다. "어디 안 좋은 거 아냐? 많이 아파 보여. 병원에 가자. 응? 엄마." 불안해하는 추란을 보며 엄마는 괜찮다고 대답했다. "아무렇지도 않아. 그냥 나쁜 꿈을 꿨을 뿐이야. 걱정 말고 자." 엄마는 추란을 안심시켜 잠자리에 눕혔다. "엄마, 나도 이상한 꿈 꿨어." 추란이 양손으로 눈을 비비며 뚱하게 말했다.

"무슨 꿈?"

엄마는 손등으로 이마의 땀을 훔쳤다.

"엄마가 좋아하는 원피스 같았어. 근데 그 옷에 얼굴을 묻고 울고 있는 거야."

"울어?"

"응."

"뭐가 그렇게 슬펐을까, 우리 딸."

"엄마! 엄마는 알 거 같아. 알 수도 있어."

"엄마가 그걸 어떻게 알아. 글쎄다. 어두운 창고 옷장 같은데 왜 자꾸만 숨느냐고 물었더니, 네가 그러더구나. 윙 하고 돌아가는 보일러 소리가 좋다고, 옷장 나프탈렌 냄새가 좋아서 그랬다고."

엄마는 아까보다 마음이 편해 보였다. 추란은 엄마 품에 안겨 엄마 냄새를 맡으며 눈을 감았다. 엄마가 섬에 가고 싶어한 이유를 추란이 알게 된 건 성당에서였다. 추란은 나이는 어렸지만 무릎 꿇고 기도하는 엄마 등을 보고 엄마 삶이 얼마나 고되고 슬펐을지 짐작이 갔다. 말은 못했지만 추란도 이미 유치원 미술 시간에 엄마와 비슷한 감정을 겪었다. 다른 애들은 아빠 얼굴을 그리고 있었지만, 추란은 크레파스만 손에 쥐고 가만히 있기만 했다. 아빠를 본 적도 없는데다 사진도 없어서 아빠 얼굴을 그릴 수가 없었다.

명원은 김포공항까지 오는 내내 섬에서의 일을 곱씹었다. 비행기 창가에 앉은 추란이 말없이 아래를 내려다보고 있었다. 노엘이 들려준 성당 이야기를 꺼낸 것은 명원이 일부러 의식적으로 한 행위였다. 섬에서 추란을 도저히 찾을 수 없던 일이 명원은 생각하면 할수록 짜증이 났다. 화장실 다녀온 시간은 그때 길어봐야 십 분도 안 되었다. 그사이 온데간데없이 사라진 추란의 행동이 아무래도 이상했다.

성당에 얽힌 베드로와 수녀 이야기에 추란 역시 호기심이 일었는지 자세를 고쳐 앉으며 정말이냐고 물었다. "흥미로운 이야기네요." "진짜 있었던 일이 맞을까?" 추란은 중간중간에 한마디씩 끼워 넣으며 명원이 이야기를 잇게 만들었다.

노엘이 말한 베드로 신부와 수녀의 실화가 성당과 관련이 있을 법하다는 추측이 무리는 아니었다. 엄마가 어린 딸과 함께 제주도의 남쪽 섬을 찾은 이유는 대체 무엇일지 명원은 생각의 꼬리를 놓지 않았다. 섬에서 사라진 추란이 성당에 있었다는 말을 어디까지 믿고 어디까지 믿지 말아야 할지 명원은 헷갈렸다.

*

"골프장 와서 타수 줄이는 거에 집착해야지 아니, 대체 무슨 생각에 그렇게 골몰하세요?"

허 과장이 명원에게 혼잣말처럼 물은 것은 추란이 다가와서
였다.

"강 사장님은 일밖에 모르시는 양반이라 속은 편하시죠?"

허 과장은 7번 아이언을 잔디에 콕콕 찍으며 추란에게 물었
다.

"아, 네. 뭐 그렇죠."

추란은 긍정도 부정도 아닌 애매한 답을 주며 가볍게 웃었
다. 허 과장은 그녀의 답이 왜 그렇게 돌아왔는지 눈치챘다.
허 과장과 추란은 모처럼 만에 대화를 편하게 주고받았다. 대
학 졸업 후 은행에서 주로 외환 업무를 맡아 본 경력 때문에
추란은 국제 금융 변화에도 매우 민감했다.

"아까 우리 카트에서 얘기하다 끊어졌죠. 2008년 리먼 브러
더스 사태가 몰고 온 금융위기, 허 과장님은 어떻게 생각해요?
벌써 십 년이 훌쩍 넘었네요."

추란이 동의를 구하듯 한 발짝씩 걸음을 떼며 물었다.

"솔직히 우리 같은 월급쟁이들은 별로 못 느껴요."

시큰둥한 허 과장의 말에 추란은 맥이 다소 풀렸다. 그늘집에
서 맥주를 마시고 있을 줄 알았는데 정 대표와 명원은 수정방이
란 이름의 고량주를 시켜 탁자 위에 놓고 마주 앉아 있었다. 무
슨 이야기를 그렇게 재밌게 하면서 왔느냐고 명원이 물었고, 허
과장은 사모님과 데이트를 했다면서 싱글벙글 웃었다.

추란은 왜 맥주를 시키지 않았느냐고 물으면서 자리에 앉았

다. 마지막 홀은 해저드가 있고 바람 방향이 좋지 않아서 걱정이라고 말한 사람은 장 대표였다. 골프 치러 온 멤버 중 가장 잘 치는 사람이 엄살이 심해도 너무 심하다고 퉁을 준 사람은 허 과장이었다.

독한 고량주는 별로라며 고개를 내젓는 추란의 말을 듣고, 앉아 있던 명원이 상체를 일으켰다. "그냥 계세요." 허 과장은 재빠르게 명원에게 와서 어깨를 눌러 앉혔다. 그리고 본인이 직접 냉장고에서 맥주를 꺼내 왔다.

"우리 사무실 직원들 요즘 스트레스가 장난 아닙니다."

고량주를 훌쩍 들이켜고 소리 나게 입맛을 다신 장 대표가 멸치 하나를 입에 넣고 말했다.

"사무실 잘 돌아간다는 거 자랑하는 거요? 물건지 주소 불러주면 제발 빨리빨리 가설계 뽑아달라고. 일이란 게 다 시간 싸움인데 말이야. 가설계 금방 안 나와서 물건 놓친 게 대체 몇 개냐구?"

명원의 장광설이 이어지기 전에 장 대표가 말허리를 자르며 나섰다.

"이거 왜 이러십니까? 섭섭합니다. 몰라도 너무 몰라주시네요. 용산의 우리 두 분은 우리 건축 사무실의 브이아이피이십니다. 가장 우선시하는 게 용산의 물건이에요."

"암요, 그렇다마다요. 제 책상 위에도 허가받으려고 올라온 설계 도면이 수두룩합니다. B4 사이즈의 도면이 어디 평면도 하나뿐이겠습니까? 전기, 배관설비, 소방도면까지 얼마나 높이 쌓였는지 책상다리가 휘어질 정도라고요."

무엇이 그렇게 신이 났는지 허 과장의 목소리가 컸다. 허 과장과 장 대표의 말 속에는, 힘들고 어려운 중에도 당신네들 일만큼은 신경 쓰고 있다는 뜻이 숨어 있었다.

그늘집에서 쉬어 컨디션을 찾았는지 마지막 홀에서 친 명원의 공은 압권이었다. 오비가 나지도 않았다. 티샷이 오른쪽으로 감기며 230야드 남짓 공이 날아갔는데 언덕에서 친 3번 우드샷이 그대로 그린 에지까지 날아가 이글 찬스를 맞기도 했다. 이제 남은 건 퍼팅이었다. 명원은 캐디가 읽어준 그린에 따라 스트로크를 했다. 그런데 아슬아슬하게 홀컵을 외면하고 볼은 줄줄 굴러버렸다. 딱 그립 길이만큼 홀컵에서 떨어져 있었다. "오케이? 컨시드?" 명원이 그린 위에 서 있는 사람들을 향해 고개를 수그리자 턱의 살이 처졌다. "오케이! 좋아요." 명원은 결국 파로 17홀을 마무리했다.

어프로치샷을 잘하는 장 대표는 홀컵 가깝게 공을 올려다붙였다. 내리막 퍼팅이 쉽지 않았다. 캐디가 읽어준 브레이크 지점을 장 대표는 무릎을 구부리고 앉아 진지하게 살폈다. 스트로크한 공은 홀컵에서 뚝, 소리를 냈고 신이 난 장 대표는 캐디와 하이파이브를 했다. 명원은 숨이 턱 막혔다. 자신이 이번 홀에서는 단연 앞선 경기를 한 셈이다 싶었는데 그게 무너지나 해서였다.

싱글 수준인 장 대표의 공이 옆으로 새기를 내심 기대한 게 사실이었다. 솔직히 그 감정이 무엇인지 정확하게 표현하기는 어려웠다. 그런데 노엘이 말한 '두려움'이란 단어가 떠오른 타이밍은 절묘했다. 명원은 일어나지도 않은 일에 대해서 겁부터 낸, 전 같지 않은 자신에게 공연히 화가 났다. 그 기분은 참으로 묘했다.

*

명원이 집에 들인 추란은 모친의 상복을 입은 세번째 여자였고, 추란에게 명원은 이혼 후 만난 두번째 남자였다. 추란은 대화할 때 특히 명원의 눈을 바라보며 집중했다. 특별한 일이 있는 경우를 제외하고는 가능한 한 집 밖을 나서는 일도 없었다. 명원의 전화를 받지 못할까 봐 청소기 돌리는 것도 꺼리고 커피포트에 물도 올리지 않은 추란이었다. 전화를 기다리는 동안 마음이 들떠 부산스럽게 집 안 구석구석을 왔다 갔다 할 때도 있었다. 샤워를 한다든가 손톱을 깎는다든가 집 안을 정돈하든가 할 때도 항상 휴대폰을 옆에 두었다. 그즈음 추란은 대중가요에 취해 있었다. 예전 같으면 전혀 관심도 갖지 않았을 곡조와 가사가 귀에 쏙쏙 들어오고 마음을 쥐어짜고 뒤흔들어놓았다. 심지어 명원이 즐겨 듣는 배호 노래를 틀어놓고 구슬프게 따라 부르기도 했다. 그 때문인지 가끔 일어

나는 귀찮고 짜증스런 일도 무덤덤해져갔다. 도로가 막히거나 은행에 사람이 붐벼도 조용히 기다렸고 누군가 자신에게 무례하게 굴어도 화를 내지 않았다.

명원이 '트럼프'란 이름의 아파트에 살게 된 건 추란을 만나고 나서였다. 명원은 그전까지는 동부이촌동이 어디인지도 몰랐다. 그런 말을 하면 사람들은 곧이듣지 않았다. 그도 그럴 것이 동부이촌동에서 한강 건너 맞은편이 노량진 수산시장이고, 명원은 거기서 오랫동안 어패류 중개상을 했다. 특히 수입산 새우를 거의 독점하다시피 해서 모갯돈을 쓸어 모은 사람으로 유명했다. 십여 년 넘게 수산시장을 오간 사람이 강 건너 동네가 이촌동이라는 사실을 까마득히 모르고 있었다는 게 놀라울 수도 있지만, 다른 각도로 생각해보면 그만큼 명원의 성격을 단적으로 알 수 있는 것이기도 했다.

명원은 두번째 아내와 헤어지기 전까지 대림동에 살았다. 그는 집과 일터를 반복해서 오가는 일에만 열중한 것이다. 그러다가 추란을 만났고, 수산시장이 가까운 이촌동에 살자는 추란의 말에 그녀를 앞세웠고, 문 닫으려는 늦저녁의 부동산에 들렀다가 전세로 나온 아파트를 계약했다. 그날은 무슨 일로 해서 명원이 낮 장사까지 다 마쳐야 했다. 시장에서는 대부분 현금이 오갔기 때문에 주머니는 늘 두둑했다. 명절이 낀 대목에는 검은 비닐봉지에 돈을 넣어 집에 들어오곤 했다. 그때만 해도 돈 만지는 재미가 쏠쏠해서 다른 일은 염두에 두지 않던 명원이었다. 그러나 추란을 만나고 난 뒤 모든 게 달라졌고 달라져가는 자신의 모습에 스스로 얼떨떨해했다. 수산시장에서 하던 장사를 아예 접게 되었으므로 축축하게 젖은 돈은 더 이상 만질 일이 없게 되었다. 잔돈 만지는 재미가 무엇이었는지 명원은 차츰 잊어갔다.

추란과 함께 해거름에 찾은 이촌동의 한 부동산 사무실에는 오십대 초반으로 보이는 여자가 혼자 있었다. 컴퓨터 모니터를 막 끄려던 참이었는지 출입문 여는 소리에 눈을 돌렸다. 여자는 마우스에서 손을 떼며 책상 위의 노트와 종이 등을 주섬주섬 챙겨 한쪽으로 치워놓았다. 여자는 명원의 옷차림을 티 나지 않게 잠시 위아래로 살폈다. 명원 옆에 서 있던 추란이 전세 물건 나온 게 있냐고 먼저 물었고 여자는 생각하는 듯 고개를 갸웃하더니 금세 뭔가 쿵 치고 지나간 듯 얼굴이 환해졌다. 여자는 "아, 예" 짧고 강하게 발음하고는 곧바로 휴대전화를 들었다. 다른 한 손으로는 의자를 가리키며 앉으라는 손짓을 해 보이는 여유로움까지 보여줬다. 명원은 직감적으로 계약이 성사될 거 같은 느낌이 들었다.

휴대전화 저편에서 상대방의 음성이 바깥으로 흘러나왔다. 둘은 길게 말하지 않았다. 이번에도 "아 예, 그렇죠, 알겠습니다"가 대화의 전부였다. 누가 봐도 순조로운 진행을 암시했다. 세 들어 있는 사람이 마침 외국에 가야 하는 바람에 급히 빼야 할 전세 아파트였고 그 자리에서 계약이 진행되었다.

임차인의 사정이 어찌나 급했던지 전세금의 십 퍼센트도 준비되지 않은 상태에서 계약서에 사인한 것도 드문 일이었다.

주로 시장에서 일할 때 입는 군복처럼 생긴 쑥색 바지에는 주머니가 많이 달려 있었다. 허벅지 바깥쪽으로 덧댄 주머니에서 명원은 절반으로 접힌 돈뭉치를 꺼내 들었다. 수산시장 매대에서 새우를 팔고 받은 만 원짜리들이었다. 물기에 들러붙은 지폐들은 생선 비늘 같았다. 명원은 하나씩 젖은 돈을 골라냈다. 추운 겨울 새벽시장에서 일하느라 동상 걸린 손가락 끝이 아려왔다. 현금은 대략 육십만 원 정도였다. 돈에서 비린내가 났다.

"이게 무슨 냄새죠?"

부동산 사무실의 여자는 코끝에 주름을 만들며 검지를 코에 가져갔다. 명원은 그 후부터 향수를 쓰기 시작했다. 명원은 젊은 날 사업에 손댔다가 졸지에 다 말아먹고 서울에 올라와 고생한 끝에 단독주택을 겨우 마련했었다. 집을 수리하려고 나섰더니 크고 작은 다툼이 벌어졌다. 이웃집에서 구청에 민원을 넣어 크게 다퉜고, 그 일로 해서 경찰서부터 법원까지 드나들었다. 그것도 트라우마였는지 건축이라 하면 지레 겁먹고 고개를 절레절레 흔든 사람이 명원이었다. 하지만 추란은 달랐다.

"레미콘 돌아가는 소리가 좋아요. 그 소리를 들으면 마음이 안정돼요. 언젠가 초록 지붕의 예쁜 나만의 집을 지을 거예요." 추란은 잊을 만하면 그렇게 한 번씩 말을 꺼냈다. 가끔 어떤 일을 할 때 무엇에 홀린 사람처럼 무모하게 덤비는 겁 없는 여자가 추란이었다. 조용하고 참한 인상에다 일할 때는 야무졌고 지적인 교양도 갖췄다. 게다가 가끔 멍한 데가 있어 그게 명원의 눈에는 성적인 매력으로 다가오기도 했다. 그런 데 무엇이든 필이 꽂히면 무조건 들이대는 진취적인 성향이 있었는데 건축 일이 그러했다. 물가에 내놓은 어린애 같다는 것은 명원이 추란을 몰라서 한 말이었다. 명원과 헤어지기 전 과 후의 추란은 극과 극이었다.

*

숱한 시간을 마주하고 앉아 대화를 주고받았지만 명원과 추란은 어느 한 지점에서 어긋났다. 아이 문제였다. 아이를 낳고 혼인신고를 하고 제대로 살자. 명원의 말이 틀리지는 않 았다. 사랑해서 만난 남녀라면 당연히 행하는 일반적인 수순 이었다. 다만 그대로 따랐을 때 생겨날 불협화음에 대한 우려 가 있었다. 명원은 두 번 결혼해 첫 부인에게서 난 아들과 두 번째 아내에게 얻은 딸까지 자식이 둘이었다. 그리고 추란의 아들이 있었다. 가족 간의 복잡한 계보에다 명원의 나이, 추 란이 하고 싶어 하는 꿈 등이 상충되어 매일 다툼이 일었다. 일단 아이를 낳으면 복잡한 듯한 가족들 간의 관계도 그 나름대로의 질서가 생긴다는 게 명원의 생각이었다. 하지만 추란은 생각이 달랐다.

"밤에도 운동하는 사람이 많은 것 같네." 추란이 거실 문을 열며 말했다. "그럼 많지. 당신은 운동을 안 좋아해서 모르는 모양인데 밤이건 새벽이건 한강에서 뛰는 사람들 많아." 명원은 운동을 마치고 자신이 애지중지하는 의자에 기대앉아 있었다. 몸을 일으켜 세운 그는 자못 힘 들어간 목소리로 얘기했다. 추란은 운동이라든가 해서 다른 내용으로 대화가 이어질까 봐 화제를 돌렸다.

"커피 마셔서 잠 안 오는 거 아냐?"

"그러게."

"따듯한 물로 샤워를 좀……"

"내가 새벽 칼바람 맞으며 뛰어봐서 아는데, 성산대교까지 왕복 십 킬로야. 당신도 알 거야. 세 시간씩 하루도 거르지 않고 뛰어서 내가 몸무게 줄인 거."

샤워를 권하는 추란의 말을 자르고 명원이 말했다. 추워지기 시작한 11월 늦가을에 시작해서 겨울이 끝날 무렵까지 명원은 새벽 다섯시에 일어나 한강변을 뛰었다. 동이 트지도 않은 새벽녘에 그는 트레이닝복을 입고 현관문을 나섰다. 아침상을 차려놓을 때쯤 콧등이 빨개진 채로 들어와 샤워를 했다. 명원은 그 일을 회상하듯 잠시 뜸 들이다 말을 이었다.

"러너스하이라는 게 있다더만. 마라톤에서 오래 뛰다 보면 고통 한가운데서 오히려 정신이 상쾌해지고 몸이 가벼워지는 순간이 온다는 거지. 러너스하이를 잊지 못해서 또 뛰고, 또 뛰고 그런다는데…… 난 말이야. 나도 같은 얘기이기는 해. 육체적인 고통이든 정신적인 고통이든 '고통'을 떼놓고는 세상 사는 재미가 없어. 고통이 없으면 삶이 지루해서 견딜 수가 없어."

"참, 취미도 고상해라."

"어떤 고통도 난 다 이겨낼 수 있어."

"그럼 타인의 고통에 대해 본인이 아픈 것처럼 조금이라도 느껴본 적 있어요?"

"있지."

"언제요?"

"당신이 언젠가 한번 기절한 적 있잖아. 그때가 언제였더라?"

"그렇죠. 당신과 살며 처음 있는 일이었죠."

"얼마나 놀랐는지, 뇌졸중인 줄 알고 심장이 철렁 내려앉았지."

"정말요?"

"아, 그럼. 그걸 꼭 말로 해야만 알아? 당연한 일을 갖고."

품! 추란은 터져 나오는 웃음을 손바닥으로 막았다. 추란은 앰뷸런스에 실려 응급실에 갔고, 그가 의사와 나눈 대화를 하나도 빠짐없이 기억하고 있었다. 명원은 그때 자신이 한 말을 추란이 모두 듣고 있으리란 사실을 전혀 알지 못했다. 몸을 가누지 못해 쓰러졌다고 해서 의식을 잃은 건 아니었다.

"왜 웃지?"

"그냥. 그때 한바탕 소동 피운 거 생각하면 우습잖아요."

"그렇지."

"힘든 일 많이 겪으며 살아왔잖아요. 이제 당신도 좀 편하게 살아요. 너무 자신을 혹사시키지 말구요."

"날 걱정해서 하는 말이야?"

"그럼요, 내가 틀린 말 한 거 아니잖아요."

"당신만 나 속 안 썩이면 돼. 곰곰 잘 생각해봐."

명원이 눈을 치켜뜨는 바람에 이마에 주름이 지어졌다. 웃는 건지 찡그리는 건지 애매한 표정이었다. "피곤할 테니 이제 잡시다." 명원이 갑자기 말투를 바꾸었다. 추란이 또렷하게 기억하고 있는 한 가지가 있었다. '난 저 여자의 보호자가 아닙니다.' 의사가 내미는 서명란에 명원이 서명을 거부한 적이 있었다. 명원이 보호자가 아니면 그는 누구란 말인가. 그때 추란은 속으로 울음을 삼켜야만 했다.

*

도우와 추란, 명원 이렇게 셋이서 나란히 뉴욕 출장길에 오르게 된 건 쉬운 결정이 아니었다. 한인회가 주축이 되어 고국 부동산 투자 관련한 포럼이 뉴욕에서 있었다. 가교 역할을 한 사람은 도우였다. 이민자들에게 도움을 줄 부동산 전문가가 필요한 것도 도우였다. 명원이 고심 끝에 결정하게 된 계기는 월가의 퀸츠 때문이라 해도 과언이 아닐 것이다.

명원은 '점령하라, 월가' 시위 때 슬라보예 지젝이라는 어려운 이름의 철학자가 시위 군중들을 향해 연설하는 광경을 추란과 함께 티브이로 본 게 떠올랐다. 금융위기를 불러온 시스템에 대한 지적이었다. '답을 알고 있지만 그 답을 이끌어내기 위한 질문을 찾지 못하고……' '문제가 없어 보이는 이유는 그 문제가 있다고 설명할 언어가 없기 때문'이라는 등등의 이야기였다. 그때 명원은 배배 꼬인 이따위 말장난이야말로 사람을 어지럽게 만드는 게 아닌가 생각했었다. 시스템에 관해서라면 명원은 차라리 구체적인 설명으로 접근했던 노엘의 말이 더 낫다 싶었다. 솜사탕의 물리학.

뉴욕 JFK공항에 밤 열시에 도착할 예정이었지만 명원은 여권 사고로 인해서 그다음 비행기 편에 올라야만 했다. 짐을 부칠 때부터 조짐이 좋지 않았다. 항공사 직원은 이티켓과 컴퓨터 모니터 그리고 여권을 번갈아 보았다. 미국 페이퍼 비자가 붙은 여권을 분실하는 바람에 명원은 전자여권을 급하게 만들었다. 그런데 잃어버린 줄 알았던 여권을 찾게 되어 두 개를 소지하고 공항에 간 것이다. 발권 중에 직원은 누군가에게 전화를 걸어 한참 묻고 대답하더니 페이퍼 비자가 붙은 구여권에 디나이드 스탬프를 꽝, 찍었다.

검색대를 통과하고 면세점에 들러 담배 한 보루를 산 명원은 일행들과 탑승 시간에 맞춰 보딩 게이트로 갔다. 9·11 테러 이후 보안 검색이 더 강화되었다. 보딩 게이트를 통과한 탑승객들에게 탑승구 바로 앞에서 또 줄을 서게 만들었다. 휴대 가방의 지퍼를 열고 그 안의 파우치에 넣어둔 추란의 생리대까지 적나라하게 드러나게 만들었다. 이 과정을 옆에서 하나하나 일일이 다 지켜본 명원은 뱃속 내장이 뒤집히는 것처럼 심사가 뒤틀렸다. 속이 하도 답답해서 창밖을 보려던 명원이 도우와 눈이 부딪혔다. 이륙 전 시험 운전 중인 비행기의 날개가 딱 그 정도의 눈높이에 떠 있었다.

짐을 부치기 전부터 순조롭지 않더니 기어코 일이 생긴 것이다. 기내의 출입문이 닫힌 후에도 비행기의 랜딩기어는 움직일 줄 몰랐다. 비행기는 엔진 돌아가는 소리를 내며 한참 동안 제자리에 그대로 있었다. 사람들이 수런대는가 싶더니 곧 잠잠해졌다. 승무원들은 통로에서 바른 자세로 서서 정면을 응시했다. 누군가 넘기는 신문의 종잇장 소리는 기내가 얼마나 조용한지 대신 말해주고 있었다. 한국을 떠나 있는 동안 서울의 일은 잠시 잊는 거야, 명원은 스스로 다독이며 휴대폰의 버튼을 길게 눌렀다.

기장으로부터 안내방송이 나온 것은 휴대폰이 꺼지기 직

전까지의 디바이스를 명원이 묵묵히 지켜보고 있을 때였다. "탑승자 한 분에게 문제가 발생하여 비행기가 제시간에 이륙하지 못하고 있습니다." 마이크를 타고 흐르는 기장의 음성은 중저음에 가까웠다. 신뢰감을 주는 목소리라는 생각을 하며 명원은 꺼진 휴대폰을 상의 안주머니에 넣은 후 등받이에 등을 기대고 눈을 내리감았다. 기장은 죄송하다는 양해의 말을 거듭한 뒤 마이크의 스위치를 껐다.

"아랍인이 또 탔나 봐요, 전에도 그런 적이 있었어요." 명원의 앞자리에 추란과 나란히 앉은 도우가 통로로 목을 빼고 말했다. "아랍인요?" 명원은 상체를 일으키며 도우의 말에 귀를 기울였다. 잠시 후에 양복을 입은 한 남자 뒤로 무전기를 한 손에 든 정복 차림의 사내가 좁은 통로를 따라 걸어 들어왔다. 두 남자는 발을 옮길 때마다 좌석 번호에 눈을 콕콕 박는 것 같았다. 통로를 걷던 남자들이 걸음을 멈춰 선 곳은 명원의 자리 팔걸이 앞에서였다. "외교부에서 나왔습니다." 위아래 같은 회색 수트를 입은 중키의 남자가 명원을 향해 말했다. "무슨 일이죠?" 명원은 어안이 벙벙하여 입이 다물리지 않았다.

"미국 입국심사에서 문제가 있을 거 같습니다." 외교부 직원이라고 신분을 밝힌 남자가 정중하게 말을 해왔다. "네에?" 명원은 말끝을 올렸으나 실상은 맥이 빠져 있었다. 무슨 큰 죄라도 지은 사람처럼 목소리마저 기어 들어가는 볼썽

사나운 꼴이었다. 말도 통하지 않는 미국 땅에 떨어져 고립되는 것은 아닌가 하는 얼토당토않은 생각에 머릿속이 혼미했다. 명원은 속으로 '내가 이렇게 소심한 사람이었나!' 자조했다. 그런 와중에도 별생각을 다 하고 있었다. "일단 비행기에서 내리셔야겠습니다." 남자의 팔꿈치가 앞좌석의 머리께에 걸쳐 있었지만 그 자세가 오만불손해 보이지는 않았다. 명원은 자리에서 일어나 선반 위에 넣어둔 서류 가방을 챙겨 들고 팔걸이를 걷어 올린 후 통로로 빠져나왔다.

추란과 도우는 어리둥절해서 눈동자만 굴렸다. 두 사람의 대화를 지켜보다가 가방을 챙겨 나서는 명원을 그냥 보낼 수밖에 없는 입장이었다. 명원은 추란에게 걱정 말라는 말을 남기고 자리를 떴다. 몇몇 승객들이 통로를 지나는 명원에게 불편한 눈길을 주었지만 대부분의 사람들은 각자 자리에 앉아 별 관심 없이 신문을 보거나 눈을 감고 있거나 했다. 명원은 뒤통수가 뜨거워지는 게 느껴졌지만 느린 보폭으로 통로를 걸어 나왔다. 일이 꼬이려니 별게 다 속을 썩인다는 생각이 들었다.

*

탑승 수속을 밟을 때 시간이 좀 걸리긴 했다. 짐을 부치기 전에 항공사 직원은 명원에게 미국 여행 허가 신청서 작성을 요구했다. 명원은 인터넷 서비스 부스로 가서 ESTA에 접속했다. 추란이 도와줘서 그리 오래 걸리지는 않았다. 이용자가 한꺼번에 몰렸는지 좀 느리게 진행되어 잠시 답답하기는 했지만 곧바로 처리되어 안심했다. 신청서를 작성해서 제출하고 44불의 수수료를 카드로 지불했다. 신청서 접수가 완료되었다는 메시지와 신청 결과를 직접 확인까지 했다. 그런데 나중에 알고 보니 수수료 결제가 저쪽에서 미확인으로 처리되어 문제가 된 것이었다. 명원은 기가 막혔다. 카드 결제 내용이 휴대폰의 SMS 문자로 뜬 것을 외교부 담당자에게 보여주었다.

외교부 직원은 어딘가에 전화를 걸어 영어로 진행 과정을 설명했고, 잠시 후에 오케이, 오케이 하고 고개를 끄덕이며 전화를 끊었다. 명원이 출국장으로 다시 나오기까지의 과정 또한 우스꽝스럽기 짝이 없었다. 면세점에서 산 담배를 취소하기 위해 여권과 카드를 캐셔에게 주어야 했고, 외교부 직원을 따라 세관 사무실에 가서 세관신고서를 작성했다. 마지막으로 팔을 펴게 한 다음 검색 봉을 몸에 갖다 댔다. 붉은빛이 번쩍거렸다. "지금 뭐 하는 짓거리예요?" 명원이 언짢은 투로 눈을 부라리며 쏘아붙였다. "절차가 이렇습니다." 보안 검색 요원은 무표정한 얼굴로 대답했다. "별 거지 같은 꼴을 다 당하네. 난 내국인이에요!" 명원은 버럭 화를 냈다. 전산상의 오류인 그깟 44불 때문에 이 지경에 이른 자신을 돌아보자 울화통이 치밀어 견딜 수가 없었다. 하마터면 애먼 사람에게 주먹을 날릴 뻔했다. 담당자를 당장 찾아가 그 앞에서 컴퓨터를 패대기지고 싶은 심정이었지만 어쩔 수 없는 노릇이었다.

출국장 밖까지 따라 나온 외교부 직원은 항공권을 할인할 수 있도록 명원을 도왔다. 아무리 절차가 그렇다 치더라도 상황을 역으로 짚어보면 정말 웃기는 일이 아닐 수 없었다. 형식이 그렇고, 하라는 대로 하기는 했지만 버리게 된 시간과 경제적, 정신적 피해에 명예 손상까지 고스란히 명원이 떠안아야 할 몫이었다. 공항 내의 프레스티지 클럽에서 와인을 마시며 시간을 때우는 동안 명원은 맛도 모른 채 치즈가 얹힌 파르페를 우적우적 씹어 삼켰다.

분노와 적개심의 불똥이 엉뚱한 데로 튀었다. 돈 없고 백 없어 홀대받는다는 생각은 열패감으로 뒤바뀌었다. 눈알이 시뻘겋게 변하고 온몸이 뜨거워지고 있었다. 한참을 그러고 있다가 명원은 화를 누르고 생각에 잠겼다. 대학 졸업장이 없는 상고 출신인데다 장사로 뼈가 굵은 자신이었다. 가락동 농수산물 시장의 중개상과 노량진 수산시장에서 중매인을 하며 주머니에 현금 다발을 넣고 다녔다. 현물 경제가 어떻게 돌아가는지 눈을 감고도 꿸 수 있었다. 쓸데없는 열패감 따위는 그만 잊기로 했다.

평소 습관대로 명원은 푹신한 소파에 몸을 깊숙이 묻었다. 와인 잔을 입에 갖다 대고는 휴식을 취하고 있거나 무언가를 들여다보는 주변 사람들의 모습을 둘러보았다. 노트북을 열고 모니터에 나타난 그래프를 보는 남자의 옆모습이 명원의 눈에 들어왔다. 주식과 관련된 자료 같았다. 돈이 몰리는 곳에 있어야 돈을 벌 수 있다는 자신의 지론대로 명원의 선택은 부동산과 주식에 있었다. 주식에서 선물 옵션은 이미 있는 것이었고, 명원은 일차산업의 시장에서 그야말로 감으로 매점매석을 일삼았다.

도우 못지않게 파생상품의 레버리지 효과가 어떤 것인지 명원은 삶의 현장인 시장에서 직접 보고 겪어 잘 알고 있었다. 소위 말하는 '선물'이 바로 그것이었다. 미래에 발생할 일정 금액을 예상해 거래 가격으로 못 박아둔다. 명원은 생산자와의 거래를 직접 시도했다. 농수산물의 공급과 수요가 앞으로 어떻게 될지 모르는 농어민 입장에서는 가격을 낮은 수준으로 정해서 한꺼번에 사들여 도박을 한 셈이었다. 그렇지만 다른 한편으로는 상품을 팔지 못했을 때 닥칠 위험을 분산하는 효과도 있었다. 명원은 수학은 못해도 셈이 빨랐고 무엇보다 돈의 흐름을 잘 탔다. 명원은 눈에 보이지 않는 주식보다는 부동산에 많은 공을 들였다. 무슨 일이든 결정하기가 어렵지 일단 마음을 정하고 나면 명원의 베팅은 컸다. 한때 화투판에서도 짧은 시간 한 쾌로 뚫는 일명 '섰다'를 하기 위해 그는 현금 다발이 든 포대 자루를 한 방에 지르기도 했었다. 그후로 집안 살림을 말아먹고 다시는 화투짝을 잡지 않은 명원이었다. 건설은 늦된 사업이긴 했으나 통이 크고 머리 회전이 빨라 명원은 이 바닥에서도 앞섰다.

서브프라임 사태가 터지기 전, 부동산 시장에서는 명원의 눈이 밝았지만 도우에게는 승리의 포커페이스인 헤지펀드가 있었다. 단기간에 큰 수익으로 재미를 톡톡히 본 명원은 그 메커니즘을 부동산에 활용했고 백 퍼센트 적중했다. 금융공학이라는 말이 월가에서 그냥 나온 게 아니라는 것을 명원은 정확하게 간파했다. 일차산업인 채소나 생선류의 중간 유통에서 마진을 보는 것과는 차원이 달랐다. 생산자와 소비자 사이에서의 유통, 즉 상품 매집에 따라 달라지는 가수요와는 수리적으로 크게 달랐다. 수학 공식은 한 치의 오차도 없는 것이었으며 노벨경제학상을 받은 경제학자들에 의해 학문적으로 검증된 과학이었던 것이다. 그 공식에 입각해서 월가의 브레인들은 주식과 외환시장에서 한시도 눈을 떼지 않고 거대 자본을 쥐락펴락한 것을 명원은 모르지 않았다.

돈의 힘을 믿었던 명원은 그 환상을 부동산에 덧입혀 활황의 장인 부동산 시장에 유통시켰다. 다세대 공동주택이 바로 그것이었다. 용산과 송파, 마포와 목동 구시가지, 상도동 등 서울의 노른자위는 손대지 않은 곳이 없었다. 단기간에 모인 돈으로 지방의 땅을 싼값에 사들여 물류창고나 공장을 짓고 캄보디아에 투자를 했다. 그러던 중에 리먼 브러더스 사태로 인한 금융위기로 사업이 휘청했다.

명원은 일과 사랑을 동시에 거머쥐고 싶었다. 그러나 그는 세번째 여자 추란과도 결국 실패했다. 인간이란 참으로 불안정해서 기브 앤 테이크 방식이 아니면 좀처럼 관계 지속이 어렵다는 것을 명원은 너무 늦게 깨달았다. 그가 좇던 꿈에 그리던 여인 혹은 이상적인 여자와의 사랑은, 그렇게 관념 속에서만 존재한다는 인식에 닿자 명원은 오롯이 그를 품어줄 의자가 그리웠다. 거실 벽면에 걸린 그림이 눈앞에서 어른거렸다. 뮌헨에 있는 미술관에 가서 「죄」란 그림을 직접 보고 그 앞에서 눈물을 흘리고 싶었다.

명원은 와인을 한 모금 넘기며 입맛을 다셨다. 쌉쌀한 타닌 맛이 혀에 퍼졌다. 지금쯤 도우와 추란이 탄 비행기는 태평양 어디쯤 떠 있을까, 하는 상상에 이르자 입가에 비릿한 미소가 지어졌고 명원은 남은 포도주를 벌컥 마셨다. 휴게실의 티브이에서는 8·2부동산대책의 실효성을 두고 토론이 벌어지고 있었다. 개포동 재건축 아파트와 집값 상승이 강북에도 영향을 주고 있다는 분석이었다. 명원의 보딩 타임은 오후 다섯시였다. 아직 시간은 많이 남아 있었다. 빠른 속도로 마신 와인 탓인지 취기가 오른 명원이 눈을 감았다. 십 년도 더 지난 일들이 머릿속에 명멸하듯 떠올랐다.

*

"네. 맞습니다. 부동산이 활황장일 때 확실한 거. 바로 이게 뭐냐는 것입니다."

명원은 여기까지 말해두고 잠시 뜸을 들였다.

"그게 뭐죠?"

마지막에 예리한 질문을 했던 단발머리 젊은 여자가 물었다. 옷차림새가 수수해서 그저 평범한 주부 같았지만 명원의 눈에는 단발머리 여자가 예사로 보이지 않았다. 그녀의 손에 들린 『부동산 투자 성공비법』이란 책을 보고 돈을 벌고자 하는 욕망으로 가득 찬 사람이란 걸 명원은 단박에 알아챘다.

"그래요. 책만 들이판다고 해서 알 수 있는 게 아니죠."

명원은 일부러 단발머리 여자가 들고 온 책에 시선을 주며 말했다.

"아, 이 책요?"

단발머리 여자는 탁자 위에 놓인 책을 손으로 집어 자신의 무릎에 올려놓고 웃었다.

"부동산의 헤지펀드."

탤런트 이덕화처럼 명원은 이 말을 아주 멋들어지게 소개하고 싶었다. 하지만 마음처럼 쉽게 되지는 않았다.

"헤지펀드요?"

주식과 펀드로 자금 운용을 많이 했던 해리 엄마가 되물었다.

"네, 헤지요."

명원이 간결하게 답하고 잠시 숨을 골랐다. 짧은 순간에도 명원의 머릿속에서는 갖가지 생각들이 굴러다녔다.

"민 여사님을 통해서 알고 계시겠지만 제가 개발 예정 구역에 빌라를 짓고 있잖습니까. 공사 기간이 대략 사 오 개월입니다. 잠시 뒤에 여러분들과 함께 현장을 둘러보겠지만요."

중간에 명원의 말이 뚝 끊겼다.

"왜 그러세요?"

순간적으로 굳은 명원의 표정을 보고 민 여사가 물었다.

"아니에요. 공사 현장 생각에 잠시……"

명원이 서둘러 대화를 수습하고 다시 말을 잇기 시작했다.

"공사 기간이 끝나기 전에 집들이 팔립니다. 펀드처럼 어디에 내 돈이 들어가 몸이 불어 나오는지 줄어 나오는지 모르는 것과는 달라요. 부동산은 눈에 보이는 현물입니다. 집이란 물리적 형태가 있다는 거죠. 막말로 집값이 떨어져도 집은 있는 거 아닙니까? 이보다 더 확실한 투자가 없다는 거죠. 게다가 용산처럼 특화된 지역에서, 그것도 서울시와 국토교통부의 적극적 정책에 발맞춰서 앞으로 쭉쭉 나아가는 보고의 땅이라는 겁니다. 민 여사는 보석이라고 말하시잖아요. 여러분들, 보석 다 좋아하시죠?"

명원의 마지막 말에 사람들은 픽픽 웃었다.

"아, 그럼 부동산에 직접 투자하는 것도 좋은 방법 같은데요."

이 말이 언제 나오나 기다렸던 명원은 일이 생각보다 쉽게 풀리리란 예감이 들었다. 막힌 위장이 뚫려 시원하게 소화된 느껌이었다. 아무튼 그렇게 일이 시작되어 여기저기서 투자금이 들어왔다. 물론 투자금의 보존 방식에 대한 계약서는 따로 작성되었고, 두 가지 방법 중 하나를 선택하도록 유도했다.

하나는 투자 원금을 갚는 기한이었다. 그래 봐야 사 개월이지만 그 기간 동안 투자금을 운용하고 이십 퍼센트의 배당금을 지불한다는 약정서에 공증이 첨부됐다. 그리고 다른 하나는 투자자 명의로 단독주택을 사든가 해서 소유권 이전 등기를 하는 것이었다. 그리고 그 대지 위에 신축 빌라를 지어 분양하여 원금을 돌려주는 방식이었고, 대부분의 경우 수익금은 약속한 날짜에 이행되었다. 투자자는 돌려받은 그 돈을 마땅히 굴릴 데도 없었다. 그러면 다시 불어난 그 돈이 재투자되었다. 결과적으로 원금 회수는 물론이고 명원이 제안한 확정수익률도 차질 없이 확보되며 현금이 운용됐다.

그 앞줄에는 오지랖이 넓은 민 여사가 있었다. 나이 든 딸을 시집보내지 못해 전전긍긍하던 해리 엄마는 언제 그랬냐는 듯 아예 이마에 나는 투자자, 나는 복부인이란 말을 써 붙이고 다닌 케이스였다. 『부동산 투자의 성공 지름길』, 『뉴타운 투자법』, 『백만 원으로 십 억 벌기』, 『하루 만에 배우는 주식투자』, 『나도 부자로 살 테야』 따위 책들을 쓰레기통에 처박고 현장으로 나선 단발머리 여자까지 한강로의 부동산 사무실은 아줌마 부대로 북적거렸다. 그들이 한번 한강로에 뜨면 그 밑으로 집을 사겠다는 사람들이 줄을 섰다. 명원의 통장에 돈이 쌓이는 건 당연한 일이었다.

부동산 광풍의 시대였다. 사무실 문을 열자마자 기다리던 소위 강남의 큰손들이 몰려와 계약서에 도장을 찍고 돌아갔다. 강남 집값 잡겠다고 의욕적으로 나선 진보적인 대통령의 부동산 정책은 외려 집값을 올려놨다. 거세게 일고 있는 부동산의 투기 바람을 잠재우기에는 정책만으로는 역부족이었던 것이다.

오히려 투기지역이니, 투기과열지구니 하는 용어가 붙은 정책은 그 지역에 대한 관심만 부추기기 일쑤였다. 한쪽을 누르면 다른 한쪽이 풍선처럼 부풀어 올랐다. 정책으로 손을 쓴다 해서 되는 일이 아니었다. 부동산 시장의 열기는 강북의 뉴타운 지역과 개발 예정 구역으로 옮겨붙었다. 서울에서 뉴타운으로 지정된 곳만 무려 스물세 곳이었다.

기형적인 투기 광풍은 비단 용산에만 있었던 게 아니었다. 주택이 밀집된 목동 구시가지에서는 희한한 일이 벌어졌다. 모두 어리둥절해서 혀를 끌끌 찰 정도였다. 개발 가능성이 있는지 알아보기 위해 타당성 검토를 위한 용역을 외부에 발주했다는 내용의 기사가 뜨자 그 이튿날부터 목동 구시가지에 매물로 나와 있던 빌라가 모조리 팔려나갔다. 집들의 노후도가 높고 소방도로가 없는 주택 밀집 지역이라 아무래도 주거 환경이 열악한 것은 사실이었다. 그 지역을 밀어붙이고 개발합네 하는 소식이 전해졌고, 이번에는 부동산 사무실에서 집

집마다 전화를 걸어 집을 팔 생각이 없느냐고 묻는 묘한 상황이 벌어졌다.

9시 뉴스에는 아비규환을 이루는 어느 부동산 사무실이 카메라에 잡히고 심지어는 수년간 적체되었던 물건들이 깡그리 팔려나가 붉은 줄이 죽죽 그어진 매매 장부가 클로즈업 되기도 했다. 마치 떨이 물건을 파는 가게 앞에서 행여 물건 못 살까 봐 안달 난 사람들처럼 앞사람 옷자락을 부여잡고 한 손을 치켜들며 소리 지르는 사람이 있지 않나, 등짝에 업히다시피 해서 매물 장부를 들여다보려는 사람까지 서로 밀리고 밀쳐내는 꼴불견의 모습이 그대로 방송되었다.

공인중개사 시험을 치르기 위해 몰려든 사람들이 수만 명에 이르렀고 아파트 분양 붐도 크게 일었다. 브랜드 있는 아파트를 분양받으려고 새벽 댓바람부터 분양 사무실 앞에서 진을 치기도 했다. 이성을 잃고 광분해서 날뛰는 사람들을 보면 부동산 역시 꿈틀꿈틀 살아 있는 세포구나 싶었다. 명원이나 추란도 그때는 그런 생각을 하지 못했다. 바로 군중 속에 섞여 있었으므로. 부동산이란 물적 재화 역시 사랑의 감정처럼 어느 순간 들떴다가 어느 순간 가라앉는 강력한 에너지의 유기체였던 것이다.

*

명원은 공인중개사에 대한 사회적 시선이 좋지 않은 것에 몹시 분개했다. 특히 공인중개사가 받는 법정 수수료가 있음에도 불구하고 꼭 깎으려 드는 사람을 보면 열이 받는다며 변호사 수임료도 그렇겠냐고 흥분했다. 명원은 사무실을 고급스럽게 꾸미고 내부 인테리어에 공을 들였다. 사무실이 크고 넓어서 상담실이 따로 있었다. 상담실에 있는 자신의 의자는 특별하게 주문 제작한 것으로 가운데 배치했다. 용의 조각을 입힌 의자는 너무 튀어서 사무실 분위기에 안 맞을 거라 염려했지만 의외로 흑단 의자는 잘 어울렸다.

명원은 주로 그 의자에 등을 기대고 다리를 꼰 다음 양팔을 팔걸이에 올려놨다. 조각된 용을 한 손으로 만지작거리는 명원의 모습은 흡사 용의 모습을 닮은 것 같았다. 천장에는 빔 프로젝터가 달려 있었다. 용산의 랜드마크인 물방울무늬 모양의 빌딩과 그 주변을 에워싼 현대적인 건물들의 조감도가 스크린에 나타났다. 명원은 생각에 잠겼다. 저 물방울 모양의 건물이 한낱 물거품으로 스러져 사라질지언정 지금은 아니다, 라고.

사람들은 용산의 부동산이 하루아침에 어마어마하게 값이 올라 금방이라도 돈방석에 앉을 거란 환상에 사로잡혀 있었다. 물론 미래의 투자가치로 유망한 용산은 이미 각종 언론과 인터넷을 통해 일차적으로 정보를 얻은 후 선택이 이루어졌지만, 손님들은 대부분 명원의 브리핑에 혹해서 계약서에 막

도장을 서너 건씩 찍고 문을 나서곤 했다.

아닌 게 아니라 투자자들이 사놓은 빌라들은 나오는 대로 팔려나갔으므로 어제 산 빌라를 한두 달 뒤에 팔아도 몇 천만 원 남는 경우가 속속 발생했다. 시장 상황이 그러했다. 과열이다, 값이 떨어질 거다, 라는 우려의 목소리가 있었지만 하루가 다르게 값이 올랐고 집을 사지 못한 사람들은 불안에 떨었다. 매물을 사고 싶어 미칠 지경까지 이른 사람이 한둘이 아니었다. 부동산이 하나의 유기체처럼 스스로 살아 움직이고 있었다.

"서울시에서 내놓은 한강 르네상스 프로젝트가 뭡니까? 한강은 최고의 프리미엄입니다. 여러분들도 외국에 다녀보셔서 알겠지만 한강만큼 아름다운 곳을 본 적 있으시냐 말입니다. 미국의 콜로라도강도 이렇지 않습니다. 파리의 센강요? 한강만큼 폭이 넓지도 않죠. 한국은 이제 한강을 중심으로, 그것도 용산을 기점으로 해서 중국 상하이까지 단 두 시간 만에 오가며 국제적인 교역 도시로 뻗어나갈 겁니다. 용산을 빼놓고 투자할 지역이 있던가요? 강남에서 이제는 용산의 시대로 넘어오고 있습니다."

빔프로젝터의 슬라이드를 넘기면서 명원은 열띤 목소리로 말했다.

"그럼 미군 부대는 언제까지 이전을 하죠? 앞으로 육 년 정도면 용산에 민족공원이 생기는 게 맞나요?"

도곡동의 민 여사가 명원에게 물었다.

"지금 국방부 있는 삼각지 쪽이에요. 나 홀로 아파트인 재건축 아파트 사놓으면 투자가치가 있냐는 거죠."

민 여사를 따라 타워팰리스에 살고 있는 삼성의 임원 사모님이라는 사람이 질문했다. "시집도 안 가고 나이만 먹은 딸이 하나 있어요. 그 애 앞으로 집을 하나 사줬으면 좋겠는데 어디가 좋을지……" "임대수익도 있고 앞날을 봐서 투자해놔도 괜찮은 수익형 건물을 샀으면 하는데 용산역 가까운 쪽으로 말입니다." 민 여사의 물음을 시작으로 해서 함께 온 사람들의 질문이 이어졌다. "어디에 무슨 물건이 있든지 간에 용산 부동산은 투자가치가 있습니다. 다만 그중에서도 옥석을 가릴 필요가 있다는 겁니다." 말을 길게 하지 않고 명원은 핵심만 짧게 전달했다. "옥석이라면 어떤 게 옥이죠?" 삼성 사모님이라는 사람이 물었다.

"용산의 지도를 잠시 보실까요?"

명원은 빔프로젝터의 전원을 끄고 롤스크린 위로 지도가 내려오도록 줄을 풀어 내렸다. 상담실 벽면의 절반을 채운 용산구 지도가 주르륵 내려왔다. 지도에는 지역별로 점선과 실선, 분홍색 선과 파란색 선, 고딕체의 굵은 글씨 등이 초록 바탕에 어지럽게 나타나 있었다. 도시 재정비 촉진을 위한 특별법에 의한 구역, 동빙고 뉴타운, 도시환경 정비사업, 주택재개발 정비사업 등 용산구 권역에서 개발이 이루어지지 않는 곳이 없었다. 대부분의 지역이 개발에 포함되어 있었고, 그렇지 않다고 해서 개발에서 제외된다는 법도 없었다. 주택의 노후도, 소방도로의 싱황 등에 따라 타당성 검토를 하기 위한 용역이 외주로 주어진 상태였다. 현재는 개발 지역에 포함되어 있지 않더라도 추가적으로 정비 구역에 들어갈 지역임을 감안하라는 별도의 표시선이 지도에 나타나 있었다.

용산구 현황도는 지적과의 도움을 바탕으로 제작된 것이었다. 사람들은 그 지도를 보고 서울시와 지자체의 조례 등 법령을 짚어가면서 투자에 나름대로 신중을 기하려고 했다. 투자자들은 이미 웬만큼의 정보를 습득하고 컨설팅 사무실을 찾았다.

*

용산의 국제업무단지를 강조한 물방울 모양의 랜드마크는 만화의 말풍선처럼 빈 여백으로 뽑아져 그림으로 나타나 있었다. SF 영화에서나 봄직한 미래형 도시의 국제업무 빌딩들도 랜드마크와 잘 어우러졌다.

"미국의 센트럴파크만 한 민족공원이 가운데 자리 잡고 있고 남산 순환로에서 해방촌과 용산동 5가를 잇는 벨트는 한강 둔치까지 둘레길처럼 이어질 것이며, 남산에서 한강 쪽으로 케이블카가 설치되어 외국 관광객들에게 좋은 반응을 일으키리라 전망이 되죠. 또한 이태원 관광특구와 용산구청의 신사옥이 건립될 예정인 녹사평, 에티오피아 대사관을 비롯해 각국 대사관이 모여 있는 동빙고 쪽으로는 신분당선이 연계될 뿐만 아니라 그 지역을 중심으로 상업지구가 형성된다는 것이 서울시와 용산구청의 마스터플랜입니다."

명원은 지도에다 대고 빨간 레이저빔을 쏘면서 브리핑을 했다. 마스터플랜대로 차질 없이 용산의 개발이 진행된다면 용산은 정말 꿈과 환상의 도시가 될 듯했다. 명원의 브리핑을 들은 사람들은 이곳에 오길 정말 잘했다는 표정으로 서로의 얼굴을 보며 흐뭇한 표정을 지었다.

"그럼 사장님이 보시기에 용산에서도 투자하기 가장 좋은 곳은 어디인지 콕 집어 추천해주세요." 시집 안 간 의사 딸을 둔 여자가 이번에는 콧소리를 내었다. "몇 군데 추천해드릴 곳이 있습니다." "어디죠?" 이번에도 여자는 코맹맹이 소리를 냈다. "다른 분들도 궁금한 것 있으시면 망설이지 말고 질문하세요." 잠시 뒤에 말하자는 약속의 뜻으로 명원이 한 손을 펴서 올려 든 후에 여자와 눈을 마주쳤다. 명원이 브리핑을 끝내고 테이블로 옮겨 앉아 상담하려고 자세를 흩트리려는데 잠자코 듣고 있던 단발머리 여자가 저 말이에요, 하고 말문을 열었다.

"네? 무슨 궁금한 점이……"

긴장을 늦춰서 그랬는지 명원의 목소리가 다소 풀려 있었다.

"부동산 가격이 하루가 다르게 올라가고 있는데 나중에 개발이 다 되었을 시점에 말예요. 투자금 대비 수익률을 어떻게 계산해야 하는지요. 그리고 투자를 했다가 어느 시기에 팔아야 할까요?" 여자의 질문은 예리했다. 그렇다고 도시 및 주거환경정비법을 시작으로 해서 시행령과 조례, 조합정관 등 관계 법령까지 들먹이며 일일이 설명하기에는 벅찬 일이었다. 말해준다 해도 어디까지 이해를 할지 의문이었다. 그러나 분명한 것은 사업시행 인가부터 분양 신청, 이주 시점까지의 시간은 장담할 수 없다는 점이었다. 재개발이라는 말이 나온 직후부터 따지기 시작하면 길게는 십오 년, 이십 년이 허다했다. 그래서 두루뭉술하게 말할 수밖에 없었다.

명원은 이 과정을 축약해서 설명해주고, 투자는 항상 타이밍이 중요하므로 일정한 수익이 발생되었을 때 미련 두지 말고 곧바로 처분하는 것이 가장 좋다고 말했다. 그리고 팔아야 할 시점이 되었을 때는 욕심 내지 않고 물건을 던지는 것도 좋은 투자법이라고 덧붙였다. 민 여사를 비롯해서 함께 온 사람들은 벌써부터 물건을 계약하려고 가방의 지퍼를 열며 부산스럽게 움직였다. 명원은 상담실 문을 열고 사무실의 분위기를 훑어보았다. 오피스텔 전월세 임대차를 전담으로 맡아하는 실장과 다른 직원들이 전화로 일대일 상담을 하는 게 눈에 들어왔다. 인터넷상에서 부동산 카페를 운영하는 직원은 네티즌의 Q&A를 계속 업데이트했다.

온라인에서는 부동산 정보를 함께 공유할 뿐만 아니라 물건도 서로 주거니 받거니 했다. 또한 부동산 케이블방송을 통해 거래가 이루어졌다. 방송에서 소개된 부동산 매수자는 매도자로부터 위임받은 대리자와 계약서를 작성했다. 이때 발생하는 수수료는 물건의 매도자와 사전에 약속이 되어 있었다. 법정수수료와는 크게 다른 액수를 수수료로 받아 챙겼다. 여기에는 물건의 입금가가 정해지면 그 물건이 얼마에 팔리든지 간에 매도자는 상관하지 않는다는 조건이 붙었다.

그 당시만 해도 주택신축판매업으로 사업자등록을 낸 건축주들은 세법상 소득세를, 누진이 없는 기본 세율로 수익금의 한 자릿수 퍼센트에 해당되는 세금만 내면 되었다. 법이 그러했으므로 법이 허용하는 한에서 법을 피해 가며 사업한 사람이 한둘이 아니었다.

어쨌든 소위 방송을 타는 물건들은 주로 빌라를 짓는 건축주와 거래가 이루어졌다. 건축 행위가 금지되지 않은 재개발지역의 신축 빌라는 완공 전에 방송을 통해 빠른 시간에 소진되었다. 방송이 주는 신뢰성에다 부동산 전문가들의 전망은 정부 발표와 정책에 발맞춰 나아갔기 때문에 방송을 보고 물건을 사러 온 투자자들은 대부분 의심 없이 위임자의 서류를 갖춘 대리자와 계약했던 것이다.

"이분들에게 투자할 만한 좋은 물건도 소개 좀 해주고 적은 투자로 최대의 수익을 낼 수 있는 방법 좀 설명해줘요." 민 여사가 명원의 책상에 딸린 회의 탁자로 옮겨 앉으며 말을 걸었다. "네, 그러죠." 명원은 투자할 사람 네다섯 명이 모인 자리에서 부동산 매매 물건을 놓고 백지에 펜을 들고 숫자를 적어가면서 설명했다. 강남에서 온 여자들은 머리를 맞대고 명원의 설명에 귀를 기울였다.

"투자금은 소액인 게 좋습니다. 투자 유망 지역의 부동산 가운데 업(up) 계약서를 쓸 수 있는 물건이 최고의 투자가치가 있는 상품입니다. 매매되는 주택 가격은 지분 값으로 결정이 돼요. 지분이 작을수록 지분 값, 쉽게 말해 땅값은 비쌉니다. 가령 7평의 지분 값이 평당 2천만 원이라 하죠. 그럼 매매 값은 1억 4천만 원이 되겠죠. 그런데 레버리지 효과라는 게 있습니다. 초기 투자 비용을 적게 해서 투자금 대비, 수익률을 높이는 거죠. 대출금리를 어바웃 5퍼센트로 잡고 융자를 받습니다. 요즘은 개발 지역의 물건을 대출해줄 때 감정가의 70퍼센트까지 대출금이 나와요. 그럼 얼맙니까? 특히 용산 지역은 거래 가액을 인정해주기도 하죠. 9천8백만 원을 대출받고 보증금 천만 원에 월세 50만 원을 받든지 보증금 2천만 원에 월세 40만 원을 받든지 합니다. 보증금에 따라 투자금에 변동이 생깁니다. 3천2백만 원이 될 수도 있고 2천2백만 원이 될 수도 있다는 거죠. 그런데 여기서 매도자의 물건이 비과세이거나 여타 이유로 업 계약서를 써도 무방한 경우가 있습니다. 비과세란, 양도세 대상에 해당되지 않는, 다시 말해 소유한 부동산을 매도자가 처분한 경우죠. 주택신축사업자의 분양 물건도 투자자 입장에서 유리합니다. 매도자의 동의하에 실제 산 집값보다 3천만 원을 더 높게 쓴 업 계약서를 받았다 가정하면 집값이 천만 원 올랐을 때 팔아도 각종 비용 제하고도 수익금의 배가 남는 거죠. 제 설명이 좀 길긴 했지만 곰곰이 생각해보면 이해가 가실 겁니다."

민 여사는 이 계통을 꿰고 있어서 명원의 말뜻을 금방 이해했다. 비과세 물건, 말하자면 업 계약서를 쓸 수 있는 괜찮다 싶은 물건을 생각 좀 해봐야겠다고 미뤘다가 놓쳐버린 경우가 여러 차례 있는 민 여사는 너무 잘 알고 있던 터라 자신의 경험담을 가감 없이 털어놓았다. 민 여사는 돈 되는 부동산을 좇아 지금껏 큰 실수 없이 재산을 늘린 케이스였다. 그녀는 남편이 벌어다 준 월급만 바라보고 집에서 살림한 여자들의 부러움을 샀다.

그만큼 재테크에 능해서 민 여사와 동행한 사람들이 부동산 사무실을 찾으면 곧바로 계약이 성사되었다. "해리 엄마, 자기 펀드 하지? 요즘은 주식시장도 좋아서 손해가 없긴 하지만 수익률이 오르락내리락하잖아. 물론 주식은 현금화하는 게 빠르다는 장점이 있기는 하지만 말야. 부동산 활황인 지금은 펀드보다 훨씬 재미가 좋아, 확실하고." 민 여사는 흥이 나 있었다.

이대 출신의 민 여사는 동문회 회장을 맡을 정도로 발이 넓은데다 예순이 넘은 나이에 변액보험 설계사로도 활동했다. 부동산 사무실을 기웃거리다 보니 보험설계사 일도 쏠쏠하게 잘 풀렸고 짧은 기간에 부동산을 샀다 팔았나 하는 것으로 자식 넷을 의사, 변호사로 키워냈다. 늦게 낳은 딸 하나는 골드만삭스에 다닌다며 국제적인 금융 흐름을 풀어놓기도 했다. 따지고 보면 민 여사는 소위 아줌마 부대를 이끌고 다니며 강남의 투기 바람을 일으킨 1세대이기도 했다. 신축 빌라 한 개 동을 손쉽게 팔아치우는 데는 민 여사의 공이 컸다. 한 사람이 또 다른 사람을 물고 오고, 그 사람은 또 다른 사람을 데려오고, 꼬리 물기란 어떻게 보면 아주 쉬운 일이었다.

명원이 이제 앉아 쉬었던 패브릭 소파에서 몸을 일으켰다. 포도주는 이제 그만하고 생수 한 병을 가져다가 마셔야 할 것 같았다. 티브이 자막에는 작년에 2030 세대가 가장 집을 많이 샀다는 뉴스가 지나가고 있었다. 화면에는 부동산 정책과 관련된 토론이 계속 이어졌다. 십 년 전에는 4050 세대가 투기든 뭐든 해서 내 집 마련의 꿈으로 집 사기에 바빴는데 지금은 나잇대가 한층 젊어졌다는 것을 명원은 실감했다. 테이블에 놓인 와인, 위스키, 브랜디, 보드카 등의 술에 눈이 갔지만 명원은 생수 한 병을 냉장고에서 꺼내 들고 자리로 돌아왔다.

4장

몸국과
엔젤스 셰어

뉴욕에 먼저 도착한 추란과 도우는 숙소에 짐을 풀었다. 장시간 비행으로 피곤이 몰려왔다. 게다가 이륙 오 분 전에 기내에서 내린 명원이 걱정되어 추란의 표정이 어두웠다. 도우는 냉장고에서 사무엘 아담스 맥주를 가져와 추란의 손에 쥐여주며 입을 떼었다.

　"강명원 씨가 그렇게도 좋아?"

　"무슨 질문이 그래?"

　"난 너를 위해 내 모든 것을 바칠 준비가 돼 있어."

　"어디까지가 모든 것이지?"

　"네가 원하는 거, 전부"

　"……"

추란이 아무 대꾸가 없자 도우가 맥주병을 테이블에 올려두고 그녀 곁으로 다가앉았다. 맥주를 한 모금 들이켠 추란이 소파에 등을 기댔다. 추란의 어깨에 팔을 두른 도우는 그녀의 눈을 애처롭게 바라봤다.

"난 네가 왜 강명원 집에서 살고 있는지 모르겠어."

도우의 목소리에는 힘이 들어가 있었다.

"……"

아무 대꾸 없이 소파에서 일어난 추란이 냉장고의 문을 열었다. 맥주를 딴 뒤 쉼 없이 마시고 있는 추란의 등에 대고 도우가 톤을 높였다.

"말을 해봐!"

"이젠 너무 늦었어."

"난 너와 이제 제대로 살 수 있다고!"

"제대로? 제대로 살 수 있다고?"

"응. 제대로!"

"도대체 제대로 산다는 게 뭐지? 전남편 박동민도 새 여자 만나 그랬고, 강명원도 나에게 한 말이 제대로 살자는 거였어. 근데 뭐지? 지금 난 뭐냐구? 그래 네 말대로 난 강명원 집에서 살 필요 없어. 그런데 나도 모르겠어. 왜 내가 그 사람 집에서 나오지 못하고 이러고 있는지 정말 모르겠다구. 난 이제 사랑 같은 거 안 믿어. 넌 나에게 베팅만 하면 돼. 그게 나를 도와주는 거야."

빈속에 마셔 그런지 올라온 술기운에 추란의 얼굴이 발그레해졌다. 추란에게 가까이 다가선 도우가 뒤에서 그녀를 안았다.

"내가 널 지켜줄게."

도우는 추란의 머리칼을 손으로 쓸어내리며 가쁜 숨을 달래주었다. 도우는 자신의 방식대로 추란을 아끼고 챙기는 거였다. 이유야 어찌 되었건 지금껏 독신으로 살아온 데는 추란에 대한 미안한 마음이 컸다. 박동민과의 우정 때문이기도 했다. 도우는 자신이 앞으로 해야 할 일이 명확해진 것을 알았다. 도우와 추란은 밤이 깊어가는 줄도 모르고 이야기를 나눴다. 추란은 꽤 큰 돈을 자신에게 베팅한 사람이 떠올랐다. 도우에게 지금 털어놓지 않으면 기회가 없을지도 몰랐다.

"할 말이 있어."

*

경마장에 말밥 주러 다닌다 해서 붙여진 별명 말밥 사장. 그는 추란에게 '베팅'을 한 거나 다름없었다. 나중에 말밥 사장으로부터 들은 말이지만 본인의 '직관'을 믿은 거라고 했다. 그 확률 게임에 운 좋게 추란이 걸려들었을 뿐 고마워하지 말라고 덧붙였다.

"다 자네 복이지."

"사장님 도움 아니었으면 솔직히 어려운 일이었어요."

"귀인을 만난다는 말들 하지 않나. 자네 인생에 꼭 만나게 되는 귀인이었던 게지. 고마워하지 말게."

"귀인요?"

"은혜니, 평생 감사하며 살겠다느니, 이런 말은 내 앞에서 하지 말아요. 내가 제일 경멸하는 말이오."

"감사한 건 감사한 겁니다."

"듣기 싫어요, 그런 말. 내가 하고 싶어서 한 일이니까."

"제게 베팅……"

추란은 말을 거기까지 해놓고 잠시 멈칫, 했다. '베팅'이라고 표현이 걸맞지 않는단 생각이 들었다.

"그 큰돈을 제게 맡기셨을 때 걱정되지 않았나요?"

"글쎄…… 뭐 별루."

"정말인가요?"

"자네는 속고만 살았나. 고향 후배인 명원을 내 잘 아네만, 둘의 관계를 나는 아무 사심 없이 바라보고 있어. 둘의 입장 차이를 충분히 이해하네. 나는 말일세, 나를 믿는 사람이야. 내가 선택한 것을 백 퍼센트 신뢰해. 선택한 일이 결과가 좋지 않아도 말이야. 감이 내린 판단을 믿는 스타일이지. 미국에 소로스라고 헝가리 출신 유대인이 있네. 퀀텀 펀드로 큰 성공을 거두었지. 뭐 그걸 말하려는 건 아니고, 영국 파운드의 가치가 떨어질 것을 예상하고 큰돈을 베팅했다가 엄청난 돈을 벌어들인 사람일세. 영국 외환보유액이 거의 바닥났을 즈음 유럽 환율 제도에서 탈퇴하게 만든 장본인이었지. 직관, 감. 아무튼 자네 봤을 때의 감이 그랬다는 것뿐이야. 스크린 경마장에서 말의 견장 색깔 보고 단번에 고를 때가 있어. 그런 경우 돈을 따더라고."

"어릴 적부터 소망하던 게 하나 있었어요. 초록 지붕의 집을 짓는 거였죠. 무에서 유를 창조하고 싶었죠. 돈이 필요했습니다."

"내가 자네에게서 읽은 점이 바로 그거라네. 무에서 유."

"전 낯가림이 심하고 내성적인 사람이에요. 어디서 그런 용기가 났는지 저도 가끔 놀라요. 이게 나인가 싶을 때가 있죠. 무턱대고 설계 사무실 찾아가 인사하고 서로 도우며 일하자 제안했으니…… 무모했죠. 집 짓는 일은 저를 흥분시켰어요. 그 일이 하고 싶었죠. 몇 년 전부터. 백지에 그려진 설계 도면을 보고 있으면 종이 위에서 쭉쭉 키가 자라는 건물 형상이 눈앞에 그려졌죠. 무엇보다 돈이 될 거라는 확신이 들어서 기쁘고 즐거웠다는 게 더 솔직한 답변이겠죠. 허물고 터 파고 골조 치고 내장하고 빌라 이름 짓기까지의 과정이 말 달리는 것처럼 다이내믹했으니까요. 과한 말이긴 하지만 지구 표면을 바꾸는 거죠."

추란의 말은 자못 진지했다. 평소 알던 그 말밥 사장이 아닌 느낌이 들었다. 막걸리 꿰차고 다니던 술주정뱅이의 모습이 전혀 아니었다. 막걸리와 육포가 든 검은 비닐봉지가 자주 그의 손에 들려 있어서 추란은 별로 탐탁지 않게 여겼다. 허구한 날 밥 대신 막걸리를 마셨다. 툭 하면 말밥 주러 간다면서 지갑을 열어 보이는 실없는 행동을 한다든가 해서 추란은 농담 반 진담 반 '말밥 사장님' 하고 불렀었다. 그래도 싫은 눈치가 아니었고 농담도 잘 받아넘기는 사람이었다. 그러던 그가 불쑥 추란에게 한 가지 제안을 했다. 그날따라 손에는 아무것도 들려 있지 않아서 이상하다 싶었다. 어쩐 일로 오늘은 막걸리가 없냐고 추란이 묻기까지 했다.

"준마를 하나 만들고 싶어서……"

"준마라니요?"

"잘 달리는 말. 베팅을 한번 크게 하고 싶어서 그래. 말밥 주는 걸로는 양에 안 차서 말이야."

나중에 알게 된 사실이었지만 그는 추란을 쭉 지켜보고 있었다. 진심으로 괜찮은 데 배팅을 해서 스크린 경마장에서 얻는 스릴과 기쁨을 동시에 만끽하고 싶었던 것이다. 말밥 사장은 술주정뱅이도 아니었고 가난뱅이도 아니었다. 말밥 사장은 은행 지점장들과도 점심을 자주 먹었다. 지갑을 집에 두고 그냥 나와도, 산행 후 등산화 차림이어도 말밥 사장은 은행 지점장실 문턱을 편하게 드나들었고, 일식집에서 차가운 백세주에 도미회가 딸린 정식을 대접받았다. 그가 얼마나 큰돈을 가지고 있는지 추란은 알지 못했다. 다만 시중은행 몇 군

데에 예치해놓은 돈의 크기는 어림잡았다. 한 해 금융소득만 쳐도 은행 지점장 연봉을 한 푼도 쓰지 않고 삼 년은 모아야 할 돈이라니 알만했다. 부동산 임대업에다 서초동 자신 소유의 주유소 자리에 오피스텔을 지어 올려 분양 완판의 대박 행진이 벌어진 터라 거기서 나온 수익금만도 어마어마했다.

추란은 하루가 다르게 변모해갔고 명원은 계속 그녀의 주변을 맴돌았다. 일이 닥치면 앞뒤 재지 않고 거칠게 밀어붙이는 면은 명원보다 추란이 오히려 더했다. 그녀의 내부에 무엇이 용틀임한 것인지 갈무리할 겨를도 없었다. 말밥 사장 말마따나 운이 좋아 귀인을 만난 격이었다. 뭐라고 설명할 말이 딱히 없었다. 사장은 추란이 하는 일을 지켜보는 것만으로도 족하다고 했다. 원금에다 미리 약속하지 않은 이자를 쳐서 넣은 통장을 앞에 디밀자, 그는 도로 추란 앞에 밀어두었다. 드라마에서 본 듯한 장면이 실제로 추란의 눈앞에서 벌어지고 있었다.

"나의 준마는 아직 달리고 있네. 아직 시간이 남아 있어. 자네는 어떻게 생각하고 있을지 모르겠지만, 또 듣기에 따라서는 자네 기분이 언짢을 수도 있겠지만 나는 추란 자네를 통해 삶의 스릴을 맛보는 셈일세. 또 한 번 말하네만 그러니까 앞으로 고맙다는 말 다시는 하지 말아요. 그리고 그 돈은 어차피 내가 스크린 경마장에서 마권을 산 것과 똑같이 내 지갑에서 나간 돈이요. 내가 승이지. 돌려받았다 생각하고 있을 테니 그

돈을 더 굴려봐요. 언제까지라는 기약은 없어요. 다만 다음에 자네가 오늘처럼 이런 자리를 마련한다면 그때는 원금만 받지. 안 받겠다는 말 아니니까 잘 운용해보라는 말이오."

말밥 사장의 뜻은 단호했고 추란은 그의 뜻을 받아들이기로 마음을 고쳐먹었다. 그의 도움이 아니었다면 추란으로서는 혼자 헤쳐나가기 힘든 일이었다.

*

JFK공항에 도착한 명원은 영어가 서툴러 종이에 적어둔 미들타운 23번가 9스트리트 아파트 주소를 택시 기사에게 보여주었다. 뉴욕의 빌딩들은 밤새 불을 밝히고 있었다. 중간층부터 건물 꼭대기까지 켜져 있는 실내등이 훤했다. 밤새워 일을 하는 것인지 일부러 전등을 끄지 않은 것인지 알 수 없었다. 그런 빌딩들이 한둘이 아니었다. 그뿐만 아니라 빌딩의 전면은 LED의 화려한 빛으로 마네와 모네의 그림을 만들어내고 있었다. 엠파이어 스테이트 빌딩의 첨탑도 건물 사이를 빠져나갈 때마다 언뜻언뜻 내비쳤다. 택시는 정확하게 아파트 건물 앞에 섰다. 뉴욕은 지하철도 잘되어 있지만 택시를 타도 주소만 알고 있으면 어디든 쉽게 찾아갈 수 있었다.

아파트에 도착한 명원은 바로 들어가야 할지 말지 고민했다. 휴대폰은 로밍이 되었기 때문에 공항에 내려서 짐을 찾는 동안 문자를 넣긴 했다. 답이 곧장 오지 않아서 내심 마음이 불편했다. 긴 비행시간에 둘 다 피곤할 테고 시차 적응도 안 되어 아마 곯아떨어져 있을 듯싶었다. 명원은 여간 눈치가 보이는 게 아니었다. 다행히 아파트로 오는 택시 안에서 추란의 답신을 받고 마음이 놓였다.

아파트에 도착한 뒤 벨을 눌렀다. 안에서는 아무 대답이 없었다. 다시 초인종을 눌렀지만 역시 아무 대답이 없었다. 명원은 어떻게 해야 할지 몰라 바깥에서 십오 분 정도를 그냥 기다렸다. 안에서 열림 버튼을 눌러줘야 바깥 현관문이 열리고 리셉션을 통과한 후 엘리베이터를 타야 할 터였다. 명원은 마지막으로 한 번만 더 눌러보고 안 되면 전화를 할 참이었다. 그제야 도우가 인터폰을 받았다.

문을 열어준 도우는 가운을 입고 있었다. 피곤에 찌들어 다소 비틀거리는 듯했다. 도우는 눈을 비비적거리며, 오시느라 애쓰셨어요, 하고 말했지만 정말 걱정을 해서 한 말이라기보다는 약간 화가 나 있는 것 같기도 했다. "잠 깨워 미안. 잘 도착했다는 메시지 받고 안심이 되었는지 나도 깜빡했어." 추란은 도우의 등을 떠다밀며 명원을 방으로 안내했다. 방의 조명은 어두웠다. 천장에 전등이 붙어 있지 않았다. 실내의 조명은 구석에 놓인 스탠드가 전부였다.

통유리로 된 큰 창에 블라인드가 쳐져 있었다. 잠을 청하기에는 이미 애매한 시간이었다. 눈을 붙여봤자 몇 시간일 테고 그럴 바에는 차라리 그냥 시간 보내는 편이 낫지 싶었다. 블라인드를 걷어 올리자 푸르스름한 허드슨강이 눈에 들어왔다. 어스레한 빛에 물든 빌딩들이 시서히 콘크리트 몸십을 드러내기 시작했다.

*

센트럴파크에서 조깅까지 마친 도우는 커피를 내려 마신 뒤 일찌감치 나가고 없었다. 토스터 주변에는 빵 부스러기가 떨어져 있었다. '저녁 6시, 트럼프 빌딩 로비에서 만나요. 케빈과 함께 식사할 겁니다.' 커피 드립퍼 옆의 메모꽂이에 포스트잇이 붙어 있었다. 추란은 주방에 딸린 아일랜드 식탁 저편으로 눈을 돌렸다. 창밖으로 엠파이어 스테이트 빌딩의 뾰족한 첨탑이 한눈에 들어왔다. 추란은 냉장고에서 생수를 꺼내 컵에 따라 마셨다.

아파트에서 지내도록 이끈 사람은 도우의 친구 케빈이었다. 명원과 추란은 썩 내키지 않았다. 가까운 호텔에서 묵을까 생각했지만 도우가 말렸다. 바쁜 와중에도 수십 년간 생일을 챙기며 꾸준히 만나는 둘의 우정을 자랑했다. 출장이 잦은 케빈은 집을 자주 비웠다. 아파트에 손님방이 따로 준비되어 있다며 저녁에는 집에서 가벼운 와인 파티를 하자는 말에 명원이 결국 동의했다. 호의를 거절하는 것도 예의가 아니다 싶었다.

명원이 샤워를 하는 동안 추란은 여행 가방에 챙겨온 선식을 우유에 타고 사과 한 알을 깎아 접시에 냈다. 커피와 토스터에 구워 나온 식빵은 추란의 아침거리로, 명원과 먹는 취향이 달랐다. 식사 준비를 마친 추란은 드립퍼의 종이 필터를 내려다보았다. 아일랜드 식탁에 마주 앉은 명원이 사과를 포크로 집으며 말을 꺼냈다.

"아니, 당신은 여기까지 그 청동 머그잔을 갖고 왔나?"

"네."

"쇳내 나지 않아?"

"아니요."

"사람 취향도 참…… 커피 맛이 제대로 날까 싶네. 어젠 열받아서 죽는 줄 알았어. 거 정신 나간 놈들. 아니 뜰 비행기에서 사람 내리게 만들어놓고 미안하다는 사과 한마디 없이 항공권을 또 끊게 만들잖아. 정말 미국놈들 횡포가 너무 심해. 칼만 안 들었지 날강도들이라고. 우리 한국 사람들을 발가락에 낀 때만큼도 여기지 않으니……"

"아침부터 뭐 좋은 일이라고 그런 얘기를 꺼내요. 그만해. 왔으면 됐지 뭐."

"울화통이 터져서 그렇지."

도우와의 약속은 한 시간 정도 남아 있었다. 출장에서 돌아오는 케빈과 함께 만나는 거였다. 케빈이 갖고 있는 국내 부동산과 관련해서 명원이 도울 일이 있었다. '버드도프 굿맨'에 간 것은 도우가 권해서였다. 중동의 기름 부자나 재벌가 사람들이 다녀가는 곳이라며 추란이 좋아할 거라고 했다. 그런데 막상 가보니 특별할 것도 없었다. 백화점 입구 쇼윈도우 장식이 눈길을 끌긴 했지만 층마다 천정이 낮아 오히려 좀 답답했다. 그건 명원도 마찬가지였다.

백화점에서 그냥 나가려고 하자 블랙 남방셔츠에 블랙 바지를 입은 남자가 다가와 시향해보라며 테스트지를 내밀었다. 파리한 짧은 턱수염의 백인 남자는 조명을 받아 흰 피부가 더 희게 빛났다. 테스팅 해본 몇 가지 중에 끌리는 향이 있었다. 조 말론의 '잉글리시 페어'. 우아하고 기품이 있으면서도 쿨한 느낌의 중성적인 향에 추란은 마음을 빼앗겼다. 명원은 망설임 없이 단도직입적으로 말해주었다.

"잘 어울려. 꼭 당신 닮았네."

"그 향수 말야, 한번 맡아본 사람은 기억하기 쉬울 거 같아. 강렬해. 여성적이면서도 남성적인 이미지가 아주 절묘한걸."

"닮았어요?"

"응. 당신은 알 수 없는 사람이잖아. 두 얼굴의 여자, 어디로 튈지 모르는……"

추란은 깔깔 소리 내서 웃었다. 거리는 사람들로 가득했다. 훤칠한 키의 잘생긴 남자와 세련된 옷차림의 여자들이 바쁘게 오갔다. 왜 뉴요커라 부르는지 알 만도 했다. 어깨를 부딪

쳐도 자기 갈 길이 바쁜 나머지 알은체하지 않는다고 하더니 사람들은 그저 앞만 보고 걸어갔다. 횡단보도의 신호등은 있으나 마나였다. 무엇에 그렇게 쫓기는지 차들이 속도를 조금 늦추기라도 하면 차량들 사이로 재빠르게 지나다녔다.

거리도 지저분했다. 비질하는 청소부의 모습을 뒷골목에서 볼 수 있긴 했다. 그러나 골목은 높은 빌딩에 가려져 햇빛도 없고 물기로 축축했다. 하수구 냄새가 역하게 올라와서 주변을 살폈다. 맨홀로 쥐들이 드나들고 있었다. 거리를 걷다 보니 '소더비'라는 벽에 붙은 동판이 보였다. "여기가 그 유명한 소더비 경매장이네." 좀 한적하다 싶은 길에 들어선 추란이 걸음을 멈추고 건물 벽의 동판을 가리키며 말했다. "소더비?" 명원은 의외라는 듯 억양을 높였다가 다음 말을 이었다.

"그렇군. 생각보다 출입구가 작네."

"한국인으로는 최초로 사진작가 김중만 씨가 소더비 카탈로그에 등재되었다는데……"

"당신이 그런 걸 어떻게 알아?"

"관심 있으면 알게 돼요. 저도 실은 사진작가가 되는 게 꿈이었는데…… 알잖아요?"

"……"

"왜 말이 없어요?"

추란은 명원이 왜 말이 없는지 알면서도 일부러 모른 척 넘겨짚었다. 옛날 일 들춰봤자 말만 길어지고 시작하면 한도 끝도 없을 것 같아서였다.

"제 외삼촌이 시골에서 사진관을 했어요. 사진 인화하는 걸 도우려고 암실에 들어있다가 큰 충격을 받았죠. 붉은 조명에 비친 얼굴도 기이했고, 현상액에 젖은 인화지에서 서서히 사람 모습이 나타내는데 숨이 턱 막히더라고요. 핀셋으로 사진을 든 다음에 빨래집게로 집어 줄에 널어 말렸죠. 그 순서가 재미났는데…… 서서히 말라가는 인화지 인물들 보며, 참 신기하다 신기해, 너희들은 어디에서 왔니? 하면서 혼자 놀구. 아마 그때 나이가 일곱 살 정도? 한번은 암실을 하도 드나들어서 엄마한테 호되게 매질을 당했어요. 예술하는 사람치고 온전한 사람 못 봤다며 다신 얼씬도 못하게 만들었죠. 카메라는 절대 손에 못 대게 하는 거예요. 그럴수록 끌리는 건 어쩔 수 없던데 엄마는 왜 그렇게 말리려고 한 건지…… 그리고 보니 당신은 나에 대해 아는 게 정말 아무것도 없는 거 같네."

"미안."

"그런 엄마가 저한테 장난감으로 사다 준 게 뭔지 아세요?"

"뭐야?"

"초록 지붕 저금통과 카메라예요."

"집 모양의 저금통. 그거 알아. 어디를 가나 꼭 챙겨 갖고 다녔지."

"카메라는 어디서 사 온 건지 잘 모르겠는데 버튼 누르면 찰칵찰칵 장면이 바뀌는 거야. 단풍 든 가을 산이었는데 한쪽

눈 감고 세상을 보면 이렇게 아름다운 걸 볼 수 있구나, 뭐 그러면서 놀았지요."

추란은 말을 흐린 대신 쓸쓸하게 웃었다. 말이 길어지면 가끔 존대와 반말을 섞어 쓰는 게 그녀의 말버릇이었으나 짐짓 진지했다.

"엄마 뜻대로 이과에 갔는데 적성에 맞지 않았어요. 어떻게 해서 은행에 취직했지만 서류를 정리한다든가 기획안을 작성하고 기타 등등, 틀에 박힌 일이 너무 힘들었어요. 그때 생긴 게 편두통. 나중에 심심풀이로 사주를 봤는데 다른 건 몰라도 성격 하나는 기막히게 맞더라고요. 사무 행정직은 내 적성과 거리가 멀었어요."

"그 이야기는 전에 들은 것 같다."

"엄마와 가끔 숨바꼭질을 했는데 내가 자꾸 옷장이나 보일러실에 숨는 거예요. 엄마가 물었죠. 금방 찾아낼 거 아는데 왜 맨날 여기에만 숨느냐고…… 모터 돌아가는 소리가 재밌었죠."

"레미콘이 심장 소리 같다더니만, 펌프차 레미콘 타설 하는 날은 무슨 일이든 다 제쳐놓고 현장에 간 게 그래서였네, 그래서였어. 이 노가다 판이 뭐가 좋다고."

명원은 목소리가 약간 떠 있었다. 내친김에 추란은 어릴 적 있었던 일을 늘어놓았다. 길 잃어 경찰서에 갔던 일, 공사장에서 발뒤꿈치에 못이 찔린 일, 물소리 공명에 사로잡혔던

일, 빛 그림자에 홀려 계단에서 발 헛디딜 뻔한 일, 마지막으로 마술 같았던 솜사탕을 물끄러미 봤던 일까지 생생하게 옮겼다.

*

"소더비 여기 말야, 건물 외관도 크고 화려할 줄 알았는데 아니네."

명원이 건물 안으로 들어서며 말했다.

"우리 동네 귀금속류 파는 가게처럼 보여요."

고개를 치켜들며 천장을 향해 말한 추란의 음성이 약간 울렸다.

"그래? 어디?"

"진짜 그래요. 한강맨션 상가. 유리 진열장에 귀금속들 진열해놨다가 퇴근할 때는 싹 걷어가잖아요. 상가에 귀금속 종류가 많지도 않지만, 그 상점 주인은 친절하지도 않아. 한번 들어가봤는데 뭐 물건을 꼭 팔려고 애쓰는 기색이 없는 거예요. 저런 서비스 정신으로 무슨 장사를 할까 싶었죠. 그다음에 또 갔더니 내 얼굴을 알아보더라고요. 가볍게 인사말을 건네기는 했지만, 곧바로 자기 하던 일에 열중하더라고요. 물건을 사든지 말든지 알아서 하라는 식의 품새였어. 『럭셔리』라는 잡지를 펼쳐놓고 샤넬의 크루즈 신상품 광고를 눈여겨보고 있더군요."

"참 별스런 사람 다 있네. 아무튼 경기가 호황일 때는 골동품만 한 게 없지. 명품은 말할 것도 없고, 고급 와인에 요트도 잘 팔리고……"

건물 안의 작은 통로에서 명원의 굵은 목소리가 울렸다. 소더비에서 걸어 나와 눈부시게 휘황찬란한 금빛에 눈이 간 것은 십여 분 정도 걸었을 때였다. '트럼프'라는 영문체가 보였다. 빌딩 일층부터 대략 십여 미터 높이까지 온통 황금빛으로 뒤덮여 있었다. 명원은 왠지 모르게 기가 눌렸다. 게다가 문밖에 서 있는 도어맨은 신전을 지키는 문지기 같았다. 이 미터는 족히 될 신장에다 흰색 셔츠에 붉은 보타이를 맸다. 검은색 더블브레스트 블레이저에 같은 색 바지를 받쳐 입고 있었다. 신발은 코가 뾰족하게 나온 클링크 검은색 구두였고, 손에는 하얀 장갑을 끼고 있었는데 유난히 눈에 잘 띄었다. 머리에는 챙이 좁고 위로 기다랗게 뻗은 모자를 쓰고 있어서 큰 키가 더 크게 보였다. 모자 때문인지 마술사 같은 느낌마저 들었다. 느린 보폭에 기다란 팔은 움직일 때마다 휘적휘적했다. 추란이 보기엔 꼭 거인처럼 느껴졌다. 황금빛 캐노피 아래에서 스핑크스처럼 딱 버티고 있는 도어맨, 실로 위압감이 들지 않을 수 없었다.

'세상은 평등하지 않다'는 생각을 명원은 줄곧 해왔다. 골드로 휘감겨진 트럼프 타워가 말해주고 있는 것이기도 했다.

누구든 부자가 될 수 있느냐는 질문에 답은 노였다. 이 빌딩은 트럼프가 1970년대 말 2천5백만 달러를 주고 사들인 거였다. 지금은 그 가치가 얼마일지 명원은 가늠이 안 됐다. 대리석과 금으로 치장된 트럼프 사무실은 이십육층에 있다고 도우가 말했었다. 리셉션 데스크에는 아름다운 미녀가 손님을 맞는다고 했다. 명원은 트럼프가 꿈꾸는 '아름다움'에 대해 잠시 생각했다. 이십대부터 유지해왔다는 트럼프의 헤어스타일이 미의 상징인가, 명원은 생각이 엉뚱한 데로 흘렀다.

　명원도 금장의 장식을 좋아했다. 골프장 클럽하우스에서 봤던 팔걸이의 용 문양을 보고 명원은 집에 돌아오자마자 사람을 시켜 조각가를 수소문했었다. 경남 한 소읍에서 목수를 찾아냈고 명원이 원하는 대로 의자를 제작했다. 흑단을 구하기까지 육 개월은 넘게 기다려야 했다. 특수제작이라 돈이 좀 비싸긴 했지만 전혀 개의치 않았다. 워낙 돈 안 쓰기로 유명한 명원이 그런 데는 인심이 후했다. 용이 새겨진 의자에 앉으면 운수대통하고 만사형통하리라 명원은 믿었다.

*

　트럼프 타워의 도어맨을 보던 추란은 아차 싶어 명원을 찾았다. 앞서 걷는 명원의 뒤를 바짝 쫓아 추란은 거리를 좁혔다. 큼지막한 회전문은 느린 속도로 움직였다. 안으로 들어서

자 둘은 다시 들떴다. 한 무리의 중국인 관광객들이 사진을 찍느라 정신이 없었다. 일층은 모두에게 개방돼 있었다. 상점들은 정말 휘황찬란했다. 바깥과 마찬가지로 안쪽의 벽면도 온통 황금빛 일색이었다. 명원은 목을 뒤로 한번 젖히고 어깻죽지를 움직거리며 근육을 풀었다. 난감한 일이 있거나 거북한 자리에 있거나 할 경우 나타나는 명원의 습관이었다. 추란은 명원의 소맷부리를 붙잡고 매장이 있는 곳으로 향하려다 낯익은 목소리에 뒤를 돌아다봤다. 시계를 보니 분침은 이제 막 여섯시를 넘어서고 있었다.

"여기예요!"

회전문을 막 빠져나온 도우가 손을 들며 명원과 추란을 불러 세웠다. 추란은 도우를 보자 얼굴에 화색이 돌았다.

"역시 도우! 시간 딱 맞춰 왔네."

"아, 그럼요. 당연 그래야죠. 여기 찾기는 어렵지 않았나요?"

"영어가 안 돼서 실은 겁나."

"케빈과는 월가에 있는 '엔젤스 셰어'라는 바에서 만나기로 했어요. 회사에 중요한 미팅이 갑자기 잡혀 바로 그리로 가겠다는 연락이 왔네요. 우린 이 근처에서 저녁 식사를 하고 이동하면 시간이 맞아요."

"그래요. 많이 바쁘군요."

"그럼, 어디로 갈까?"

이번엔 둘의 대화를 듣고 있던 추란이 끼어들며 말했다. 도우는 입술을 오므리며 잠시 생각하는 듯한 표정을 짓고 명원을 바라보았다. "한국 음식 어때요?" 명원을 배려한 도우의 제안이었다. 명원은 듣던 중 반가운 소리였다. 입에 맞지도 않는 느끼한 서양 음식은 솔직히 내키지 않았다.

명원이 길가 쪽 식당 앞을 지나며 식사 중인 사람들을 보았다. 크게 썰린 고깃덩이를 한입에 넣고 우적우적 씹는 모습이 모두들 하나같았다. 양 볼이 터질 듯 음식물을 가득 넣고 샐러드를 입으로 가져갔다. 올리브유인지 발사믹인지 입가에 기름기가 번질거렸다. 앉은 사람들 가운데 한두 명은 꼭 뱃살이 이중 삼중으로 접혀 있었다. 등허리가 구부정했고 궁둥이 살이 옆으로 비어져 나와 의자 끄트머리에서 처져 있었다.

식당 옆의 패스트푸드점이라고 별반 다르지 않았다. 햄버거도 한국보다 1.5배는 큰 것 같았다. 탁자 위에 풀린 햄버거 싸개도 몇 장이 서로 뒤엉켜 있었다. 몸집이 뚱뚱한 여자가 때마침 명원의 앞을 지나갔다. 젖통이 커서 배까지 흘러 내려왔고 허리에서 장딴지까지 살의 구분이 가지 않았다. 걸음걸이도 뒤뚱댔다. 비만은 또 다른 재앙이라고 명원은 생각했다. 요즘 티브이는 온통 먹방이었다. 음식 씹는 소리를 크게 부각시킨 프로를 보면 외려 입맛이 떨어졌다. 몸 가누기조차 힘들어하는 여자가 저만치에서 다가오자 명원은 고개를 옆으로 돌리며 메뉴까지 정해 입을 떼었다.

"한식당으로 갑시다. 된장찌개나 순두부찌개 어때요?"

"코리아타운으로 갈까요?"

도우의 말에 명원과 추란은 망설임 없이 동의했다. "얼마나 걸리는데요? 케빈과의 약속 시간은 늦지 않겠어요?" 보폭을 맞추느라 걸음걸이를 재촉한 추란이 도우를 향해 말했다. "우리가 갈 즈음에는 러시아워가 지난 시각일 테니 충분할 거야." 도우의 말은 확신에 차 있었다.

코리아타운은 한국의 한 도시를 떼다 만들어놓은 것 같았다. 한국의 은행도 있고 '부동산 공인중개사'가 아니라 '복덕방'이란 간판을 단 곳도 눈에 띄었다. 된장찌개를 먹자고 나섰지만 정작 코리아타운에 들어섰을 때는 먹고 싶은 음식들이 마구 튀어나왔다. 도우는 육개장이었고 추란은 설렁탕을 먹자 했다. 설렁탕집은 상당히 큰 음식점이었다. 한국 관광객들은 말할 것도 없고 미국 사람들도 이 식당에 와서 외식을 즐긴다 했다.

추란은 밑반찬으로 나온 오이고추를 한 손에 들고 새끼손가락에 맞대며 크기를 비교했다. 큼지막한 고추를 아삭하게 버무린 게 식감이 산뜻했다. 식사 후 1불짜리 한 장을 탁자 위에 올려둔 사람은 도우였다. 택시를 타고 내리며 케빈과의 약속 장소에 이르러서도 도우는 거스름돈을 받지 않았다. 동전이면 몰라도 지폐까지 받지 않는 도우를 명원은 못마땅한 눈초리로 멀뚱하게 바라봤다. 아무리 팁 문화가 발달한 나라여도 이건 허세라고 명원은 여겼다.

"여기가 이스트빌리지야? 히피들이 많다는?"

기분이 좋은지 맑은 목소리로 추란이 물었다. 사람들 사이로 언뜻 보이는 청동 황소의 등뼈를 보고서야 그녀는 그곳이 월가임을 알아챘다. 당장이라도 앞을 향해 돌진할 것만 같은 황소의 뿔도 그랬지만 사람들이 하도 만져서 반짝거리는 불알이 가관이었다. 월가의 관광 명소로 알려져서 그런지 사람들은 사진 찍으려고 황소를 에워싸고 있었다. 행운을 준다는 뿔을 만지고 부를 안겨 준다는 황소의 그것을 만지고 싶어서였다. 이왕 온 김에 사진 한 장 찍고 가자는 추란의 말에, "촌스럽긴. 그냥 한번 보면 됐지" 하고 도우가 말했고, 마음이 급한 명원도 "시간 없어" 하고 다그쳤다. 추란의 기분이 좋으면 명원도 그녀의 기분을 맞춰주는 편이지만 오늘만큼은 자제했다.

"여긴 22번가예요. 조금 더 가면 FRB 건물이 있어요."

"연방준비제도이사회?"

추란과 명원이 약속이라도 한 듯 동시에 물었다.

"FRB는 성역이더구만. FRB 앞에서는 미 정부도 허깨비야. 납세 의무가 있기를 하나, 예산이 얼마인지 어디에 얼마를 쓰고 있는지 아무것도 모르고 말야. 정부 기관에 감사 권한이 없어요."

금융위기 전후 사정을 꿰뚫고 있는 명원이 분에 차서 말을 이었다. 신문의 경제면은 빠짐없이 꼼꼼하게 읽는 그였다. 자신의 자산 규모를 반토막 낸 원흉이 바로 금융 범죄자 미국 월가 놈들이라는 것이 명원의 생각이었다.

"그린스펀 말이야. FRB 의장. 인플레가 발생하고 있는데도 오히려 인플레이션 반영률을 조작해서 금리를 내리고, 주가는 하루에 두 배 폭등했잖아. 누가 봐도 버블이 명백하고 말도 안 되는 일이 벌어지고 있는데도 그린스펀 이 작자는 인플레 위험은 없으며 지금은 버블이 아니다, 괜찮다, 투자의 적기다, 이따위 소리나 해댄 놈이야. 미국 경제 대통령? 정신 나간 미친놈이라구." 명원은 흥분해서 목소리가 커지고 있었다. 걸음 폭이 도우와 맞춰지자 이번엔 그가 대화를 이어나갔다.

"초저금리로 해서 주택시장의 버블이 빠르게 진행된 게 맞아요. 디트로이트에 들어간 투자금만도 어마어마한 액수에 달합니다. 십억 달러 이상이라고 들었어요. 신용등급도 낮고 직업도 없는 사람에게 대출해준 서브프라임 모기지가 큰 문제였죠. 주택 공급이 많아지고 집 가치는 떨어지고요."

도우가 숨도 안 쉬고 말을 했다. 익스큐즈 미. 거리에서 어떤 사람이 도우의 어깨를 치게 되자 튀어나온 말이었다. 도우는 걸음을 잠깐 멈칫했다가 말을 계속했다.

"게다가 디트로이트의 실업률은 점점 높아졌고요. 사람들은 대출금 이자를 감당할 수 없게 된 거죠. 디트로이트 주택 중에 네 집 건너 하나씩은 지금 압류에 걸려 있어요. 멤피스 법원 경매장으로 갔으니까요. 몇 년 전만 해도 미국 티브이에는 론을 받아 집도 사고 수영장도 만들고 냉장고도 바꾸고 골프채도 사라는 광고가 매일 나왔어요. 유례없는 초저금리이다 보니 저축하면 바보가 되고 대출받아 집이나 주식을 사야 안전하다 뭐 이거였죠. 그 결과 시중엔 돈이 넘쳤고 이 돈이 주택시장으로 들어가 버블이 생긴 겁니다. 미국은 불과 삼 년만에 국가 부채가 배로 늘었다고 해요."

도우는 논리정연하게 설명했다. 천천히 걸으면서 대화를 나누기도 했지만, 요점 전달이 잘되어 명원과 추란은 이야기 중간중간에 응, 그렇군, 맞아, 하며 짧게 긍정의 추임새를 넣기도 했다. 이번에는 추란이 대화의 바통을 이어받았다.

"닷컴 버블이 일던 그해를 잊을 수 없어. 개인적으로 큰일이 닥치기도 해서 생각나 하는 말인데 엄마와 맞물려서……아무튼 개인적인 이야기는 관두고. IT 산업이 정부 차원에서 육성이 됐어요. 그 과정에서 버블이 일었고 가장 민감한 나라가 미국이었지. 9·11 테러에 이라크 전쟁까지 터지고 위축된 미국 경제를 어떻게 좀 살려보자 해서 그린스펀이 단행한게 기준 금리를 낮춘 거라구. 6.5퍼센트대에서 불과 이 년 만에 1.0퍼센트로 끌어내린 거야."

이때 추란의 말허리를 자른 것은 도우였다.

"맞아! 정확하게 알고 있네. 우리가 일하는 시장에서는 그일을 두고 '그린스펀 풋(put)'이라고 해. 파생상품의 한 종류인 풋옵션처럼 주가가 하락할 때마다 그린스펀이 금리를 내려, 주가 반등을 뒷받침했다는 거지. 이런 유동성 완화 정책이 전 세계에 영향을 준 거야. 급격한 자산 가격 상승을 낳은 결과가 된 거지. 미래에셋 펀드가 한국 시장에 언제 들어온 줄 알아? 아세요?"

도우는 말을 멈추고 명원과 추란을 향해 머리를 좌우로 한 번씩 돌려가며 물었다.

"미래에셋?"

추란이 먼저 되묻듯이 입을 열었다.

"미래에셋이 뭔가 했어. 양복 입은 사람들이 서류철을 들고 왔다 갔다 하는 광고가 나오길래. 보험회산가 생각도 해봤지."

명원은 꽤나 심각한 표정을 지어 보이며 계속해 봐요, 하고 도우에게 눈을 주었다.

"그때 펀드 열풍에다 강남 재건축 아파트를 중심으로 투기 과열지구를 일컬은 버블세븐이라는 신조어가 나올 정도로 부동산 투자 열풍도 불었지. 그게 다 그리스펀의 저금리 정책에서 기인했다고 봐도 무방한 거지."

"도우 씨 말이 맞네, 맞아."

가만히 듣고 있던 명원이 읊조리듯 말을 내뱉었다. 도우는 잠시 숨을 골랐고 일행은 천천히 발을 맞춰 걸어갔다.

"오랜 저금리 정책과 유동성 과잉은…… 유동성이 뭐야? 결국 돈이잖아. 거품경제, 독버섯을 키우고 있었던 거지. 문제는 2005년만 해도 이런 위험성에 주목하는 사람이 많지 않았다는 사실이야." 옅은 한숨이 명원과 추란에게서도 새어 나왔다. 금융위기의 악몽이 되살아났기 때문이었다.

추란의 구두굽이 자꾸만 돌에 박혔다. 길바닥은 아스콘이 아니라 대략 가로세로 이십여 센티미터 정도 되는 네모난 돌들이었다. 겉면이 우둘투둘해서 발바닥을 디딜 때마다 걷기에 여간 불편한 게 아니었다.

*

세 사람이 대화를 하며 얼마간 걷자 지하철 출구가 보였다. 'WALL ST. STATION'이라는 영문자가 출구 맨 위에 적혀 있었다. 도우가 한발 앞서 걸었고 추란이 뒤를 따랐다. 파란 색 바탕에 흰 글씨체의 'Wall St. 22'에 추란의 시선이 고정됐다. 머릿속으로 표지판의 알파벳을 읽으며 건물 모퉁이를 돌았다. "조금만 가면 FRB 건물이 있어요." 도우가 낮은 목소리로 말해주었고 명원과 추란은 귀를 기울이느라 상체를 앞으로 굽혔다.

"FRB는 대체 하는 일이 뭐야? 돈만 찍어내면 되는 건가?"

추란은 알고도 모른 척 따지듯이 도우에게 물었다. 도우는 "왜, 궁금해?" 하고 되물었다. 추란은 "답답해서 그러지" 하고 말했다.

"돈 찍어내는 기관 맞지. 조폐공사."

추란의 이야기를 건성으로 듣는 척 딴청을 부리더니 도우는 차분하게 설명하기 시작했다.

"가령, 미 정부에서 백억 달러가 필요하다 치자. 그러면 정부는 그 액수에 해당하는 채권을 발행해서 FRB에 줘. 그럼 FRB는 조폐공사에 지폐를 주문하고 두 주 후에 FRB는 인쇄비 2천 불을 주고 백억 달러를 인수하는 거지. 그리고 그 달러를 미 정부에 빌려주는 거야. 그런 과정을 거친 다음 국민은 그 채무를 고스란히 떠안게 되고. 이자까지 포함해서 계속 갚아가는 구조인 거지."

도우는 이제 거의 다 왔다면서 말을 끊었다.

"정부나 FRB나 그래서 다 똑같은 협잡꾼이라는 거야. 짜고 치는 고스톱. 국민들 속이기나 하고 말야. 어디를 가나 아둔한 족속들이 있어요." 명원이 흥분해서 나섰다. "시중에 돈이 넘쳐나니까 자연스럽게 주식시장이 과열되는 거고, 한국 상황도 마찬가지야. 주식이나 부동산이나 똑같은 거지. 안 그래요?" 동의를 구하듯 추란은 명원의 얼굴을 쳐다보며 물었다.

"……으음, 그래 그런 거 같군."

명원이 고개를 끄덕이며 느긋하게 대꾸했다. 주식보다 부동산에 더 큰 비중을 두었던 명원이 추란의 말에 관심을 보였다.

"맞아, 그랬지. 손안에 휴대폰을 쥐고 주식을 사고파는 네트워크가 워낙 잘되어 있었으니까 누구나 돈 버는 일이라면 혹했지."

"너나없이 주부들마저도 장바구니 들고 은행의 펀드 창구와 증권사를 내 집 드나들 듯했고, 특히 주식이 인기가 높아 주식 사지 않는 사람들 바보 취급했다고. 그런 데는 이유가 있었어요. 백만 원짜리 주식을 십만 원만 내면 살 수 있게 해주고 나머지 돈을 은행에서 융자해주니까, 요즘 말로 빚투라고 하죠. 활황장에서는 종목 선택만 잘하면 돈 놓고 돈 먹는 게임이었던 거라구요."

"장바구니를 들고?"

추란의 말을 가로막으며 명원이 끼어들었다.

"그랬죠. 민 여사 주위의 사람들 대부분이 그랬다는 거 몰라요? 증권사로 부동산 공인중개사 사무실로."

명원의 반문이 생뚱맞다는 듯 추란은 뜨악한 표정을 지었다.

"잘 알겠지만 함정이 있잖아. 구십 퍼센트의 돈을 빌릴 때 계약서에 적힌 문구가 있거든. 으음…… 말하자면, 이런 게 쓰여 있어. 돈 갚으세요, 하고. 콜하게 되면 이십사 시간 이내에 빌린 돈을 갚아야 하는 거지. 돈 빌린 모든 사람들에게 일시에 콜이 떨어지고 돈 갚기 위해 주식 팔겠다고 나서는 사람이 많으면 주가는 형편없이 떨어지고……"

"주식이 대체 뭐야? 증권? 뭘 사고파는 것인지. 회사의 어떤 가치를 믿고 거래하는 것인지 알다가도 모르겠어. 이놈의 주식."

명원이 떨떠름하게 웃으며 입맛을 쩝쩝 다셨다.

"정말 몰라서 하는 말이에요? 대체 무슨 말을 하는 건지……"

초점이 흐트러질 것 같아 추란은 수습에 나섰다. 둘은 증권가에서 분 바람이 부동산 시장에서 분 바람과 비슷하다는 것을 진즉부터 알고 있었다. 증권가 헤지펀드의 속성을 그대로 부동산에 가져다 짜깁기한 장본인이 바로 명원과 추란이었다. 구십만 평에 이르는 미8군 기지는 민족공원으로 변모하고 푸른 녹지를 배경으로 하는 주변 주상복합아파트는 최고의 프리미엄이 붙는 부동산이 되는 것이었다. 부를 가져다 줄 미래의 부동산 환상은 투자자들의 투기 심리를 부추겼다. 미군 기지가 평택으로 이전하고 그 자리에 센트럴파크 버금가는 공원이 들어선다는 서울시의 마스터플랜은 투자자들의 마음을 흔들어놓기에 충분했다. 푸른 녹지의 공원을 조망으로 지어질 주상복합아파트 값이 하늘 높은 줄 모르고 치솟을 거라는 예상은 한 치의 오차도 없이 적중했다. "이제 다 왔어요. 저기 보이네요." 도우가 발걸음을 옮기면서 턱으로 가리킨 곳에는 정복 차림의 경찰 둘이 장난질을 치며 서 있었다.

"아니, 저 건물이 연방준비…… 이사회라고?"

"네, 그래요."

"우체국 문만도 못하네."

"우체국요? 어디…… 저 철문은 FRB 후문이에요."

"후문이라고? 단 한 짝의 저 쪼끄만 철문 지키겠다고 경찰이 둘씩이나…… 있네. 용산 원효로 우체국만도 못하군……"

명원은 서울의 가장 중심인 용산을 떠올렸다. 용산은 교통이 사통팔달이라 정말 살기 좋은 곳이라 떠벌린 이가 명원이었다. 남산터널만 빠져나가면 시청이고 소월길의 남산공원은 산책로뿐만 아니라 공기부터 다르고, 가까운 거리에 경부고속도로와 동부간선도로까지 모든 인프라가 제대로 갖춰진 지역임을 강조했다. 뿐만 아니라 미군 부대에 만들어질 민족공원의 최고 수혜자는 용산이었다.

명원은 본적지를 아예 용산으로 바꿨다. 명원에게 용산은 꿈의 터전이었다. 명원은 전라도 영암에서 살림을 말아먹고 노모와 가족, 형제들을 데리고 빈털터리로 서울에 올라왔다. 식구들 입에 풀칠하려면 뭐라도 해서 돈을 벌어야 했다. 제일 먼저 한 게 운전면허증을 딴 일이었다. 수중에 있는 돈이라곤 현금 삼백만 원이 전부였고 1톤 트럭에 실린 물건은 식구들의 수저뿐인 그야말로 빈한하기 짝이 없는 세간살이였다.

목사의 도움으로 식구들은 금호동 산꼭대기 교회에서 잠을 잤다. 명원은 하루 벌어 하루 끼니를 해결해야만 하는 처지였다. 마을버스비 백 원 아끼자고 눈 쌓인 산동네의 새벽 칼바람을 맞던 명원이었다. 기어코 그는 눈길에 쓰러졌다. 무릎까지 차오른 눈밭에서 명원은 '난 이렇게 살다 죽을 운명인가' 자문했다. 코끝이 얼어붙을망정 오로지 명원은 '돈을 벌어야 해. 한 달에 오백은 벌어야 식구들과 먹고살 수 있어', 그런 생각이 머릿속에 가득 찼다.

남산에서 새우잠을 자던 어느 날, 명원은 서울 하늘 아래 내 집 한 칸 없다는 사실에 목이 메었다. '내 인생의 목표는 백억이야.' 용산은 명원에게 백억을 안겨준 곳이었다. 실로 놀라운 일이 아닐 수 없었다. 그런데 백억보다 더 큰 돈을 눈앞에 두고 금융위기를 맞았다. 그때만 해도 명원은 무엇 때문에 이런 사태가 벌어졌는지 도무지 알 수 없었다. 서브프라임 모기지, 리먼 브러더스의 파산 등의 문구가 신문 헤드라인을 장식했지만 우왕좌왕하다 보니 시간만 흘러갔다. 거스를 수 없는 시스템 앞에서 명원은 좌절했다. 명원은 이제야 알 것 같았다. 수수께끼 같은 시스템은 월가의 금융공학자들이 만들어낸 블랙박스 속에 있다는 것을. 롱텀 캐피탈이란 투자회사를 직접 운영하기도 한, 노벨 경제학상을 받은 두 명의 경제학자, 그들의 천재적인 두뇌에서 나온 공식이 바로 추란이 말한 퀸츠였다.

*

엔젤스 셰어까지는 좀 걸어야 한다는 도우의 말에 추란과 명원은 보폭을 맞췄다. 그는 예전에는 시청사였던 것이 지금은 도서관으로 쓰이고 있다며 어떤 건물을 가리켰다. 그 앞에는 성조기가 바람에 휘날리고 있었다. 추란이 붉은 벽돌의 건물을 본 건 어디선가 울려오는 나팔 소리 때문이었다. 빠라빠라빠라아 방, 매캐한 흙바람을 일으키며 쏜살같이 내빼는 트럭 하나가 추란의 눈에 띄었다. 바닥에 늘어뜨린 깡통 때문에 소리가 요란했다. 차 소리가 시끄럽다 못해 괴기스런 이유를 추란은 깡통에서 찾았다.

트럭에는 누런 황색 페인트가 칠해져 있었고 알 수 없는 형상들이 어지럽게 그려져 있었다. 촛대, 화병, 대야, 화통, 샹들리에, 청동 철제류의 물건을 비롯해 온갖 잡동사니들이 짐칸에 가득했다. 흙먼지에 쇳내가 섞여 바람에 훅 끼쳤다. 바퀴 휠에도 무엇을 달아놨는지 양철 부딪히는 소리가 났다. 운전석과 조수석 안쪽에는 몇 사람이 같이 타고 있었다. 피에로 분장을 한 사람이 창밖으로 팔을 뻗어 흔들더니 곧바로 카우보이모자를 손으로 눌렀다. 누렇게 분칠한 손등이 추란의 눈에 언뜻 스쳤다. "서부영화 한 장면 같네. 총잡이 존 웨인 있지?" 추란이 일부러 들으라는 듯 명원과 도우를 향해 큰 소리로 말했다. 추란은 장난스럽게 오른손으로 권총 모양을 만들어 방아쇠 당기는 시늉을 했다. 아닌 게 아니라 추란은 서부 시대로 타임슬립 한 기분이 들었다.

"서부영화라니?

명원이 동공을 확장하며 추란에게 물었다.

"방금 지나간 트럭 못 봤어?"

추란이 맥 풀린 목소리로 되물었다.

"헛것을 본 모양이군."

이번엔 도우까지 가세했다. 이상하네, 내가 잘못 본 건가!, 추란이 혼잣말하고는 아까보다 빨리 걸음을 옮겼다. 대여섯 개의 계단을 밟고 내려가야 상점 문을 열 수가 있었다. 의류나 액세서리를 파는 가게도 있었지만 특히 옷 수선집이 많은 게 추란은 이상했다. 형형색색의 실패는 왠지 샤먼을 불러들일 것만 같았다.

월가와는 정말 완전 딴판인 거리 모습에 추란은 뉴욕에 온 게 맞나 싶었다. 플라타너스 잎이 스산하게 날리고 토네이도 같은 모래바람까지 일어 추란은 당장이라도 그 자리를 뜨고 싶은 심정이었다. 어머 깜짝이야! 추란이 소스라치게 놀란 건 바람에 날린 휴지 뭉치가 추란의 발목에 휘감겼기 때문이었다. 휴지를 떼려고 굽힌 허리를 폈을 때 추란은 또 한 번 기겁했다. 똬리 튼 뱀 대가리가 추란을 노려보았다. 살아 막 기어 나오려는 듯한 뱀 문신의 여자는 가죽 미니스커트를 입은 백인이었다. 미니스커트단 바로 밑으로 나온 뱀의 혓바늘을 본 순간 추란은 그냥 뱀이라 여긴 것이다. 그만큼 리얼했다. '문신'이란 생각을 아예 못했다. 베이킹소다보다 하얗던 여자의 허벅지는 심지어 뇌쇄적인 아름다움을 내뿜었다.

코와 입술에 피어싱을 한 흑인 남자가 백인 여자에게 다가선 것은 추란이 한 발짝 물러선 뒤였다. 흑인이 안고 있던 쥐를 뱀 문신한 여자의 양팔에 안겨주었다. 여자는 아무렇지도 않게 쥐를 감싸 안고 주둥이에 입을 맞췄다. 쥐의 몸집은 제법 커서 웬만큼 자란 고양이만 했다. 추란은 저절로 인상이 구겨졌다. '뱀과 무화과나무' 찻잔 속 문양들이 갑자기 추란의 뇌 속으로 파고들었다. 파충류와 양서류, 온갖 것들이 세상 밖으로 튀어나와 어지럽게 추란 주위를 맴돌았다.

"쥐 안고 있는 사람 봤어?"

어깨를 나란히 하고 걷는 명원과 도우 사이에 끼어들며 추란이 물었다.

"무슨 소리야?"

도우가 황당한 표정을 지으며 추란을 쳐다보았다.

"아니, 방금 전 붉은 벽돌집 계단참에 피어싱 한 젊은이들 있었잖아."

"오는 동안 사람 코빼기도 못 봤거든요. 그쵸?"

도우는 동의를 구하고자 옆의 명원에게 물었다.

"응, 맞아. 아무도 없었어."

명원이 짧게 응수했다.

"어, 이상하다."

추란이 풀죽은 목소리로 말했다. 정신을 가다듬기 위해 의식적으로 그녀는 눈꺼풀을 두어 번 깜빡였다. 도우와 명원이 앞서 걷긴 했지만 주변을 의식하지 않은 게 추란은 외려 이상했다. '여기는 월가야. 시위하는 학생들에게 슬라보예 지젝이 연설하는 거 티브이에서 봤잖아.' 추란은 엉킨 실타래 같은 머릿속을 비우기 위해 안간힘을 썼다. 여기는 월가야, 월가, 하고 얼빠진 사람처럼 혼자 중얼거렸다. '돈과 환락의 도시 뉴욕. LG와 삼성 로고가 박힌 LED는 타임스퀘어, 브로드웨이를 장악하고 있었고, 5번가 거리를 쏘다니다 바쁜 뉴요커들에 떠밀려 록펠러 빌딩에 이르러서야 겨우 쉴 수 있었잖아.' 추란은 마음을 가라앉히려고 애썼다. 록펠러 아이스링크는 조명을 받아 화려하게 빛이 났다. 자본의 위력이 어떤 것인지 여실히 깨달은 추란이었다. FRB가 떡하니 자리 잡고 있는 월가 한복판을 지나쳤다. 그런데 얼마 떨어지지 않은 이 거리는 왜 이리도 생경한 것인지, 추란은 뭔가 알 수 없는 자기장(磁氣場)에 발이 빠진 것 같았다. 징후는 이성이 아니라 감으로 온다.

*

거리는 황폐하고 음산하기까지 했다. 도로나 인도나 가릴 것 없이 넓게 펼쳐진 신문 쪼가리와 비닐봉지, 곡물 담는 포대 자루와 페트병이 흙바람에 난무했다. 도로 위를 쏜살같이 내빼는 트럭 한 대뿐이었다.

"월스트리트 22번가 맞지?"

추란은 당황스러워 도우에게 물었다.

"응. 여기 로우 맨해튼 근처에 케빈이 다니는 골드만삭스가

있어. 우리 내일은 브루클린에 갈까? 허드슨강에 비치는 맨
해튼 야경이 끝내줘."

도우는 자유의 여신상이 있는 방향을 가리키며 말했다. 협
회에서 가기로 한 공식 행사 중 하나가 '자유의 여신상'과 '첼
시 마켓'이었다. 추란은 얼른 행사를 치르고 서울행 비행기에
오르고 싶었다.

"아니, 그런데 월가, 월가 해서 대단하리라 여겼는데 이거
사람 살 곳 못 되는구만."

명원도 가만있지 못하고 뒤늦게 한 소리를 했다. 눈에 모래
가 들어갔는지 손등으로 눈자위를 비비적댔다.

도우가 명원과 추란을 데리고 간 곳은 한국에서도 흔히 봄
직한 식당이었다. 붉은 벽돌 외관의 낡고 오래된 건물 이층에
있었다. 내부 인테리어는 형편없었다. 특별할 것도 없이 흰색
페인트가 발린 콘크리트 내벽에 체리색 업소용 테이블이 열
맞춰 있었다. 식당 내 분위기는 그렇다 치더라도 심상치 않은
건 저녁나절, 그 넓은 식당에 밥 먹으러 온 사람이 한 명도 없
다는 사실이었다. 음식점 내부를 휘둘러본 추란이 실망스런
말투로 "여기서 만나기로 한 거야?" 하고 도우에게 묻자 아
니라고 했다. "그럼 어디?" 추란의 말이 끝나기 무섭게 도우
는 "왜 그래 아까부터 이상하네. 쫓기는 사람처럼" 하고 핀잔
주듯 말했다.

"우리는 여기를 통과해야만 해."

도우는 방금 전과 다르게 결의에 차 말을 했고, 말의 어순이 영어 문법 같아서 추란은 조금 황당했다. 다소 기분이 언짢아진 추란이 떨떠름하게 물었다.

"통과?"

"응, 통과."

짧은 도우의 대답에 추란과 명원은 이게 뭐지? 하는 느낌 때문에 일이 초간 허공에서 서로의 시선이 부딪혔다. 도우 말대로 반드시 그 식당 내부를 통과해야만 갈 수 있는 곳이라면 어쩔 수 없는 일이었다. '엔젤스 셰어'라는 술집은 그러니까 살구씨나 복숭아씨처럼 식당 내부에 박혀 있는 것이었는데 추란은 어쩐지 일반적인 상행위 같지 않다는 생각이 들었다. 식사하러 음식점에 가면 대부분의 경우 종업원이 자리를 안내하는 게 보통이다. 그런데 종업원으로 보이는 흑인들은 주방 쪽에 서서 멀거니 지켜보고만 있었다. 도우와는 낯이 익은지 가볍게 눈인사를 나누는 정도였다.

바 출입문 앞에서 추란은 기겁을 했다. 아까 왜 자기장에 갇힌 기분이 들었는지 이제야 알 것 같았다. 삽시간에 소금기둥이 된 것처럼 추란은 온몸이 굳었다. 짙은 고동색의 아치형 문틀에 순간적으로 압도당했다. 수천 년은 됨직한 나무에 묵직한 문고리에는 쇠고랑이 매달려 있었다. 추란은 순간 현기증이 일어 비틀거렸다. 문짝은 추란이 어디서 본 것이었다. '어디였을까. 어디서 봤지.' 추란은 눈을 감고 이마에 손을 짚었다.

"왜 그래?"

명원이 어깨를 툭 치며 말을 건넸다.

"이 문 어디서, 어디더라…… 맞다. 성당…… 첨탑 꼭대기에 이런 문이……"

추란이 금세 안색이 돌아왔다.

"아까부터 계속 뒤처져 걷고, 쥐 안고 있는 사람들을 보지 않았냐는 둥 별 이상한 소리를 다 하던데 몸 어디 안 좋아?"

명원이 걱정에 찬 눈빛으로 물었다.

"아니에요."

추란은 의식적으로 허리를 곧추세우며 답했다.

"범선을 해체해서 만든 문짝이라 무거워요. 북유럽 바이킹들이 탔다는 범선이죠."

몸 절반은 문밖으로 빼고 있던 도우가 명원을 향해 말했다. 묵직한 경첩에 짙은 고동색 나무는 한눈에 봐도 흔한 목재가 아니었다. 게다가 문틀 맨 위에 새겨진 음각이 예사롭지 않았다. 어떻게 보면 문자 같기도 하고 어떻게 보면 문양 같기도 했다. 명원은 왠지 모르게 숨이 턱 막혀오는 걸 느꼈다. 집 거실 벽면에 걸린 그림 속의 이브가 팔짱을 낀 채 문 앞을 가로막고 있는 듯한 착각이 들었다. 참 이상한 일이네, 하면서 명원은 숨을 고르고 손바닥으로 두툴두툴한 나뭇결을 훑어내렸다.

추란이 몇 발짝 뒤로 물러선 건 도우와 명원이 고개를 수그리고 바 안으로 들어선 다음이었다. 식당을 통과해야만 엔젤스 셰어가 있다는 것도 이상했지만, 추란은 기껏해야 성인 남자 키 높이의 돔 형태라는 사실이 더없이 마음을 사로잡았다. 성당에서 본 문짝과 똑같은 것은 말할 것도 없거니와 문자 형태도 비슷했다. 성당에서 추란은 그때 라틴어나 히브리어겠거니 생각하고 마음 가는 대로 읽었던 게 떠올랐다. 추란의 이마에서는 식은땀이 흘러내렸다.

추란은 영(靈)의 세계에 발을 들여놓듯 조심스럽게 문을 당겼다. 바깥에서는 전혀 들리지 않았던 음악이 먼저 추란을 맞았다. 스웨덴 출신의 고딕 음악밴드 드라코니안. 돔 천장을 본 순간 추란은 눈물이 핑 돌았다. 바티칸의 시스티나 성당 천장화를 보면 사람들은 눈물을 쏟는다고 하더니 추란이 딱 그 짝이었다.

바 안의 둥그스름한 돔 천장에서 환한 빛이 내려왔다. 가슴께로 양손을 올린 추란이 숨을 골랐다. 머리 위로 뻗은 팔이 천장에 닿을 듯 가까워졌다. 파란 하늘 바탕에 날개 단 아기 천사 둘이 흰 구름을 가리고 있었다. 실내의 어두운 조명에 비해 천장은 밝아 묘하게 대비되었다. 대여섯 평 정도 되는 좁고 낮은 바 '엔젤스 셰어'. 추란에게는 성당에 있는 거나 다름없었다.

*

　제주 남쪽 바다에 있는 성당은 어릴 적 엄마와도 갔고 얼마 전에는 명원과도 갔던 곳이다. 추란은 불현듯 로만칼라의 아빠는 그 성당의 신부님이 아니었을까, 하는 생각이 뇌리에 스쳤다. 추란은 성당에서 「마태수난곡」을 들으며 에베소 2장을 읽고 눈물을 흘렸다. 태평양 건너 날짜변경선을 넘은 미국 땅에 와서도 왜 과거에 짓눌리는지 추란은 미칠 지경이었다. '대체 무엇이 내 몸피에 붙어 다니는 거지?' 추란은 머리가 지끈지끈 아파오기 시작했다.

　추란을 부르는 명원의 음성이 아득히 먼 곳에서 들려왔다. 그러나 그녀는 꼼짝할 수 없었다. 명원이 지금 뉴욕의 한 술집에서 자신을 부르고 있는 것인지 아니면 성당 앞에서 부르고 있는지 추란은 갈피를 잡을 수 없었다. 제주에서도 추란은 정신을 차리려고 안간힘을 썼었다. 성당 뒤꼍으로 창고 같은 건물이 하나 있었다. 출입문에는 자물쇠가 채워져 있었고 심하게 부식되어 있었다. 오랫동안 사용하지 않은 티가 났다. 추란은 손끝을 갖다 댔다. 녹슨 자물쇠는 그녀의 손가락 지문을 고스란히 받아들였다. 쇳가루 때문에 붉게 변한 손끝을 추란은 물끄러미 내려다보았다. 어릴 적 공사장에서 주웠던 대못이 추란 앞을 가로막았다. 못에 찔렸던 발뒤꿈치가 아려오기 시작한 건 안쪽을 들여다보고 싶은 마음에 까치발을 뗄 때였다. 바람이 억새를 한 방향으로 뉘었고 구름은 한차례 햇빛에게 자리를 내주고 있었다.

건물 내부는 꼴이 말이 아니었다. 샌드위치 패널의 천장이 휘어져 있었고 바닥에는 스티로폼이 나뒹굴고 있었다. 무쇠 난로와 알루미늄 연통, 금이 간 거울, 흐트러진 사진과 앨범, 양은 냄비 등이 어지럽게 널려 있었다. 추란이 깜짝 놀라 눈을 비볐다. 안에는 두 남녀가 서로 뒤엉켜 있었다. 사내의 목을 감고 있던 여자의 팔이 풀리자 얼핏 눈에 띄는 것이 있었다. 신부의 하얀 로만칼라. 심장이 요동을 쳤다. 엄마가 실언처럼 내뱉었던 '아빠의 로만칼라'는 오랫동안 추란의 머릿속에서 떠나지 않고 있었다. 누구에게도 말 못할 추란의 출생 비밀.

추란이 갔던 성당은 작았다. 검푸른 지붕 위에 뚫린 몇 개의 천창은 흡사 전복이나 굴 껍질을 연상시켰다. 울타리는 없었다. 문은 있어봐야 소용없는 것이었다. 그런데 일 미터 정도 높이의 벽돌문이 중간쯤에 세워져 있었다. 개 한 마리가 턱 버티고 서서 코를 킁킁거렸다. 흰색의 장모(長毛)가 잘 다듬어진 외래종 개 같았다. 개는 낯선 이를 보고도 짖지 않았다. 문에서 성당 출입문까지는 평평하고 큼지막한 돌 몇 개가 잔디에 징검다리처럼 박혀 있었다. 오른쪽으로 투명한 유리 상자 안에는 양초들이 불을 밝히고 있었다. '엄마도 이곳에서 초에 불을 붙이며 두 손을 모았었지. 엄마는 그때 무엇을 간

구했을까!' 추란은 잠시 엄마를 생각했다.

개가 코를 벌름거리며 추란에게 다가선 것은 그녀가 출입문으로 걸음을 옮길 때였다. 분은 새시로 된 미닫이였다. 손잡이 위에 붙여진 메모에는 '010-3478-1004 베드로'라고 적혀 있었다. 추란은 혹시 나중에라도 필요할지 몰라 전화번호를 휴대폰에 저장해두었다. 문을 옆으로 밀어 고개부터 디밀었다. 장엄한 성가곡이 울려 퍼졌다. 아무런 인기척이 없어서 어떻게 해야 좋을지 망설이고 있는데 한 남자가 나타났다.

"안에 들어가서 기도를 하고 싶은데요. 괜찮을까요?"

"물론입니다. 들어오세요."

"혹시 베드로 님이신가요?"

"아, 네. 맞습니다."

추란은 그 말을 듣고 살짝 고개를 숙였다. 베드로는 검은 바지에 흰색 셔츠 차림이었다. 성직자 신분은 아닌 것 같았다. 짧은 상고머리를 옆으로 가지런히 빗어 넘겨 깔끔한 인상을 풍겼다. 게다가 사내치고는 피부색이 맑고 투명했다. 형광등에 비친 턱밑 수염이 파리한 까닭인지 나이를 가늠키 어려웠다. 실내에는 성가곡이 울려 퍼졌다.

"제가 도울 일이 있나요?"

베드로는 매우 정중하게 물었다.

"아닙니다."

추란도 낮게 대답했다.

"네. 그럼 안쪽으로 들어가셔서 기도를 드리십시오."

"알겠습니다."

베드로는 첨탑으로 올라가는 안에서 연결된 나무 계단을 밟고 위로 올라갔다. 계단 양 끄트머리에는 크기가 작은 성모상과 십자고상 등 천주교 성물들이 고르게 놓여 있었다. 성가곡이 담긴 CD, 성경과 성가집, 그 밖에 얇은 책자들이 몇 권씩 포개져 있었다.

추란은 신발을 벗고 앞에 놓인 실내화를 꿰어 신었다. 자그마한 책상으로 가깝게 다가선 그녀는 방문객들이 적어놓은 방명록을 펼쳤다. 이름과 주소, 그리고 기도 제목이 빈칸마다 짤막하게 채워져 있었다. 추란은 볼펜을 들었다. 일련번호와 함께 '마음의 평화를 위해 기도합니다'라고 또박또박 썼다.

*

성경 구절을 옮겨 적는 노트 위에도 볼펜이 놓여 있었다. 활자가 큰 두꺼운 성서였는데 펼쳐진 부분은 에페소 2장이었다.

우리도 다 한때 그들 가운데서 우리 육의 욕망에 이끌려 살면서, 육과 감각이 원하는 것을 따랐습니다. 그리하여 우리도 본디 다른 사람들과 마찬가지로 하느님의 진노를 살 수밖에 없었습니다.(에페소 2장 3절)

성경 구절을 옮겨 쓰는 추란의 마음에 잔잔한 파장이 일었다. 그녀는 한 대목을 몇 번씩 속으로 읽었다. 육의 욕망에 이끌려 살면서, 육과 감각이 원하는 것을 따랐습니다, 라는 구절이었다.

곡이 바뀌어 이번에는 「마태수난곡」이 흘러나왔다. 추란은 성수를 손에 묻혀 십자 성호를 긋고 제단 앞 방석에 무릎을 꿇고 앉았다. 대여섯 평밖에 되지 않는 좁은 성당이었지만 추란은 편안했다. 천창으로 빛이 떨어져 내렸다.

「마태수난곡」은 추란의 마음을 더욱 가라앉혔다. 육의 욕망에 이끌려 살고 육과 감각이 원하는 것을 따랐던 추란, 그 대목은 자신을 두고 하는 말 같아서 온몸이 죄어왔다. 그녀의 아침은 머리맡에 놓인 명원의 사진을 보는 것으로 시작되었다. 그 음성은 명원이 그녀에게 남긴 모닝콜 메시지였다. 매일 똑같은 일상이었지만 매일 보는 사진과 매일 듣는 음성으로 추란은 점점 마음의 안정을 되찾고 있었다. 혼자 사는 그녀의 집에 명원은 가끔 찾아왔다. 한번은 술에 취해 곯아떨어진 그녀의 침대 옆에 물이 놓여 있었다. 새벽에 물 마시는 습관이 있다는 사실을 명원은 알고 있던 것이다.

육의 욕망에 이끌려 살면서, 육과 감각이 원하는 것을 따랐습니다.

에페소 2장 3절의 구절을 되뇌었다. 추란은 이층으로 연결된 나무 계단을 밟아 디뎠다. 신부님에게 인사를 드리고 나갈 생각에 신부님, 하고 낮은 음성으로 불러보았다. 하지만 위에서는 인기척이 전혀 없었다. 성가곡 소리에 묻혀 안 들릴 수도 있겠다 싶었다. 추란은 계단을 천천히 밟아 올라갔다. 체리색의 나무 계단은 반질반질 윤이 났다. 잘못 디디면 미끄러질 것만 같았다. 둥글게 이어진 계단은 올라가도 올라가도 끝이 보이지 않았다. 이상한 일이었다. 현기증이 일어 추란은 머리를 세차게 흔들어보았다. 가장자리에 있는 장식물이 발끝에 차이기도 했다. 추란은 자욱한 안개 속 꿈길을 걷는 느낌이었다. 계단 양 끝에 있는 작은 양초들이 길을 내고 있었다.

계단을 밟고 올라가도록 누군가 등 뒤에서 밀고 있는 것만 같았다. 맨 위의 계단참에 이르자 문 하나가 보였다. 아치를 이루는 짙은 고동색 문은 흰색으로 회칠한 벽돌에 둘러싸여 있었다. 맨 위 얄따란 동판에는 알 수 없는 문자가 적혀 있었다. '영벽문(靈壁門)'. 추란은 느낌대로 마음 가는 대로 소리 내 읽었다.

"안에 계세요? 신부님! 베드로 님!" 추란은 반복해서 불렀다. 둥근 쇠고랑을 붙잡고 문을 내리쳤다. 누군가 알아듣고 문을 열어줄 줄 알았다. 그러나 아무 반응이 없었다. 추란은 쇠고랑으로 아까보다 더 크게 문을 내리쳤다. 역시 아무 반응이 없었다. 기다리다 못한 추란은 신부님! 하고 문틈에 대고 불러보았다.

이제 추란은 더 기다릴 수 없었다. 결례를 무릅쓰고 둥근 쇠고랑을 밀어보았다. 문은 열리지 않았다. 그녀는 당혹스럽다 못해 이상야릇한 감정에 휩싸였다. 어쩌면 정말 꿈속에서 헤매는 것일지도 모른다는 데까지 생각이 미쳤기 때문이었다. 이 조막만 한 성당에서 조금 전까지 있던 베드로가 대체 갈 곳이 어딘지, 추란은 뭔가에 홀려도 단단히 홀린 것 같았다. 베드로가 나무 계단을 통해 이를 곳은 여기밖에 없었다. 그런데 안에서는 인기척이 없고 문은 열리지 않았다.

추란은 계단참에 궁둥이를 걸치고 앉아 바깥으로 난 창을 멀거니 바라봤다. 먹장구름은 모두 걷히고 가늘게 빛이 들어왔다. 미세한 먼지 입자가 너울대고 있었다. '빛이 아니면 저 입자를 볼 수 없겠지, 태양은 항상 똑같구나! 어릴 적 공사장에서 봤던 빛도 그렇고' 하면서 추란은 베드로를 생각했다가, 성당을 못 찾는 명원을 생각했다. 이런저런 잡다한 생각들이 하릴없이 머릿속을 헤집고 다녔다.

추란이 두꺼운 책에 눈이 간 건 어깨를 축 늘어뜨리고 나서였다. 빛 덩어리 속 너울대는 먼지 알갱이가 책에 떨어졌다. 추란은 등뼈를 바로 세우며 책에 손을 뻗었다. 성서였다. 추란은 더께로 앉은 먼지를 어쩌지 못하고 검은 표지 책장에 손바닥을 얹었다. 뽀얀 겉표지에 그녀의 손가락 마디까지 도장처럼 찍혀 나왔다. 먼지의 두께만큼 세월을 견딘 책. 추란은 천천히 겉장을 열어 펼쳐 보았다.

생일 축하한다, 녹색 목요일에 태어난
사랑하는 나의 딸 추란에게. 엄마로부터.

꿈이 확실했다. 엄마 필체의 성서가 여태껏 성당에 있을 리만무했다. '그때 엄마가 두고 간 것일까.' 점차 미궁 속으로 빠져드든 추란은 두려움에 몸을 떨었다. 엄마가 사준 초록 지붕의 저금통은 이 성당과 매우 흡사했다. 전복 껍데기를 두른 성당과 집. 엄마는 이곳까지 어떻게 해서 오게 되었으며, 왜 하필 엄마는 이 작은 성당에 어린 딸을 데려왔는지 이해가 안 됐다. 그깟 녹색 목요일이 뭐라고 생일 축하를 섬까지 와서 해야 했는지 엄마의 행동은 영원한 미스터리였다. 따지고 보면 그때의 엄마 나이가 돼서야 성당을 찾은 추란이 더 미스터리이긴 했다. 왠지 모를 불안감이 엄습하자 추란은 얼른 성당을 벗어나고 싶었다. 멀리서 추란을 찾는 명원의 목소리가 들린 것은 그때였다.

*

성당에서 황급히 빠져나온 추란을 본 명원이 어디에 있었느냐며 반색했다. 두 갈래로 나뉘는 길목에서 명원은 추란을 놓치고 주변을 서성이고 있었던 것이다. 시장기가 돌았는지 명원의 배에서 꼬르륵 소리가 났다. 추란은 그러나 입맛이 돌지 않았다.

늦은 점심을 먹을 요량으로 LG25 편의점이 딸린 식당에 들어갔다. 물건은 별로 없었다. 생필품 몇 가지와 과자류, 담배, 음료수 등이 있긴 했으나 선반 위에는 빈 공간이 많았다. 주인인 듯한 여인은 다소 뻣뻣한 말투로 "어서 오세요" 인사를 건넸다. 나이 차가 있어 뵈는 두 사람을 번갈아 살핀 여인은 눈치 빠르게 주문을 도왔다. 여인은 파운데이션을 짙게 덧발라 오히려 눈가 잔주름이 도드라져 보였다. 뭐라 묻지도 않았는데 여인은 음식을 권했다.

"식사하실 거죠. 몸국 어때요?"

"몸국요?"

"몸…… 국…… 이라."

명원과 추란이 약속이라도 한 듯 동시에 입을 떼었다. 낯선 음식 이름에 추란은 일부러 한 글자씩 또박또박 힘주어 말했다.

"그래요. 몸국."

여인은 상냥하지 않았다. 목소리가 무뚝뚝해서 마치 화난 사람이 말하는 것처럼 들렸다. 몸국, 추란은 아까보다 낮은 톤으로 되뇌면서도 먹을 음식을 정하지 못하고 있었다. 그러다 이런 기회가 아니면 또 언제 먹겠나 싶어 추란은 고개를 끄덕였다. 여인도 제주의 대표적인 향토 음식이라고 권했다. 큰 양은냄비 뚜껑이 여닫히는 소리가 바깥으로 흘러나왔다. 주방과 홀이 분리되어 있지 않아서 조리하는 모습이 다 보였다. 추란은 식당 내부를 둘러보았다. 여인은 추란의 눈길을 알아차린 듯 긴 손잡이 달린 플라스틱 바가지를 들고 멈춰 섰다. 그리고 조금 웃었다.

"이런 섬 구석은 원래 그렇다우. 도시 같지 않아서 좀 허름해요. 물 사정도 좋지 않지요. 전기 사정도 나빠 저녁 여덟시만 되면 한차례씩 차단기가 내려가요. 그러려니 생각해요. 근데 어디서 왔수? 서울?"

여인의 말이 끊어지질 않았다.

"몸국은 말이요" 하며 여인은 말을 이어갔다. 추란은 무심하게 "아. 네" 하고 대꾸했다.

"모자반과 돼지고기를 넣어 끓인 국이에요. 모자반이 돼지고기에 있는 지방 성분을 분해해서 궁합이 아주 잘 맞는 음식이지요."

"그렇군요."

"사람이든 음식이든 궁합이 잘 맞아야 하는 거요."

그 말에 추란이 소리 내서 웃자 여인도 화난 듯한 표정을 풀었다. 잠시 뒤에 몸국과 반찬 몇 가지를 식탁 위에 올려놓으며 여인은 얘기할 자세를 취했다. 추란이 먼저 김이 나는 국물을 한 숟가락 떠서 맛을 보았다. 걸쭉한 국물의 몸국은 추란 입맛엔 영 아니었다. 국물류를 별로 좋아하지 않기도 하거니와 토란국처럼 되직한 국물은 입에 맞지 않았다.

"이 섬에는 어찐 일로 왔소?"

추란과 명원이 마주 앉은 탁자에서 하나 건너 탁자에 앉은 여인이 물었다. 뭔가 캐내려는 느낌이 들었다.

"아, 네. 오래전에 엄마와 다녀간 곳이기도 하고 겸사겸사 섬을 둘러보려구요."

"그래요…… 그럼 어디를 갔다 왔나요?"

"성당요."

"성당이라뇨?"

"이 섬에 조그만 성당 있잖아요. 아주 작은……"

"그럴 리가요."

"지금은 부산 교구에서 관리한다고 들었는데 모르세요?"

추란은 여인이 너무나 진지한 낯빛이어서 장난하는 게 아닌가 싶어 입안에 있던 몸국을 뿜을 뻔했다.

"성당은 예전에 있긴 했지만 지금은……"

"지금은 뭐요?"

추란이 다급하게 물었다.

"아주 오래전에 폐쇄됐어요. 엄마와 다녀간 게 언제라고 했죠?"

"제가 어렸을 때죠. 일곱 살."

"……"

여인은 뭔가 석연치 않다는 듯 고개를 갸웃하며 컵에 물을 따라 붓고 한 모금 들이켰다.

"성당의 출입문에 전화번호도 적혀 있었어요. 베드로라는 이름으로."

"이상한 일이네요. 베드로 신부는 오래전에 여기를 떠났어요."

여인은 벽에 걸린 성당 흑백 사진을 눈짓으로 가리키며 말했다. 추란의 얼굴을 빤히 쳐다보다가 어디서 많이 본 듯한 인상이라며 부모님이 이곳에 살지 않았느냐고 물었다. 일어나 주방으로 향하던 여인이 다시 말을 이었다.

"아버님 성함이……"

여인은 말끝을 맺지 못했다.

"성함요? 베드로라고 하셨어요. 아빠의 세례명이었죠."

추란이 딱부러지게 대답하자 오히려 주춤한 쪽은 여인이었다.

"혹…… 시……"

"혹시 뭐요?"

곧바로 추란이 되묻자 "아니에요." 여인은 고개를 저으며 시선을 아래로 떨어뜨렸다. 여인은 무슨 말인가를 하려던 게 분명했다. 추란은 젓가락으로 밥알을 하나씩 집으며 엄마를 생각했다.

병상에서 엄마는 추란에게 가끔씩 무슨 말인가를 하려다 멈칫거렸다. 몸도 가누지 못하고 모르핀에 의지하던 엄마가 어느 날 병상 위에서 벌떡 일어나 앉았다. 그러더니 수액을 꽂은 채 성한 사람처럼 병실 복도로 뚜벅뚜벅 걸어 나갔다. 그러더니 "애야! 갈 곳이 있……" 하고는 말을 다 맺지 못하고 그 자리에 풀썩 주저앉았다. 순식간에 벌어진 일이라 추란은 손쓸 새도 없이 지켜봐야 했다. 추란이 상황을 인식했을 때는 간호사와 의사가 병상으로 온 다음이었다.

엄마가 유방암으로 세상을 떠난 것은 추란이 명원과 한집에서 산 지 천 일을 넘기지 못하고 집을 나올 즈음이었다. 암세포는 걷잡을 수 없이 온몸에 퍼졌고 뼛속까지 전이되어 손을 쓸 수 없었다. 복수가 차서 배는 점점 부풀어 올랐다. 간호사가 한번씩 다녀갈 때마다 엄마의 의식은 점차 희미해져갔다. 간호사는 링거의 밸브를 열어 모르핀을 주사하곤 수도꼭지 잠그듯 밸브를 돌려 막은 후, 이제 괜찮아질 거예요, 하고 돌아섰다. 그럴 때마다 추란은 간호사의 기계적인 미소를 바라만 봤다. 뭐가 괜찮아질 거라는 것인지 추란은 알 수 없었다.

엄마의 병이 나아서 괜찮아질 거라는 뜻인지, 고통을 잊게 하는 약물을 투약해 일시적으로 평온해진다는 뜻인지. 추란은 '괜찮아진다'라는 의미에 대해 깊이 골몰했다. 추란이 평

온한 안식이야말로 죽음의 등가물이자 지상 최대의 선물이 아닐 수 없다고 확신하게 된 것은 엄마의 죽음을 목도한 직후였다. 간호사가 나가고 나면 엄마는 간호사가 말한 대로 진짜 괜찮아진 것처럼 죽은 듯 깊은 잠에 빠져들었다. 평화로워 보이기까지 했다. 그러기를 몇 날 며칠, 엄마는 단잠에서 깨어나지 않고 바로 죽음에 이르렀다. 이제 정말 괜찮아진 거였다. 엄마가 죽었을 때 추란은 슬펐지만 흘릴 눈물이 남아 있지 않았다.

화장터는 마치 번호표를 뽑고 차례를 기다리는 은행과도 같았다. 죽음엔 순서가 없지만 시신이 태워질 때에는 순서가 있었다. 9번 영안실로 정해진 엄마의 관은 화면을 통해 볼 수 있었다. 3번, 5번, 7번 영안실에서도 시신이 타고 있었다. 유족들은 힐끗힐끗 화면을 보면서 수다를 떨었다. 간간이 웃음소리도 들렸다. 추란은 꼼짝도 않고 엄마의 마지막을 지켜보았다. 한 시간 정도 지나자 뼛가루가 구에서 나왔다. 마치 군고구마 통 속에서 나오는 것 같았다. 직원이 뼈를 쓰레받기에 쓸어 담았고 분쇄실로 가져와 추란 앞에 놓았다.

유리막이 가로막혀 만질 수는 없었지만 뼈는 죽은 고사목 가지처럼 뾰족한 것도 있었고 구멍이 숭숭 뚫린 것도 있었다. 분골을 선택했기 때문에 뼈는 다시 분쇄기에 들어갔다. 위이잉, 하고 기계 돌아가는 소리가 났다. 일부는 먼지가 되어 공중으로 날아갔고 나머지는 분골함에 담겨 추란의 손에 넘겨졌다. 허공으로 날린 엄마의 뼛가루는 지금도 추란이 호흡하는 공기에 녹아 있을 것이었다.

몸국을 한입 뜨자 추란은 엄마가 그리웠다.

"죽은 사람 화장하면 뭐가 남는지 알아요?"

추란은 혀 속의 알갱이를 굴리며 명원에게 물었다.

"밥 먹다 말고 뭘 그런 걸 물어?"

시답지 않다는 투로 명원은 성의 없이 답했다.

"사람이 타고 나면 재가 남는 게 아니에요."

"거참, 사람 싱겁긴."

"성냥 알죠? 성냥 만들 수 있는 인이랑요."

"또 뭐?"

"사형수 한 명 목매달 수 있는 못 정도의 철이 전부예요."

"참 별걸 다 아네. 어서 먹기나 해."

명원이 멸치볶음 반찬을 추란 앞으로 밀며 말했다.

몸국에 인과 철이 들어간 것처럼 추란은 입맛이 껄끄럽고 썼다. 몸국에 풀려 있는 모자반 알갱이가 걸렸는지 목구멍이 불편했다. 물을 한 모금 삼켜 식도를 비워냈다. 먹는 내내 추란은 알 수 없는 서글픔에 몸을 떨었다. 서글픔이 녹은 몸국 맛이 어떨지는 모르겠지만 그런 몸국이라면 먹을 만할 것 같았다. '엄마는 왜 섬에 가자 했을까. 여인은 엄마에 대해 뭔가 아는 게 있을까.' 추란은 궁금증에 차서 여인이 무슨 말을 또 해주기를 기다렸다.

"아주머니, 여기 섬은 정말 작은 거 같아요. 그렇죠?"

동의를 구하려는 양 추란이 말끝을 올렸다.

"크기는 작아도 말이유, 별의별 일들이 다 일어난다우. 죽은 아내를 바다에 던지지를 않나."

"정말요?"

"그렇다니까요."

"아, 그래요?"

추란이 관심을 보이자 여인은 물 한 모금을 털어 넣고 천천히 이 섬에서 있었던 오래전 일을 풀어놓기 시작했다. 몸국을 한입 떠 넣은 추란은 혀에 퍼진 몸국 맛을 천천히 음미했다.

"그럴 리가요. 믿을 수가 없어요."

"세상에는 믿을 수 없는 일들, 상식이 통하지 않는 일이 얼마든지 있어요."

여인은 물기 묻은 손을 마른행주에 닦고 홀로 나와 앉았다. 오늘처럼 날씨가 궂은 날에도 선주는 배에서 내려지는 고기와 술을 흡족하게 바라봤다고 했다. "그럼 우리가 타고 온 배가 그 영감 겁니까?" 명원이 물었다. "네. 마을 사람들 사이에선 허스크라 하면 다 통했지요. 지금은 없지만요."

허스크는 영감이 돌보던 개였다고 여인이 말했다. 선주는 털이 긴 개 한 마리를 데리고 섬 주변을 산책시켰다고 했다. 배가 닿을 무렵이면 어김없이 개를 데리고 선착장 주변을 어슬렁거리거나 깎아지른 절벽 가까이 서서 선착장을 내려다보고 서 있었다고 했다. 짐칸에서 부려지는 고기와 술, 그리고 물과 커피 등 뭍에서 온 물건을 흡족한 표정으로 지켜보는 게 일과 중 하나였다고도 했다.

*

"오랜만이네요. 작년에 도우와 한국에서 만났죠?"

바에 앉아 있던 케빈이 자리에서 일어나 반갑게 맞았다. 추란은 아직도 머리가 띵해 컨디션이 좋지 않았다.

"안색이 안 좋으세요? 어디 불편한 데라도……"

케빈이 걱정스런 눈빛으로 물었다.

"아니에요. 긴장성 두통이에요. 이제 좀 나아졌어요." 추란은 억지로 입가에 미소를 만들었다. 케빈과 인사를 주고받는 동안 도우가 말을 이었다.

"반얀트리 호텔에서 저녁 먹었죠. 그때 인도 요리 시켜 먹었는데 맛이 별로였어요."

도우는 음식 맛을 정확하게 기억하고 있었다. 그때 몇 가지 요리를 시켰는데 고기가 제대로 익지 않아 셰프가 직접 나와 사과하기도 했었다. 도우는 음식에 좀 까다로운 편이었다.

"여기 참 특이한 곳이네요."

"네. 그래서 이리로……"

한국말이 서툰 케빈의 문장은 짧았다. 술집은 너무나 비좁아 키가 백팔십이 넘는 케빈이 서면 천장에 닿을 정도였다. 바닥에서부터의 높이가 이 미터가 채 되지 않는 셈이었다. 바에는 손님으로 온 백인 남녀 둘과 케빈을 비롯한 우리 일행이 전부였다. 좁은 공간의 돔 천장을 추란은 꼼꼼히 살폈다. "엔젤스 셰어여서 아기 천사를 그린 건가. 프레스코화 같네. 색감이 파스텔 같아." 추란은 도우에게 느낌대로 말을 늘어놓았다. 그러나 음악 소리에 모두 묻혀버렸다.

"엔젤스 셰어, 드셔보시지요."

"칵테일 이름인가요?"

"네."

케빈은 추란의 물음에 답하며 고개를 좌우로 움직였다. 엔젤스 셰어라는 술집에 와서 같은 이름의 칵테일을 마셔보는 건 당연하지 않냐고 명원이 나섰다. 오크통 속에 들어앉아 술 마시는 기분도 든다면서 도우가 맞받았다. 천장도 둥근데다 출입구 문도 오크통 뚜껑처럼 둥글기 때문에 도우의 상상이 무리는 아니라고 가만히 듣던 추란이 말했다. 칵테일 이름에 대해 물은 건 명원이었다. "오크통의 몰트위스키가 숙성되는 동안에 말입니다. 일 년에 이 퍼센트씩 줄어든다고 하네요. 천사들이 마신 거라는 거죠. 엔젤스 셰어의 유래랍니다." 도우는 입가에 미소를 머금으며 말했다.

추란은 무엇보다도 음악과 조명, 몇 안 되는 사람들의 다양한 표정에 매료되었다. 연주되는 악기 소리들이 귀에 와 박혔다. 케빈은 드라코니안 밴드에 대해 잘 알고 있었다. 보컬부터 키보드와 베이시스트의 이름도 줄줄이 꿰고 있었다. 엔젤스 셰어의 강렬한 느낌에 사로잡혀 추란은 한동안 멍하게 앉아 음악에 심취했다. 오랫동안 잠자던 추란의 유년 기억이 되살아났다. 숨바꼭질할 때 숨었던 보일러실의 모터 소리와 레미콘 소리는 드라코니안의 음색과 흡사했다. 보컬 앤더스 제이콥스의 목소리는 흡사 죽음의 냄새를 품고 있는 듯했다. 맑고 가냘프고 애조 띤 여성 보컬인 리사 요한슨의 음색과 묘하게 어우러졌다.

"용산참사가 있던 그때 뭐 하고 계셨나요?"

케빈의 돌직구에 당황한 사람은 명원이었다. 감상에 젖어 있던 추란도 정신이 번쩍 들었다. 명원은 한참 동안 말을 잃고 칵테일만 홀짝였다. '난 그때 골프백에 현금 다발을 채워 넣고 있었다오.' 명원은 차마 입 밖에 낼 수 없었다. 술이 살짝 오른 자신의 직설 화법에 달라진 명원의 표정을 읽은 케빈이 바보처럼 헤, 웃었다.

케빈은 감정의 기복이 심한 사람 같았다. 케빈이 명원에게 부탁하고자 한 것은 용산역 앞 자신 소유의 땅에 관해 거였다. 용산이라면 명원은 누구보다도 돌아가는 사정을 잘 알고 있었다. 땅의 위치는 대략 파악되었다. 땅값만 해도 은행 감정가가 삼백 억을 웃도는 곳이었다. 그런데 놀랍세도 이 땅의 주인이 우리나라에서 내로라하는 H건설의 조카뻘 되는 케빈이었던 것이다. 7, 80년대만 해도 여의도와 압구정동은 H아파트였고 H건설과 연결된 계열사 사장도 모두 친인척이 자리를 꿰찼던 때였다. 그런 유복한 집안에서 자란 케빈은 미국에서 공부하고 성장했지만 경기 침체로 상속받은 부동산이 차례차례 경매로 넘어가는 상황에 놓인 것이다. 물론 경영의 문제나 구체적인 집안 사정이 있긴 했지만 결과는 그랬다.

사십대 초반의 케빈은 카랑카랑한 목소리를 지녔으나 한국말이 자꾸 꼬였다. 그는 젊은 날의 황태자답게 이름만 대면 알만한 연예인들과 술 마신 이야기도 풀어놓았다. 그런 그가 담뱃값이 없어 담배를 못 샀다는 말에 다들 곧이듣지 않았다. 더욱이 케빈은 골드만삭스의 직원이었다. 케빈은 콧바람 나는 이상한 웃음소리를 내서 꼭 장난하는 것처럼 들렸다.

케빈은 술이 더 오르자 청산유수로 말을 이어나갔다. 말을 하다가도 가끔 단어가 떠오르지 않으면 말을 멈추고 뭐지? 뭐지? 하든가, 아니면 어휘에 연관된 다른 말들을 길게 설명하든가 했다. 그런데 술이 조금 들어가자 정확한 어휘를 구사했다. 자본주의, 자본, 신자유주의 등의 말을 반복적으로 썼다. 케빈은 한국말이 서툰 사람이 절대 아니었다.

"신자유주의는 레이건-대처 시대에 나온 게 아닙니다. 사실은 자본주의의 본질이라고요. 19세기에도 존재했고 20세기 초반에도 존재했다, 이겁니다."

"취했어? 케빈! 괜찮냐고?"

"아니요. 제임스!"

도우를 제임스라 부른 케빈이 말을 다시 이었다.

"자본의 고유한 본질이 뭔지 아십니까? 인간을 노예화하는 겁니다. 인간은 말이에요. 본래 자기가 가지고 있지 않다고 생각하는 것에 대해서…… 욕망할까요? 욕망하지 않을까요? 하하하, 한번 가졌거나 가질 수 있었으나 갖지 못한 것에 대해 굉장한 박탈감을 느끼는 게 우리 인간입니다. 그래서 이것을 가지려고 자신의 원칙을 무장 해제하죠. 자본은 바로 그런 위대한 힘을 갖고 있는 것이라고요. 우리는 자본에 굴복당하는 모습을 수십 년 동안 봐왔고 앞으로도 쭈욱, 보게 될 겁니다."

"이봐, 취한 거야?" "정말 괜찮은 거예요?" 도우와 추란이 케빈의 말이 길어지자 끼어들었다. 케빈은 손사래를 치며 환하게 웃고는 또 입을 떼었다.

"자유가 뭡니까? 모든 것을 포기해도 마지막까지 포기할 수 없는 게 자유예요. 한편으로는 모든 것을 다 이뤄야만 가질 수 있는 것이 또 자유이기도 하죠. 참 아이러니합니다. 왜 이렇게 세상을 복잡하게 만들어놨을까요?"

"그러게 말입니다."

잠시 침묵이 흐르자 명원이 머쓱하게 한마디 던졌다.

"용산참사가 일어났을 때, 그러니까 두 분은 용산에서 부동산과 주택 신축사업을 동시에 다 하고 계신 거였네요. 제가 부모님으로부터 물려받은 땅…… 뭐 곧 경매에 부쳐지겠지만요. 용산 망루에 올라가서 봤다면 아마도 세시 방향쯤 제삼백 억대 땅이 보였을 겁니다. 철거되기 전 일이니까, 청소년 금지 구역 사창가도 저, 잘 압니다."

케빈이 잔에 있는 술을 마저 비우며 말을 맺었다.

"한국에 자주 다녀가셨군요."

명원이 한마디 했다.

"네, 그랬죠. 아치형 청소년 금지 구역이란 표지판 있는 쪽 말이에요. 건물 코너에 동시상영 영화관이 있었는데……「초콜릿」이라는 에로물이었죠. 그 영화관의 간판……"

케빈이 갑자기 소리 내며 크게 웃었다. 추란 역시 그 영화관의 간판을 잊지 않고 있었다. 추란은 용산 근처를 지나면 머릿속에 영화관 간판을 띄워놓고 오래도록 허공을 본다. 지금은 용산에 가도 그 자리가 어디였는지 가늠조차 어려웠다.

*

간판이 특이했던 것은 6, 70년대 초에나 볼 법한 그림판이었기 때문이다. 사람 손으로 직접 붓질해서 그린 것이었다. 페인트가 떨어져 나간 자리는 알루미늄 속살이 드러나 햇빛에 반사되는 게 다반사였다. 페인트 색깔은 햇빛에 바래 희부윰했다. 간판에는 귀가 떨어져 나간 여배우의 그림이 오래도록 붙어 있었다. 추란은 그 앞을 지날 때마다 뭔지 모르게 아련한 감정이 솟기도 했다. 극장에서 나온 어떤 남자가 늙은 창부의 손에 붙들려 좁디좁은 골목길로 들어가는 걸 우연히 본 적도 있었다. 케빈은 그 동시상영 영화관을 기억하고 있었던 것이다.

망루의 불을 끄기 위해 한강로에 몰려든 소방차와 살수차를 명원이 모를 리가 없었다. 업 계약서를 써주고 매매가액을 맞추려다 보면 통장 거래와 함께 현금 뭉치가 왔다 갔다 했다. 여덟 세대, 많게는 이삼십 개의 신축 빌라를 통으로 팔아넘긴 후에는 사무실 문을 아예 걸어 잠그고 정산하는 경우가 종종 있었다.

그날은 하루 종일 경찰차와 전경차, 구급차 사이렌 소리로 시끄러웠다. 명원은 남일당 근처에 나갔다가 사무실로 들어왔었다. "보상해달라고 떼만 쓰면 된다, 떼만 쓰면 그저 많은 돈을 받을 수 있다, 그런 심리가 지금 작용하고 있다고. 아무리 떼쓴다 해도 적정한 보상가를 정하면 더 이상 말 못하게 하는 법을 만들든지 해야지 원. 허구한 날 지금까지 도대체 며칠째야." 구청 앞에서 꽹과리를 치고 확성기를 틀어놓은 '전철연(전국철거민연합회)'을 향해 마구 욕을 퍼부어댄 사람이 명원이었다. 그러고 나서 즉물적인 감정과는 다른 게 '죄의식'이라는 것을 명원은 시간이 한참 흐른 뒤에 깨달았다. 「죄」란 그림에 빠진 것도 그런 이유였다.

사람이 불에 타 비명을 지르고 있던 그즈음, 명원은 현금 뭉 칫돈을 헤아리며 골프백 입구가 좁은 것을 탓하고 있었다. 현금 다발이 골프백에 켜켜이 쌓이는 만큼 자신도 모르게 죄의식이 불어나고 있다는 것을 명원은 그때는 몰랐다. 남일당 주변의 건물들은 형편없었다. 깨진 유리창에 새시 문이 덜렁거렸고 외벽 타일은 불길에 그을려 흉측하기가 이루 말할 수 없었다. 아침 출근 시간에 명원과 추란은 매일 그 앞을 지나다녔다. 상복 입은 가족들은 몇 날 며칠 손수건으로 눈물 훔치며 그 자리를 지켰다. 경찰차들이 도로에 진을 치고 있었다.

재 냄새가 오랫동안 가시지 않았다. 언제 사라질지 모르는 기약 없는 냄새였다. 억울하게 죽은 망루의 영혼 냄새이기도 했다. 영혼은 물에 젖지 않을 것이다. 아무리 물을 뿌려대도 한강로의 재 냄새는 쉽게 가라앉지 않았다. 아스팔트에는 마구 뿌려진 물로 질척댔다. 근처에 이르면 차바퀴의 속도는 늦춰지고 차창이 내려졌다. 버스에 탄 사람들이나 승용차에 타고 있는 사람들 모두, 불에 그을린 건물을 보거나 재 냄새를 맡으며 그 앞을 지나갔다. 철거민들의 죽은 영혼이 차들의 바퀴를, 사람들을 붙들고 놓아주지 않는 것 같았다.

공중에 부유하는 재 냄새에 명원이나 추란도 차마 그 앞을 그냥 지나칠 수가 없었다. 망루에 있던 철거민 다섯이 불에 타 숨지고, 경찰관 한 명이 숨진 한강로의 남일당 건물. 수타 자장면집이 유명해 자주 갔고 참치집이 괜찮아 자주 갔던 곳이기도 했다. 사무실 직원들과 생맥주를 마시러 간 곳도 근처 레아호프였다. 서울시가 재개발 사업지구로 지정하고 강제 철거를 승인한 용산 4구역. 시공업체는 삼성을 비롯해 굵직한 건설사로 사십층 규모의 주상복합아파트 여섯 개 동이 들어설 자리였다.

5장

녹색
목요일

도우와 케빈은 언제까지 술을 마시려는지 연락이 없었다. 어둠에 갇힌 허드슨 강가에 불빛이 반짝이고 있었다. 추란은 허드슨강을 바라보며 동작대교에서 바라본 한강을 떠올렸다. 일 년 전만 해도 추란은 동작대교를 오가는 지하철을 탔다. 사당동에 있는 반지하 방에서 살았다. 엄마 유품과 옷가지를 챙겨 명원의 집을 나와 살게 된 곳이었다. '어디로 가고 있는 거지?' 동작대교를 지나며 창밖을 응시했었다. 트럼프를 놔두고 어디를 향해 가는지 추란은 자신의 처지가 믿기지 않았다. 한번은 집 근처에서 오륙십대로 보이는 아주머니 서넛이 전단지를 나눠주고 있었다. 다들 낮은 운동화에 편한 복장이었다. 추란 쪽으로 다가와 앞을 가로막은 사람은 진분홍 립스

틱을 진하게 바른 한 여인이었다.

　여인은 추란의 손목을 잡아끌더니 종잇장을 손에 쥐여줬다. "이 건물 사층이에요, 스크린 경마장 한번 들러뵈요." 아주머니는 추란의 얼굴을 올려다봤다. 163센티미터 추란은 7센티미터 힐까지 신고 있어서 키 작은 여인의 정수리가 턱 아래께에 닿았다. 추란은 그날따라 감기 몸살 기운이 심해지려는지 어깨가 으슬으슬 떨렸다. "경마장에 가봐요." 막무가내로 떠다미는 진홍색 립스틱 여인을 추란은 뿌리칠 수 없었다. 말밥 주러 간다는 말밥 사장이 떠오른 건 여인이 조르듯 매달려서였다. "인생 별거 없어요, 모 아니면 도야. 오늘은 말밥 주러 가는 날"이라는 말을 입에 달고 살았던 말밥 사장.

　추란은 사층에 있다는 스크린 경마장을 올려다봤다. 지은 지 얼마 안 된 신축 건물이라 깨끗했다. 엘리베이터 안에는 사십대 후반쯤의 사내들과 나이가 꽤 들어 뵈는 등산복 차림 노인들로 가득했다. 사람들 틈에 낀 추란이 좀 머쓱해하자 어떤 사내가 씩 웃었다. 웃는 모습이 거울에 비쳤다. 엘리베이터 문이 열리자 사람들은 일제히 스크린 경마장 쪽으로 향했다. 추란도 뻘쭘하게 그들을 따랐다. 실내조명은 어두웠다. 칙칙, 헤이즐넛 향 인공방향제가 어디선가 뿜어져 나왔다 "달려, 달려! 야, 이 새꺄! 내가 해도 너보다 더 잘 달리겠다." 사람들이 벽에 걸린 대형 티브이를 보며 소리를 질러댔다. 빨강, 파랑, 노랑, 초록, 보라. 경주마가 두른 갖가지 띠

색깔이 눈에 들어왔고 띠와 같은 색의 헬멧을 쓴 선수들이 흙먼지를 일으키며 내달리는 모습이 화면에 들어찼다.

일정한 간격을 두고 칙칙, 헤이즐넛 향이 또 분무됐다. 사람들의 몸내와 뒤섞여 야릇한 공기가 어둑한 공간을 채우고 있었다. 추란은 인공 향이 역겨워 그냥 나갈까 했지만, 이왕 온 거 경마장이 어떤 곳인지 살펴나 보자고 마음을 바꿔 먹었다. 감색 조끼를 갖춰 입은 젊은 남녀들은 대부분 아르바이트 학생들 같았다. 추란은 주위를 훑어보았다. 경마장에 처음 온 초짜 같은 느낌이 들지 않게 추란은 여유를 가장했다.

추란은 마권 파는 창구 쪽으로 발을 옮겼다. 보호 유리에는 '구매권과 함께 현금도 같이 주세요'라는 문구가 검은색 고딕 체로 쓰여 있었다. 추란은 진회색 바람막이 점퍼를 입은 사내를 지켜봤다. 사내는 구매권을 창구 안으로 디밀고 점퍼 안주머니를 뒤적뒤적했다. 여직원은 구멍 뚫린 유리 창구를 통해 "손님, 돈도 같이 주세요" 하고 말했다. "내가 돈을 떼먹냐? 알아서 줄 건데 왜 그래?" 사내의 말에는 잔뜩 신경질이 담겨 있었다. 차례를 기다리는 동안 목이 말랐는지 헛개수 음료를 마시던 중년의 남자가 여직원 편에 서서 한마디 거들었다. "정말 돈 안 주고 도망가는 사람들이 있다니깐요. 이 바닥이 원래 그래요." 괜히 추란에게 알은체하고 싶은 눈치였다. 알고 보니 구매권은 현금처럼 쓸 수 있는 상품권을 두고 하는 말이었다. 무인 발매기에 구매권을 읽히면 마권을 살 수 있었다. "무인 발매기에서 사면 사실 누가 샀는지 알 수 없어요. 그래서 진짜 '꾼'인 사람들은 구매권으로 베팅해요. 한 번에 몇백만 원씩 걸기도 하고요. 도박꾼들은 아침에 문 열면 오백만 원, 천만 원씩 가져와서 십만 원짜리 구매권으로 바꿔요." 헛개수 음료를 든 사람은 추란을 오래전부터 알고 지낸 양 스스럼없이 말을 건넸다.

'그럼 본인은 정작 도박꾼이 아니란 말인가!' 추란은 속으로 생각하며 귀만 열어놓고 시선은 딴 데다 두었다. 남자는 추란이 별 관심을 보이지 않자 더 이상 말하지 않고 자리를 떴다. "달려, 달리라고 조금만 더!" 경마 게임에 몰두한 사람들이 아우성을 쳤다. 마권을 머리 위로 치켜들고 소리를 지르지 않나, 모자를 벗어 던지며 악을 쓰지 않나, 경마장 안은 난리도 그런 난리가 없었다.

화면에 경주마들의 다리가 뿌연 먼지 속에서 슬로모션으로 잡혔다. 공중에 떠 있는 말굽과 땅을 딛고 있는 말의 다리가 짧은 시간 정지 화면처럼 나타났다 사라졌다. 말들이 들어온 순서나 배당률 같은 것을 큰 화이트보드에 적는 사람도 보였다. 배당률을 살피며 눈치를 보던 사람들이 마감 시간이 임박하자 마권을 사려고 창구 앞으로 밀려들었다. 어떤 사내는 마음이 급한지 구매권만 창구에 디밀며 빨리 발권하라며 창구를 탕탕 쳤다. 여직원은 돈을 함께 주시라며 덩달아 목소리를 높였다. "돈 줄 테니까 일단 빨리 발권하란 말이야!" "근데 왜 반말하세요? 돈을 주시라고요?" 창구 밖의 남자와 창구 안의 여자가 짜증 섞인 목소리로 말싸움을 했다. 피부색이 거무튀튀한 어떤 사람은 "으이, 쌍! 진짜 열받게 하네"인상을 찌푸리며 주먹으로 벽을 쳤다. 돈, 돈, 돈. 모두 돈으로 시작해서 돈으로 끝을 맺었다.

사람들이 돈 앞에서 미친 말처럼 날뛰는 모습이 적나라하게 드러났다. 추란은 무인 발매기가 있는 곳으로 자리를 옮겼다. 이왕 온 거 놀이 삼아 한번 해볼 작정이었다. 모 아니면 도. 말밥 사장 말마따나 인생이 그렇다면 겁날 것도 없었다. 가족으로 보이는 사람들도 마권을 사느라 정신이 없었다. 긴 머리를 하나로 틀어 묶은 젊은 여자는 딸 같았다. 구매표가 안 읽히니 다른 창구로 가보시라고 여직원이 말하고 있었다. 기계에 문제가 있는 것 같았다. 젊은 여자는 가까스로 다른 창구에서 발권을 했다. "야, 되는데 왜 안 된다고 해? 당신 때문에 못할 뻔했잖아." 여자는 처음에 갔던 창구로 가 유리를 팍팍 치며 거친 말을 퍼부었다. 엄마로 보이는 여자는 한 술 더 떴다. 말 번호를 잘못 표시했다며 마권을 바꿔달라고 요구했다. 마감 시간이 임박해 창구에서 처리를 못한 모양이었다. 경기가 끝났고, 바꾸려고 했던 말이 하필 이긴 것 같았다. 사무실로 가서 따지겠다며, 저년이 안 바꿔줘 내가 못 땄다고 욕설하며 악다구니를 벌였다. 배당금을 달라 우기고, 베팅한 돈이라도 내놓으라고 여자가 고함을 쳤다.

사무실 담당자는 시끄러워지는 것을 막으려는지 담당 알바생을 불렀다. 베팅한 돈을 돌려줘야 하는 알바생은 울상이 되어 있었다. 하루 종일 일해 번 논을 모두 토해내거나 부족한 돈을 채워야 하는 것 같았다. 몇 분 사이 억대의 돈이 움직이는 곳이 경마. 한 게임에 왔다 갔다 하는 돈이 줄잡아 삼십억이라고 누군가 말했다. 합법적인 성인 오락이라지만 따지고 보면 도박을 조장하는 것도 결국 국가였다. 추란은 국가라는 거대한 괴물과 한판 붙고 싶다는 생각이 불현듯 솟구쳤다. 추란이 출구를 찾은 것은 갑자기 얼굴에 열이 후끈 달아올랐기 때문이었다.

*

인공방향제가 출입문 구석진 곳에서 뿌려지고 있었다. 추란은 역겨운 냄새를 피하고 싶었다. 문을 안에서 밖으로 천천히 밀어냈다. 상반신을 문에 기대 그 힘으로 출입문을 겨우 열었다. 안쪽은 온통 아우성이었지만 바깥은 아니었다. 문밖의 정적이 추란에게 훅 끼쳐왔다. 추란은 안도했다. 지옥에서 탈출한 기분이었다. 다리 힘이 풀린 추란은 바닥에 풀썩 주저앉고 말았다. 몸도 좋지 않은 상태에서 사람들 틈에 끼어 신경을 곤두세웠던 것이 원인이었다.

추란은 화장실을 찾았다. 차가운 물에 손을 씻고 얼굴에 물이라도 묻혀야 정신이 들 터였다. 수도꼭지를 틀었다. 거울 속에는 얼굴이 푸석푸석하고 눈이 퀭한 여자가 텅 빈 눈빛으로 바라보고 있었다. 추란은 양손으로 입꼬리를 잡고 늘려 보았다. 피에로처럼 웃었으나 눈은 울고 있었다.

하루 종일 한 끼도 먹지 않았다는 것을 추란은 편의점에서 깨달았다. 삼각김밥, 커피우유, 치즈크래커, 어묵 그리고 생수를 샀다. 주인으로 보이는 머리 희끗한 사람이 바코드를 읽히면서, "이런 걸로 식사가 됩니까" 하고 물었다. 추란은 편의점 들를 때마다 사는 물건이 매번 비슷했다.

혼자 밥을 먹고 혼자 맥주를 마시고 혼자 편의점에 갔다. 혼자 먹는 양은 많지 않았고 생필품이란 것도 쉽게 떨어지는 일이 없어 큰 장을 볼 일이 없어진 것이다. 편의점 주인 말마따나 식사가 되는 건지 그녀도 궁금했다. 영양이 있든 없든 그저 한 끼를 때울 뿐이었다. 인스턴트식품을 사려고 그것도 '먹기 위해' 지갑을 여는 자신의 모습이 추란은 갑자기 추레하게 느껴졌다. "모 아니면 도라구?" "네?" 편의점 주인이 눈을 크게 뜨며 물었다. 말밥 사장이 한 말을 떠올리며 추란이 혼자 중얼거렸으니 주인이 놀랄 만도 했다.

'어차피 한번 왔다 가는 인생이야, 그렇다면 어떻게 살아야 하는 거지?' 추란의 머릿속이 복잡해졌다. 말밥 사장은 돈은 귀신도 부린다는 말을 했다. 막걸리 한 사발이라도 들어갈라치면 말이 술술 풀려나왔던 말밥 사장. "귀신도 부리는 게 돈인데 그깟 사람쯤이야, 안 그래요? 돈이면 인간사에 안 되는 게 없어요." "자본주의니 신자유주의니 몰라도 돼요. 옛날 사람들 봐요. 자고로 인긴 세상이란 옛날이나 지금이나 달라진 게 하나도 없는 거라고요. 우리 속담에도 '돈이면 지옥문도 여닫는다' '돈 있어 못난 놈 없고, 돈 없어 잘난 놈 없다' 이런 말 있는 거 아니냐고요." 말밥 사장은 막걸리를 한 모금 마시고 쉬었다가 말을 잇곤 했다. "어디 그뿐인가? 그렇지, 돈만 있어봐요. 의붓자식도 효도하게 만드는 게 바로 돈이라고요." 말밥 사장의 말이 백 퍼센트 맞았다.

추란은 사진을 배우고 싶었는데 동호회에 가입하든 학원에 다니든 돈이 필요했다. 카메라도 사야 하고 일주일에 세 번 가는 데 십이만 원의 돈이 들었다. 통장 잔고도 없고 뻔한 수입에 십이만 원이란 지출은 생활에 크게 표 나는 돈이었다. 그렇다고 스크린 경마장을 다니며 한 방에 일확천금을 노리고 싶지는 않았다. 도박을 부추기는 국가의 놀잇감이 되고 싶은 생각은 없었다. 그런데…… 그렇다면…… 추란은 생각에 골몰했다. 반드시 길이 있을 것만 같았다. 몸이 뜨거워지고 있었다.

추란의 몸을 뜨겁게 만든 건 가슴속에서 불타오르는 욕망 덩어리였다. '모 아니면 도. 모 아니면 도.' 추란은 그 말을 곱씹고 있었다. 명원을 미워할 필요도 없었고 원망할 필요도 없었다. 추란이 가장 소중하게 여기는 엄마의 원피스를 구겨,

옷장 한구석에 처박아둔 이가 명원이었다. 짐 빼는 날, 이삿 짐센터 직원이 말려도 명원이 직접 짐 정리를 나섰었다. '저 사람이 삼 년 동안 같이 살던 강명원, 그 사람이 맞나!' 문 앞에 서서 처연하게 바라봤던 모습이 슬라이드처럼 지나갔다. 추란은 어금니를 앙다물었다. 열이 심했다. 먹을거리가 든 비닐봉지를 들고 집으로 향하는 길에 약국에 들러 종합감기약도 샀다.

우편함에 건강보험공단에서 온 우편물이 들어 있었다. 받는 사람 진추란. 그녀는 우편물을 손에 들고 물끄러미 자신의 이름과 주소를 응시했다. 지금 어디에 살고 있는지 확인받는 기분이었다. 추란이 구한 집은 마당을 지나 담장 안쪽으로 걸어 들어가야 했다. 한 사람이 겨우 지나다닐 만한 좁은 통로 끝에 출입문이 있었다. 북쪽으로 난 반지하 새시 문을 열면 추란의 집이었다. '디지털 도어록이라면 굳이 열쇠를 찾지 않아도 될 텐데……' 열쇠를 찾느라 가방 안에 손을 넣으며 그녀는 속으로 생각했다. 비닐봉지를 한 손에 들고 숄더백을 뒤적거렸다. 비닐봉지가 덜렁거렸다. 추란은 그게 뭐라고 손에 움켜쥐고 놓을 줄 모르는 자신이 조금 웃겼다. 손이 편하면 열쇠를 금방 찾았을 것이다.

*

추란은 가방에서 꺼낸 열쇠를 들고 잠시 생각에 잠겼다. 그녀의 삶은 하루아침에 달라져 있었다. 추란은 열쇠를 집어넣어 문을 땄다. 그리고 중산 턱의 계단을 내려딛고 겨우 신발을 벗었다. 북향 반지하에서는 사람의 마음에도 빛이 들지 않는다는 것을 알았다. 추란은 먹을 게 들어 있는 비닐봉지를 식탁 위에 올려두었다. 기우뚱, 식탁의 다리 한쪽이 중심을 잃고 기울어졌다. 인터넷 쇼핑몰에서 산 저가의 제품이었다.

주방 쪽은 바닥 면이 고르지 않았다. 가로세로 삼십 센티 넓이만큼 움푹 들어가 있어서 싱크대 앞에 서면 아예 한 발을 약간 들어줘야 균형이 맞았다. 개수대 아래 싱크대 문짝은 틀어져서 제대로 닫히지도 않았다. 그녀의 눈이 집 안 구석구석에 가 닿았다. 심기가 불편한 탓이었다. 만사가 다 귀찮을 줄 알았는데 오히려 정신의 뼈대는 올곧아졌다.

추란은 그런 자신을 보고 스스로 놀라고 있었다. 흔들리는 식탁 발에 뭐라도 괴어놓고 싶은 심정이 일었다. 그리고 흔들리는 마음을 흔들리는 식탁 발과 함께 단단히 매어두고 싶었다. '인생 별거 아니다. 모 아니면 도야. 모 아니면 도.' 말밥 사장처럼 장지갑에 현금 뭉치를 넣고 말밥을 주러 경마장에 가고 싶었다.

어떻게 하면 착하게 잘 사는가 하는 문제는 지금의 추란에게 아주 먼, 다른 세상의 이야기일 뿐이었다. 추란은 식탁 의자에 앉아 요깃거리를 위장에 넣어야 했다. 뭐라도 먹어야 약도 먹고 몸이 나을 것 같았다. 비닐봉지 안에서 삼각김밥과 어묵을 꺼내 식탁 위에 놓았다. 전자레인지에 어묵을 넣고 이 분간 자동 타이머를 맞췄다. 전자레인지 안의 유리 접시가 요란한 소리를 내며 돌아갔다. 추란은 기다리는 동안의 짧은 시간에 대해 생각했다.

'차가운 어묵과 데워진 어묵, 그 사이의 간극. 모 아니면 도. 그 사이에는 뭐가 있을까. 빛과 어둠, 생성과 소멸, 고통과 환희, 파괴와 절멸, 용서와 사랑, 현실과 꿈, 부자와 가난한 자, 선과 악, 한강변 아파트와 반지하. 추란은 머리가 아프고 열이 났다. 그런데도 갈수록 잡념이 많아졌다. '엄마 원피스가 어디 있더라?' 추란은 의자에서 일어나 작은방으로 갔다. 옷장이랄 것도 없는 행거 옷가지들을 하나씩 넘겨보았다. 행거 끄트머리에서 페이즐리 무늬 실크 원피스를 꺼내 들고 전신용 거울 앞에 섰다. 엄마는 키가 작았지만 웬만해선 추란 몸에 맞았다.

엄마는 옷 가짓수는 많지 않았다. 하지만 어떤 물건이든 엄마는 이왕 사는 거 좋고 마음에 드는 걸로 구입하는 게 철칙이었다. 추란은 엄마와 백화점에 자주 같이 갔다. 피팅룸에서 원피스를 입고 나온 엄마의 모습은 아름다웠다. 돈값을 하는 꽤나 비싼 옷이었다. "너도 입어볼래?" 엄마는 카운터에 서서 신용카드를 내밀며 추란에게 말했었다. 엄마는 그 원피스를 입고 한 번도 외출해보지 못한 채 말기암 선고를 받고 죽음을 맞이했다. "두렵구나! 네가…… 나를 닮아…… 가는 게……" 그다음 말을 잇지 못하고 의식을 놓아버린 엄마.

추란이 옷걸이에서 원피스를 꺼내 들고 지퍼를 풀어 내렸다. 추란은 원피스 안으로 두 발을 먼저 넣고 허리께까지 올렸다. 그리고 양팔을 꿰어 입은 후 등 쪽의 지퍼만 남겨두었다. 추란이 등 뒤로 손을 뻗었다. 겨우 지퍼가 손에 잡혔다. 사람이 곁에 있으면 좋겠다는 생각이 처음으로 들었다. 몸 아플 때 물을 챙겨주거나, 손이 필요할 때 도움을 줄 수 있는 사람. 추란에게는 아무도 없었다. 차가운 바람이 추란의 목덜미를 지나 어깻죽지로 파고들었다. 몸살이 단단히 날 모양이었다. 우웅웅, 보일러가 돌아가는 소리가 귓전에 와 닿는다. 추란이 소리 나는 방향으로 몸을 틀며 억지로 웃었다.

*

경광등을 든 수신호자가 도로에서 호루라기를 불며 지나는 차량을 안내하고 있었다. 철거한 폐기물을 실어 나르는 덤프트럭이 나가고 레미콘과 펌프차가 좁은 길로 들어서고, 거기에 철근 실은 차까지 좁은 도로에서 교행하느라 혼잡했다. 안되겠다 싶은 마음에 추란은 유료 주차장에 차를 세우고 걷기 시작했다. 한 집 건너 하나씩 철거를 앞둔 주택에 가설공사가 되어 있었다.

추란은 다른 날은 몰라도 타설 하는 날만큼은 현장에 빠짐 없이 나왔다. 건축주가 현장 상황을 체크하는 건 당연한 일이 지만 추란이 레미콘 돌아가는 소리를 특별히 좋아한다는 걸 아는 사람은 없었다. 배차 시간을 못 맞췄는지 정차시킨 레미 콘 차 두어 대가 도로를 점령하다시피 하고 공회전 중이었다. 길 가장자리에는 포터블이 길게 이어져 있었다. 작업자가 이 음 부분의 볼트를 살피고 있었다. 현장에 레미콘 차량 진입이 어려운 상황인가 보았다. 포터블 장비는 그럴 때나 썼다.

"똥, 튀어요!"

인부의 목청이 너무 커서 추란은 깜짝 놀라 뒤돌아봤다.

추란은 자기 옷에 진짜 똥이 묻은 줄 알았다. 모르타르가 묽은 변처럼 포터블의 틈을 비집고 튀어나온 것 같았다. "똥, 튀어요! 똥, 튀어요!" 작업자는 행인들 옷에 튈세라 또 소리 를 크게 질렀다. 추란은 엊그제 작업장에서의 일이 자꾸 마음 에 걸렸다.

엊그제 레미콘 차량이 늦게 뜨는 바람에 옥탑 타설이 밤늦 게 끝났단 말을 추란은 들어 알고 있었다. 그 일로 소장은 레 미콘 기사와 옥신각신한 모양이었다. 인부들이 투덜대며 바이 브레이터를 만졌고, 송장과 타설량이 일치하지 않아 담당자와 티격태격한 이야기까지 추란에게 털어놓았다. 추란은 부동산 투자자와 실랑이를 벌이느라 진이 빠져 녹초가 되어 있었다. 가뜩이나 스트레스 때문에 머리가 돌아버릴 것 같은데 소장은 거침없이 불만을 다 쏟아냈다. 젊은 소장이라 패기가 넘쳐 그러려니 하다가도 추란은 몸과 마음이 지칠 대로 지쳐 성가시기만 했다. 하지만 추란은 전후 사정 얘기를 소장을 만나 직접 들어야 속이 후련한 사람이었다. 소장은 레미콘 차 운전석에 앉은 기사가 주는 송장에 사인을 하고 있었다. 추란은 군데군데 젖은 시멘트벽을 살폈다. 거푸집 자국이 선명하게 드러난 벽면에는 폼 타이와 굽은 못들이 성글게 박혀 있었다.

추란의 시선이 멈춘 곳은 엘피 디스크처럼 생긴 까만 원형판이었다. 워낙 얇아 무엇에 쓰이는 도구인지 추란은 그때까지 모르고 있었다. 나중에 알고 보니 철근 자를 때 쓰는 거였다. 그날은 정말 누가 엘피판을 벽에 붙여뒀나 싶을 만큼 비슷해서 톱날이라고는 짐작도 못했다. 못에 걸린 인부들 옷가지 위에는 캡모자, 아래에는 신발들이 한낮의 햇빛을 온전하게 받고 있었다. 추란은 벽에 걸린 물건들을 필요 이상으로 오래 보았다. 빛 그림자가 걸쳐 있어 그랬는지 숨 쉬고 있다는 느낌을 지울 수 없었다. 모자 쓰고 옷 입고 운동화 신은 생명체가 금방이라도 콘크리트 벽을 박차고 공중으로 날아오를 것 같았다.

추란이 삼층 계단참에 발을 디딜 때였다. 전류가 통하는 것처럼 왼쪽 발뒤꿈치가 찌릿, 했다. 어릴 적 못에 찔린 발뒤꿈치의 기억이 떠올라 추란은 소스라치게 놀랐다. 바닥에 굴러다니는 녹슨 폼 타이가 대못처럼 보였다. 옛날처럼 추란은 셔츠 앞자락을 감아올리고 있었다. 추란이 허리를 굽혀 폼 타이 하나를 집어 들었다. '이런 자잘한 것들도 사려면 다 돈인데 내 거 아니라고 아무렇게나 굴리네.' 추란은 작업자들이 못마 땅했다. 한두 개가 버려졌다면 일하다 그럴 수 있겠다 싶었 다. 하지만 건재상에서 온 그대로 뭉치째 버려져 있는 걸 보 니 속이 탔다.

목수들이 내장공사에 필요한 자재를 실어 나르고 있었다. 미장용 레미탈 포대를 등에 진 인부가 계단을 밟고 올라왔다. 골조 공사가 마무리되어 이제는 안에서 하는 일들이 많아진 것이다. 사용 승인 예정일에 맞춰야 하기 때문에 추운 날에는 갈탄을 피우기도 했다. 수도·온돌용 파이프, 급결 방수재도 추란 눈에 들어왔다. 미장일과 부딪히지 않게 할 모양이었다. 압축 보온 단열재 아이스핑크도 주차장 자리 한 곳을 차지하 고 있었다. 추란을 본 반장이 꾸벅하고 인사를 했다.

"홍 반장님! 인부들 주민증 잘 받았다가 소장에게 전달하 세요. 외국인 노동자들, 현장에서 일하고 있죠? 여권 복사해 놓는 거 잊지 마시고요. 그리고 말입니다. 자재 정리 좀 합시 다. 정리는 기본이에요. 공간도 비좁은데 몰다린 저 통도 한 쪽으로 치우시고요. 그럼 지나다니기 훨씬 낫잖아요. 사고는 예상치 못한 데서 일어난다고요. 사람 다치면 본인도 그렇고 골치 아픈 일이 한두 가지가 아닙니다. 제발 현장 단속 좀 잘 하세요." "네. 알겠습니다." 홍 반장이 목장갑을 끼며 추란에게 인사를 했다. "자자, 얼른 오사마리합시다." 홍 반장이 인부들 있는 자리로 가며 화풀이하듯 목에 힘주어 말했다. "최씨, 야리키리해야지." "렝가고데 잘 챙기쇼. 아니 당신 밥손이나 다름없는 걸 그리 함부로 해서 쓰겠소?" "에구구 나는 시마이했소이다."

여기가 일본인지 한국인지 알 수 없다는 생각을 하며 추란은 발을 옮겼다. 왼쪽 발이 아무래도 편치 않았다. 굽 높이가 있는 신발도 아닌데 발목까지 시큰거리는 게 추란은 마음이 쓰였다. 심리적인 걸 거라 여기며 추란은 주차장으로 향했다. 공사 현장에 오기만 하면 으레 나타나는 증상이었다. 과거가 현재를 지배한다는 것을 종종 이럴 때 경험했다.

*

동이 트기 시작하면서 물안개에 휩싸인 허드슨강은 회색 건물을 하나둘 토해내기 시작했다. 전날 마신 술로 피로감이 겹친데다 서울에서 온 소식이 좋지 않은 것들투성이었다. 사다리에서 떨어진 작업자가 응급실로 옮기는 중에 119구급차에서 숨이 끊어졌다는 소식을 JFK공항에서 접했다. 일행들 모두 짐을 부치고 난 다음이었다. 첫번째도 안전, 두번째도 안전. 아무리 주의를 줘도 현장에서는 크고 작은 사고가 늘 있기 마련이었다. 보통 산재 처리로 마무리 짓지만 사람이 사망에 이른 것은 이번이 처음이었다. 작업자가 접이식 사다리에서 넘어진 사고였다. 목격한 사람조차 금방 일어나려니 했을 만큼 심각한 상황이 아니었다고 현장 소장이 전했다. 명원은 고인의 명복을 빌기에 앞서 너무 어이없는 죽음 앞에 할 말을 잃었다.

얼마 전에는 명원과 가까운 건설사 대표가 자신의 현장에서 목숨을 잃은 일도 있었다. 그는 크레인이 쓰러지는 것도 모르고 하필 그 앞을 지나다가 그 자리에서 깔려 죽었다. 장례식장 영정 사진은 웃고 있는 모습이었다. 사람 좋기로 호가 난 인물이었다. 명원은 그와 함께 몇 번 골프를 친 적이 있다. 수더분해 보이는 인상에 건설업을 자신의 천직으로 아는 이였다. 공사 현장을 찾아 지저분하게 널린 자재 정리는 물론이고 주차장 비질도 마다하지 않는 성실한 사람이었다. 인부가 쌓는 조적벽돌이 맘에 차지 않으면 본인이 직접 팔을 걷어붙이기도 했다. 그의 부고를 접한 뒤 명원은 인생이 뭔가 싶어 한동안 입맛을 잃고 지냈었다.

'진인사대천명의 가르침은 뭔가!' 명원은 가끔 깊은 생각에 사로잡히곤 했다. 어떤 일이든 최선을 다한다, 그렇게 노력한 후 하늘의 뜻을 받아들이는 건데, 누구에게 물어봐도 노력보다 포기가 더 어려운 게 사실이었다. 노력은 의지지만 포기는 하늘의 뜻이기 때문이었다. 명원은 사다리에서 넘어져 죽은 작업자와 크레인에 깔려 죽은 지인을 떠올렸다. '동물의 왕국'을 보면 선악은 없고 각자 본능대로 먹고 먹히는 자연의 질서를 따를 뿐이다. 운명론적 세계관을 싫어하는 사람은 운명론이 노력의 가치를 부정한다고 비판한다. 하지만 어떤 운명론자도 자기 인생을 일부러 망하게 하지 않는다. 유전자는 실패를 원하지 않고 항상 가장 좋은 선택을 한다고 명원은 믿었다. 그런데도 결과가 다 다를 수밖에 없는 건 그게 팔자요 운명이요 바로 우주의 질서라서 그럴 것이라고 명원은 생각했다. 명원은 허리를 곧추세우고 자세를 고친 다음 전방을 주시했다.

강변북로는 서행하는 차들이 도로를 점령하다시피 했다. 집을 나서긴 했지만 경찰서에 가서 이런저런 조사를 받을 생각을 하니 명원은 짜증이 났다. 일이 복잡하게 꼬일 것 같아 한숨이 나왔다. '이것도 운명인가! 경찰서라니?' 명원은 생각이 엉뚱한 데로 또 튈까 봐 강변 쪽을 바라봤다.

가볍게 걷거나 달리는 사람, 농구대에서 혼자 공을 던지는 사람, 개와 산책하는 사람, 자전거를 타는 사람 등 각양각색이었다. 가드레일에 눈이 간 명원은 머잖아 필 능소화를 상상했다. 주황빛 능소화를 알게 된 건 노엘이 있는 술집 앞마당에서였다. 해가 서쪽으로 질 무렵이었다. 그날따라 노을이 아름답게 번지고 있었다. 붉다 못해 주황, 보랏빛까지 아스라한 그러데이션을 만들었다. 담벼락 타고 올라가는 능소화는 처연할 정도로 고혹적이었다. 해마다 칠팔월 더운 여름에 피는

꽃이지만 명원은 지난해 처음 알아봤다. 능소화를 발견한 뒤로 바뀐 게 하나 있었다. 아무리 차가 막히고 지체되어도 성격 급한 명원이 느긋해진 것이었다. 뜨건 아스팔트 위에 통째로 떨어진 능소화를 보면 명원은 괜스레 목이 멨다.

'독재 개발 더 큰 용산참사'
'도와주세요. 서울시와 삼성이 우리 집을 빼앗아 간대요.'
'한강수는 피의 수'

아직도 속도가 붙지 않는 차 안에서 명원은 아파트 옥상에 적힌 문구를 읽었다. 용산 코레일 부지와 가까운 곳이었다. 한강 르네상스 프로젝트가 한창 이슈였던 십여 년 전, 그때부터 있었다. 몇 해 전까지 오세훈 시장을 비난하는 현수막이 있었으니 명원은 두말할 필요가 없다고 생각했다. 한강변 스카이라인을 획기적으로 바꾸고 시민 공간으로 변모시키자는 게 사업의 핵심이었다는 것을 명원은 너무나 잘 알고 있었다. 하지만 글로벌 금융위기를 맞은 뒤 잠잠해졌는데 또다시 시장 보궐 선거에 오세훈이 등장했다.

FM 94.5에서 나오는 뉴스에 명원은 귀를 귀울였다. 오늘 아침 서울시장 야권 단일 후보 선정에서 오세훈이 후보로 결정되었다는 소식이었다. 오세훈이 내세우는 공약에는 용산권 대규모 개발이 포함되어 있었다. 부동산과 금융이 세상을 지배하는 시대에 살고 있는 한, 사라지지 않을 이슈임은 분명했다. 명원은 LH 투기 의혹이 뉴스로 터졌을 때도 그다지 놀라지 않았다. 수사를 두고 내부 감사를 하네, 검찰에 맡겨야 하네, 갑론을박하지만 명원은 그냥 실소만 나올 뿐이었다. 정치인도 그렇고 검찰, 국토부, 지자체 의원들까지 과연 몇 명이나 이 문제에서 투명할지 의문스러웠기 때문이다.

현장 소장으로부터 전화가 온 것은 '십 년 만에 제2의 한강 르네상스 프로젝트가 새롭게 부활하는 게 아닌가' 혼자 생각에 빠졌을 때였다. 도로의 정체도 서서히 풀리고 있었다.

"사장님! 경찰서에 가지 않으셔도 되겠습니다."

"아니, 왜?"

"사망자 신원이 무연고자로 밝혀졌어요. 장례 치르고 사건 종결하기로 했습니다."

"아, 그래? 일이 생각보다 쉽게 풀렸구먼. 알겠네."

걱정했던 일이 잘 해결됐다 싶은 생각을 하며 명원은 사망자의 명복을 빌었다. 무연고로 인한 사망자는 얼마나 될지 궁금하기도 했다. 비로소 온몸의 피로감이 가시는 것 같았다. 내친김에 명원은 일찍 집에 가 쉬어야겠다고 마음먹고 어디로 빠져야 좋을지 네비게이션에 집 방향을 입력했다. 하품이 자꾸 나오는 게 시차에 적응하려면 아마 사나흘은 걸리지 싶었다. 명원은 마포대교 북단으로 빠져 유턴을 했다.

*

"사장님! 큰일 났어요. 건물에 불이…… 기관실에서 용접 중이었는데…… 인화성 물질에 불꽃이 튄 것 같아요. 정확한 원인은 아직 모르겠습니다. 부대 토목 경계석이랑 장비다 뭐다 해서 현장이 아주 복잡합니다. 준공 앞두고 이게 대체 무슨 일인지 모르겠습니다." 현장 소장의 다급한 전화였다. "저그럼 가봐야겠어요. 어서 나와보십시오." 명원이 오피스텔 화재 소식을 들은 건, 집에 도착한 지 얼마 되지 않아서였다. 명원은 핸드폰을 들고 한동안 넋을 잃은 채 천장만 바라봤다. 소식을 전하기 위해 추란에게 전화를 넣었다. 받지 않았다.

모든 일에는 순서가 있기 마련이다. 현장에 화재가 났다 해서 이성을 잃고 좌불안석해서는 안 될 일이었다. 어차피 닥친 상황이라면 받아들이고 수습해나가면 그만이었다. 명원의 모든 신경은 오직 추란이 써놓은 글에 집중되었다. 아직 읽지 않은 추란의 글이 남았다. 글은 절지동물처럼 단락 단락 구분되어 있었다. 어떤 힘에 떠밀리듯 온몸의 관절들이 제각각 움직이는 것 같았다. 명원은 십 센티 정도 몸과 의식이 부양된 느낌이었다.

명원은 '리모와' 캐리어를 열어본 것이 살면서 한 가장 큰 실수라 여겼다. 안에는 추란이 아끼는 둥근 지붕의 저금통이 들어 있었다. 명원은 저금통에 손을 가져갔다. 손끝이 미세하게 떨렸다. 얄따란 금속에 살갗이 베일 것 같은 두려움이 온몸을 감쌌다. 묘한 기분을 명원은 뭐라 설명할 수 없었고 그 자리를 뜨고 싶었지만 발이 떨어지지 않았다. 과연 어떤 힘이 자신을 붙들고 놓아주지 않는지, 무엇이 몸과 정신을 일시에 꼼짝없이 붙드는지 명원은 답답했다.

명원은 심호흡을 하고 저금통을 집어 들었다. 한 번, 두 번 숨을 몰아쉰 명원의 왼쪽 가슴께가 크게 움직거렸다. "예전에 엄마가 전복 껍데기로 뭐 했는지 알아요? 비눗갑으로 썼어요. 구멍이 나 있어서 물이 잘 빠졌거든요" 추란이 깔깔 소리 내며 웃던 일이 머리를 퉁 쳤다. 명원이 저금통을 자세히 들여다본 건 처음이었다. 초록 지붕에 굴뚝이 나 있고 노란 벽엔 나무 문짝이 달린 저금통, 지붕 삼아 전복 껍데기를 엎어놓은 모양이었다. 표면에 거스러미가 있었지만 지붕엔 일자로 구멍이 나 있었다. 동전 넣는 입구였다. 명원은 심장이 오그라드는 것 같았다.

큼지막한 지퍼락에 담긴 페이즐리 무늬의 실크 원피스. 추란이 아끼던 엄마의 유품이란 걸 명원은 잘 알았다. 원피스를 종잇장처럼 구겨 추란 짐 꾸러미에 처넣었던 일이 뇌리를 스쳤다. 그때처럼 격노하던 추란은 그 이전에도 그 이후에도 없었다. 흰 눈자위가 붉게 변했고 입술은 금세 자색으로 변했던 모습이 떠올랐다.

지금의 추란은 그때의 추란이 아닐지도 몰랐다. 파리한 추란의 낯빛은 흡사 거실 벽 그림 속의 이브와 다를 바 없었다. 캐리어 안의 물건들이 어떤 징후를 낳았지만 되돌리기에는 너무 늦은 걸 명원은 잘 알고 있었다. 명원이 노트의 초록색 3M 띠지를 잡으려는 순간, A4 사이즈의 코팅된 사진이 발등에 툭 떨어졌다. 코팅 끝이 예리해 명원은 발에 통증을 느꼈다. 머릿속이 어지러워도 감각은 동통을 일깨웠다. 명원은 허리를 굽혀 코팅된 걸 주워들었다. 코팅된 사진이 제주 남쪽 섬의 성당이라는 것을 명원은 직감적으로 알았다. 천천히 저금통을 손에 쥐었다. 사진 속의 성당과 형태가 너무 비슷했다. 어떻게 이런 일이 있을 수 있을까, 명원은 고개를 젖혀 들고 눈을 감았다. 이제 더 이상 놀라지 않았다. 사진 아래에는 추란의 글씨체와 닮은 필체의 글이 짤막하게 적혀 있었다.

우리 모녀는 녹색 목요일에 태어났다. 나와 같은 날에 태어난 내 딸이 나는 누구의 아이인지 모르겠다. 베드로의 아이인지 허스크의 아이인지. 그래서 나는 정신을 한곳에 집중하는 훈련을 하고 있다. 내 딸의 운명 때문이다.

추란의 엄마에 대해서도 명원은 아는 게 별로 없다는 사실을 너무나 뒤늦게 깨달았다. 생일이 추란과 같다는 것도 명원은 모르고 지냈다. 한집에서 부부로 산 게 삼 년 남짓. 명원은 오직 여자로서 추란만 챙기고 소유했을 뿐 그 외의 것은 알려고 하지도 않았고, 설령 알았다 해도 별로 관심 두지 않았을 것이다.

테이블에 둔 핸드폰이 요란하게 몸을 떨었다. 폰의 진동음이 마치 짐승이 우는 거 같다 여길 즈음 진동이 멎었다. 스프링 노트를 손에 든 채 방에서 나온 명원. 다리에 힘이 들어가지 않았다. 명원은 가까스로 스마트폰을 집어 들었다. 폰의 액정은 까맸다. 명원은 휴대폰의 잠금장치를 풀어야 했다. 하지만 패턴이 떠오르지 않았다. 명원의 손끝이 미세하게 떨리고 있었다.

액정에는 '패턴을 잘못 입력하셨습니다'라는 창이 반복해서 나타났다. 명원은 머리를 젖혀 목덜미를 주물렀다. 추란이 현관 도어록을 꾹꾹 누르는 신호음을 내며 집 안으로 들어오길 명원은 바랐다. 한때 명원은 추란의 늦은 귀가 시간이 못마땅했다. 아예 비밀번호를 바꿀까 생각한 게 한두 번이 아니었다. 추란은 지금 어디에서 무엇을 하고 있을지, 상상의 상상을 거듭했다. 명원은 아까 추란에게 전화를 넣었고 신호음이 열세 번 울렸지만 저쪽에서는 반응이 없었다. 추란이 누구와 함께 있을지 초조하다.

명원은 혼미해진 정신을 가다듬기 위해 안간힘을 썼다. 자신이 아끼는 흑단 의자에 몸을 부렸다. 이깟 의자가 뭐라고 평소 그렇게 욕심을 냈는지 명원은 입이 썼다. 지금 앉아 있는 의자 면적은 얼마나 될까, 명원은 눈을 감고 생각했다. 3.3

제곱미터에 1억을 호가하는 아파트가 요즘 뉴스를 도배한다. 돈으로 치자면 얼마 되지도 않을, 명원에게 필요한 것은 딱 요만큼, 기껏해야 힘들 때 몸을 쉬게 해주는 흑단 의자 하나뿐이었다.

「죄」라는 그림이 명원의 몸을 에워싸며 빙글빙글 돌았다. 뮌헨에 갈 수 있을까. 명원은 아무래도 미술관에서 직접 보기는 어려울 것 같았다. 눈꺼풀이 서서히 내려오는 걸 명원은 느끼고 있었다. '통 아래에는 온도를 높이는 가열장치가 있죠? 페달을 밟아야 통이 돌아가고 원심력이 생깁니다. 밟는 이가 있겠지요. 애당초 시작은 그렇습니다. 다디단 솜사탕이 되기까지는요. 막대 솜사탕 크기도 마음대로 조절할 수 있고 색도 마음대로 넣을 수 있어요. 에너지, 열을 가하는 힘은 엄연히 페달 위를 밟는 자의 몫이죠. 그게 누굴까요?' 이 와중에 노엘의 말이 명원의 가슴으로 훅, 치고 들어왔다. 갈비뼈를 도끼로 패듯 격렬한 아픔이 느껴지는 심장을 명원은 두 손으로 움켜쥐었다.

스마트폰의 진동이 다시 울린 건 그때였다. 명원은 점점 흐려지는 의식을 부여잡고 의자에서 상체를 일으켜 세웠다. 테이블 위의 폰을 집으려는데 명원의 소맷부리에 걸린 스프링 노트가 바닥으로 나동그라졌다. 명원은 폰을 들고 액정의 통화 버튼을 터치했다.

"사장님! 지금 어디쯤 오셨어요?"

"……"

"여보세요? 여보세요? 들리세요? 무슨 일…… 있으신가요?"

명원은 아무런 말을 할 수 없었다. 바닥에 떨어진 노트는 초록색 3M 띠지 부분에서 펼쳐져 있었다.

'엔젤스 셰어' 출입문은 엄마와 갔던 섬의 성당에도 있었다. 문 위에 써진 글자는 켈트어였다. 성당 안의 문이 열리지 않아 그냥 돌아오긴 했지만 모양이 특이해 정확하게 기억하고 있다. 아마도 열리지 않은 게 다행일지 모른다. 몸국을 주문해서 먹었던 식당의 여인은 내가 성당에 다녀온 일을 곧이듣지 않았다. 그렇지만 나는 분명 그 성당 안에서 베드로라는 신부님을 만났고, 엄마의 이름이 적힌 성경책도 손에 들고 나왔다. 왜 그 식당 여인은 성당이 폐쇄되어 출입이 안 된다고 말했을까. 베드로와 수녀의 사랑이 애달프다. 배가 얼마나 고팠으면 수녀는 허스크의 몸종이 되었을까. 허스크의 엔젤호는 지금도 있다. '녹색 목요일'이라고 제목을 붙였다. 이야기는 지금부터가 시작이다.

집, 녹색, 그리고 치유의 이야기

최수철(소설가)

첫 소설집 『목성의 달』에서 작가는 은유와 상징을 통해 독특한 시선과 숨결로 우리에게 낯설고 참신한 세계를 선보인 바 있다. 그리고 이번 첫 장편소설 『녹색 목요일』에서 작가는 조심스럽고 섬세한 촉수를 안으로 숨기고서 좀 더 과감하게 현실과 대면한다. 현대인의 삶에서 '돈'으로 수렴되는 물질주의적 지향에 대한 문제 제기적 입장이 그것이다.

여기에서 작가는 프랑스 소설가 발자크의 작품에서처럼 돈에 대한 집착으로 인해 인간성이 손상되어가는 현장을 수시로 냉혹하고 즉물적으로 보여주고 있다. 하지만 이 소설의 창작 의도는 거기에 머물지 않는다. 다시금 은유와 상징에 대한 작가의 심미적 감수성이 이 소설의 주제를 '집'으로 끌어올린다. '집'은 곧 인간을 존재할 수 있게 하는 물질적 조건인 동시에 인간의 본질에 상응하는 상징물이라 할 수 있다.

실제로 이 소설을 찬찬히 읽어나가면, 인간이라는 유기체가 그러하듯이 '집' 또한 '육체의 집'과 '정신의 집', 그리고 '영혼의 집', 이렇게 세 개의 층위로 나뉘어 있고, 그 세 층위가 각기 이야기를 구성해나가면서 차츰 통합을 지향하고 있음을 알 수 있다.

우선 '육체의 집'은 몸과 감각과 욕망에 직접적으로 관련되는, 이를테면 반지하 단칸방 혹은 한강변 아파트 등과 같은 실제의 주거 공간으로 드러난다. 하지만 '육체의 집'은 소설 속 중심 인물들에게 근본적인 안식을 허락하지 않는다. 그 결핍감으로 인해, 그들은 차츰 집이라는 공간이 자신들의 몸과 다르지 않음을 깨달아간다. 보일러실의 모터 소리와 레미콘 타설 작업 소리에 심리적으로 이끌리는 것이 그 징조다. 또한 이질적인 것들의 궁합을 강조하는 몸국과 우리 삶의 더 근원적 에너지에 대한 자각을 유도하는 솜사탕의 모티프도 그 이끌림에 방향성을 부여한다.

이제 그들은 '정신의 집'으로 나아간다. 여기에는 바이킹 시대의 범선을 해체해서 만든 술집의 현관, 발효라는 화학적 변화가 이루어지는 오크통, 인간의 몸에 어떤 심리적 자세 혹은 형식을 부여하는 의자, 외따로 고립되어 세상의 논리와 단절된 섬 등등이 중요한 모티프로 작용한다. 시신을 화장하면 재와 인과 철이 나온다는 언급도 인물의 자성적인 인식과 연관된다고 할 수 있다. 하지만 이 상태에 머무르는 한 그들은 자기들이 자본의 논리에서 벗어나지 못한 채 죄를 짓고 있다는 의식에 내내 갇혀 있을 뿐이다. 그들이 수시로 죽음과도 같은 잠에 드는 건 그 때문이다. 그들은 잠에서 깨어나 그 지옥 같은 죄의식, 혹은 죄의식의 지옥에서부터 벗어나 자유를 얻어야 한다.

그리하여 그들은 '영혼의 집'에 이른다. 여기에서 작가는 탱자 가시와 공사장의 못에 찔려 생긴 상처, 사제의 딸이라는 출생의 비밀에 대한 암시, 신내림에 대한 두려운 기대감, 「마태수난곡」이 울려 퍼지고 성호가 그어지는, 하느님과 천사의 거처인 성당이라는 공간 등등의 상징적 테마를 면밀하게 배치한다. 그리고 그것들은 이야기의 진행과 더불어 한데 어우러져 하나의 스펙트럼을 이루면서 인간의 운명, 나아가 우주의 질서에 대한 상념으로 발전해나간다.

그렇듯 작가가 실재와 상징적 이미지들을 교직하여 깔아놓은 징검다리를 따라 마침내 소설의 끝에 이르렀을 때, 우리의 시야는 '녹색'으로 환하게 채워진다. 작가가 말하듯이 녹색은 결코 변하지 않는, 흔들림 없는 색이다. 하지만 당연히 거기에서 그치지 않는다. 예수가 죽음을 예감하고서 제자들의 발을 씻어주었다는 날, 녹색 목요일. 그렇다면 녹색은 곧 대속의 색, 살아 있는 한 죄를 짓지 않을 수 없는 모든 인간이 물질과 육체에서 정신으로, 더 나아가 영혼으로 발돋움하며 스스로 죄를 인식하고 그 죄를 넘어서도록 인도하는, 가슴 벅찬 희망을 품은 각성과 정화의 색인 것이다.

착잡하다. 요즘 들어 부쩍 가을을 타는 것 같다. 나는 아파트 일층에 산다. 거실에서도 주방에서도 식물을 볼 수 있다. 정원 하나를 거저 얻은 셈이다. 소나무, 서어나무, 단풍나무, 회양목, 영산홍, 남천, 화살나무 그리고 이름 모를 사초들이 가득하다. 아침에 일어나 가장 먼저 하는 일은 물끄러미 창밖을 응시하는 것이다. 하루가 다르게 태양은 나뭇잎을 물들이고 있다. 추운 겨울이 닥칠 거라는 걸 너무나 잘 아는 식물들, 나뭇가지의 잎들은 기어이 떨어지겠지.

첫 소설집을 내고 5년 만에 첫 장편소설을 내게 되었다. 교정지를 덮은 후 나는 아주 천천히 숨을 크게 몰아쉬었다. 속이 후련할 줄 알았는데 어떻게 된 영문인지 기분이 울컥, 했다. 지난 시간들이 가슴 언저리에서 떠나지 않고 서성인 까닭이다. 용케도 여기까지 잘 왔다. 내가 만든 소설 속 인물들처럼 나는 여전히 어딘가를 헤매고 가끔씩 멀리 가기도 한다.

우한 폐렴이라고 뉴스에 나왔던 2020년 1월, 아버지가 갑자기 세상을 뜨셨다. 가족들과 함께 생신 케이크를 자른 다음 날이었다. 목욕탕 사우나에서 영영 깨지 못할 잠에 빠진 그 시각 나는 아무것도 모른 채 친구랑 노래 교실에서 손짓, 몸짓하며 영탁의 노래를 부르고 있었다. 가요무대를 즐겨 보시던 아버지와 송년 이미자 디너쇼에 못 간 게 후회로 남는다. 자책과 미안한 마음은 이제 오롯이 내 몫이다. 소설 쓰는 이유이기도 하겠다. 늘 응원을 아끼지 않으셨던 아버지가 그립다.

고마운 분들이 너무 많다. 덜컥, 책 출간을 결정하신 출판사 대표님과 교정 봐주신 이명주 편집자님 그리고 한 조각 한 조각 포 떠내듯 면밀하게 읽고 발문을 써주신 최수철 선생님께 고개 숙여 감사드립니다. 작가로서의 첫발을 뗄 수 있도록 이끌어주신 윤후명 선생님, 존경합니다. 소설 집필 공간이었던 담양의 레지던스 '글을 낳는 집'의 촌장님과 집밥 챙겨주신 사모님! 고맙습니다.

마지막으로 두 아들 성재야! 영재야! 사랑해.

2021년 겨울
이순임